DESEO

AF274901

HEIDI BETTS

SIN DEJAR DE AMAR

HARLEQUIN™

Editado por Harlequin Ibérica.
Una división de HarperCollins Ibérica, S.A.
Avenida de Burgos, 8B - Planta 18
28036 Madrid

© 2024 Harlequin Ibérica, una división de HarperCollins Ibérica, S.A.
N.º 552 - 29.11.24

© 2011 Heidi Betts
Sin dejar de amar
Título original: Her Little Secret, His Hidden Heir

© 2013 Heidi Betts
Deseo y traición
Título original: Project: Runaway Heiress
Publicadas originalmente por Harlequin Enterprises, Ltd.
Estos títulos fueron publicados originalmente en español en 2012 y 2013

I.S.B.N.: 978-84-1074-085-3
Depósito legal: M-19240-2024
Impreso en España por: BLACK PRINT
Fecha impresión para Argentina: 28.5.25
Distribuidor exclusivo para España: LOGISTA
Distribuidor para México: Distibuidora Intermex, S.A. de C.V.
Distribuidores para Argentina: Interior, DGP, S.A. Alvarado 2118.
Cap. Fed./Buenos Aires y Gran Buenos Aires, VACCARO HNOS.

Prólogo

Vanessa Keller, que pronto volvería a ser Vanessa Mason otra vez, estaba sentada a los pies de la cama del hotel, mirando el bastoncito de plástico que tenía en la mano. Parpadeó, notó cómo se le aceleraba el corazón, le daba un vuelco el estómago y se le nublaba la vista.

Aquello era tener tan mala suerte como que el avión que te llevara de luna de miel se cayese por el camino o que te atropellase un autobús después de que te hubiese tocado la lotería.

Qué ironía…

Soltó una carcajada y por fin dejó escapar el aire que llevaba conteniendo desde hacía unos minutos.

Estaba recién divorciada de un hombre que le había parecido el hombre de sus sueños, en un hotel del centro de Pittsburgh porque no sabía qué hacer con su vida después de que la hubiesen dejado tirada. Y, por si fuese poco, estaba embarazada.

Embarazada. De su exmarido, después de no haber conseguido tener un hijo con él en los tres años que habían estado casados, a pesar de haberlo intentado… o, al menos, de no haber intentado evitarlo.

¿Qué iba a hacer?

Se puso de pie, fue con piernas temblorosas hasta el escritorio que había en la otra punta de la habitación y se dejó caer en la silla. Le tembló la mano al dejar el test de embarazo encima de la mesa para tomar el teléfono.

Respiró hondo y se dijo a sí misma que podía hacerlo. Se dijo que era lo que debía hacer, reaccionase como reaccionase él.

No era un intento de volver a estar juntos. Ni siquiera estaba segura de querer hacerlo, ni aunque fuese a tener un bebé, pero él se merecía saber que iba a ser padre.

Marcó el número de teléfono sabiendo que sería su secretario quien respondiese. Trevor Storch nunca le había caído bien. Era un hombre rastrero y adulador, que a ella la había tratado siempre como si fuese un fastidio, y no la mujer del director general de una empresa multimillonaria y de su jefe.

Trevor respondió al primer tono con su voz chillona.

—Keller Corporation, despacho del señor Marcus Keller. ¿En qué puedo ayudarlo?

—Soy Vanessa —le dijo ella sin más preámbulos, la conocía de sobra—. Necesito hablar con Marc.

—Lo siento, señorita Mason, el señor Keller no está disponible.

A Vanessa le chocó que la llamase por su apellido de soltera, y que utilizase la palabra señorita. Seguro que lo había hecho a propósito.

—Es importante —le contestó, sin molestarse en corregirlo o discutir con él.

–Lo siento –insistió Storch–, pero el señor Keller me ha pedido que le diga que no tiene nada de qué hablar con usted. Que tenga un buen día.

Y luego colgó, dejando a Vanessa boquiabierta.

Sabía que Marc estaba enfadado con ella. Su separación no había sido precisamente amistosa, pero jamás habría esperado que la tratase con tanta dureza.

En el pasado la había querido, ¿o no? Ella estaba segura de haberlo querido a él. Y aun así habían llegado a aquello, a ser como dos extraños, incapaces de hablarse de manera civilizada.

Pero eso respondía a la pregunta de qué iba a hacer. Iba a ser madre soltera, y sin el dinero y el apoyo de Marcus, que no habría aceptado aunque no hubiese firmado el acuerdo prenupcial. Así que iba a tener que cuidar de sí misma, y del bebé, sola.

Capítulo Uno

Un año después…

Marcus Keller agarró con fuerza el cuero caliente del volante de su Mercedes negro para tomar las curvas de entrada a Summerville. Iba más rápido de lo debido.

Summerville era un pequeño pueblo de Pensilvania que estaba sólo a tres horas de su casa, en Pittsburgh, pero era como si estuviesen en dos planetas distintos. Pittsburgh era todo asfalto y luces de neón, mientras que Summerville era todo bosques, praderas, casas pintorescas y una pequeña zona comercial.

Redujo la velocidad y observó los escaparates al pasar. Una farmacia, una oficina de correos, un bar restaurante, una tienda de regalos… y una panadería.

Levantó el pie del acelerador y redujo la velocidad todavía más para estudiar la marquesina amarilla chillona y las letras negras que rezaban: La Cabaña de Azúcar. El cartel luminoso de color rojo anunciaba que estaba abierta… y en su interior había varios clientes, disfrutando de la bollería recién hecha.

Apetecía entrar, algo muy importante en el sector alimentario. Hasta se sintió tentado a bajar la ventanilla para ver si el aire olía a delicioso pan, a galletas y a pasteles.

Pero para que un negocio funcionase hacía falta algo más que un nombre gracioso y un bonito escaparate, y si él iba a invertir en La Cabaña de Azúcar, antes tenía que saber que merecía la pena.

Al llegar a la esquina giró a la izquierda y continuó por una calle lateral, siguiendo las indicaciones que le habían dado para llegar a las oficinas de Blake and Fetzer, asesores financieros. Ya había trabajado antes con Brian Blake, aunque nunca había invertido tan lejos de su casa ni tan cerca de las oficinas de Blake. No obstante, el hombre nunca lo había asesorado mal, por eso había accedido a hacer el viaje.

Unos pocos metros por delante de él vio a una mujer sola, subida a unos tacones y andando con dificultad por la acera adoquinada. También parecía distraída, buscando algo en su enorme bolso, sin mirar por donde andaba.

Marcus se sintió incómodo. Le recordaba a su exmujer. Aunque aquélla era más curvilínea, tenía el pelo más corto. Pero su manera de andar y de ir vestida era parecida. Vestía una camisa blanca y una falda negra con una raja en la parte trasera que dejaba ver sus largas y bonitas piernas. No llevaba chaqueta ni accesorios, lo que también se ceñía al estilo de Vanessa.

Marcus volvió a fijar la vista en la carretera e intentó contener la emoción. ¿Era culpa? ¿Pesar? ¿O era simple sentimentalismo? No estaba seguro y prefería no darle más vueltas.

Llevaba más de un año divorciado, así que lo mejor era no mirar atrás y seguir con su vida, como seguro que había hecho Vanessa.

Vio el edificio de Blake and Fetzer y entró en el diminuto aparcamiento con espacio para tres coches, apagó el motor y salió a la calle, hacía un cálido día de primavera. Con un poco de suerte la reunión y la visita a La Cabaña de Azúcar sólo le llevarían un par de horas y después podría volver a casa. A algunas personas les gustaba la vida de pueblo, pero Marcus era feliz en la gran ciudad.

Vanessa se detuvo delante de las oficinas de Brian Blake, se tomó un momento para alisarse la blusa y la falda, pasarse una mano por el pelo corto y retocarse el pintalabios. Hacía mucho tiempo que no se arreglaba tanto y había perdido la práctica.

Además, la ropa más bonita que tenía, comprada cuando estuvo casada con Marcus, le quedaba al menos una talla pequeña. Lo que significaba que la camisa se le pegaba demasiado al pecho y que la falda le quedaba unos centímetros más corta de lo que le hubiese gustado y le cortaba la respiración.

Por suerte, en Summerville no tenía que arreglarse tanto, ni siquiera para ir a misa los domingos, porque en esos momentos estaba luchando por mantener su negocio a flote y no podía permitirse el lujo de comprarse ropa nueva.

Decidió que no podía hacer nada más por mejorar su imagen, respiró hondo y empujó la puerta. La recepcionista la saludó con una amplia sonrisa y le informó de que Brian y el posible inversor estaban esperándola en su despacho, que entrase.

Vanessa volvió a respirar hondo antes de entrar y alzó una breve plegaria al cielo para que el rico empresario que Brian había encontrado quisiese invertir en La Cabaña de Azúcar.

Lo primero que vio fue a Brian sentado detrás de su escritorio, sonriendo mientras charlaba con el visitante, que daba la espalda a la puerta. El hombre era moreno y con el pelo corto, llevaba una chaqueta de traje gris oscura y estaba golpeando el brazo del sillón con los largos de dos de su mano bronceada, parecía impaciente por hacer negocios.

En cuanto Brian la vio, su sonrisa creció y se puso de pie.

—Vanessa —la saludó—, llegas justo a tiempo. Permite que te presente al hombre que espero quiera invertir en tu maravillosa panadería. Marcus Keller, ésta es Vanessa Mason. Vanessa, éste es…

—Ya nos conocemos.

La voz de Marcus la golpeó como un mazo, aunque con sólo oír pronunciar el nombre de su exmarido ya se le había encogido el estómago. Al mismo tiempo, Marcus se había levantado y se había girado a mirarla, haciendo que se le acelerase el corazón.

—Hola, Vanessa —murmuró.

Y luego se metió las manos en los bolsillos delanteros de los pantalones, adoptando una postura negligente. Parecía cómodo e incluso divertido, mientras que ella no podía sentirse peor.

¿Cómo podía haber ocurrido algo así? ¿Cómo era posible que Brian no se hubiese dado cuenta de que Marcus era su exmarido?

Se maldijo por no haber hecho más preguntas y por no haber insistido en que le diesen más detalles acerca de aquella reunión. Lo cierto era que no le había importado quién iba a ser el inversor, sólo le había importado que fuese rico y quisiese ayudarla con su negocio.

Se había convencido a sí misma de que estaba desesperada y necesitaba una rápida inyección de efectivo si quería mantener abierta La Cabaña de Azúcar, pero no tan desesperada como para aceptar la caridad del hombre que le había roto el corazón y le había dado la espalda cuando más lo había necesitado.

No se molestó en contestar a Marcus, miró directamente a Brian.

—Lo siento, pero esto no va a funcionar —le dijo, antes de darse la vuelta y volver a salir del edificio.

Estaba bajando las escaleras cuando oyó que la llamaban:

—¡Vanessa! ¡Vanessa, espera!

Pero ella sólo quería alejarse lo antes posible de Marcus, de sus ojos brillantes y de la arrogante inclinación de su barbilla. Le daba igual que la estuviese llamando y que estuviese corriendo tras de ella.

—¡Vanessa!

Giró la esquina que daba casi a La Cabaña de Azúcar y notó cómo le temblaban las piernas. Tenía el corazón a punto de salírsele del pecho.

Se había enfadado tanto, había deseado tanto alejarse de su exmarido, escapar y refugiarse en la panadería, que se le había olvidado que allí estaba Danny. Y si había algo que tenía que proteger todavía más que su salud mental, era a su hijo.

De repente, no pudo seguir andando y se detuvo a tan sólo unos pasos de la puerta de la panadería. Marcus giró la esquina en ese momento y se detuvo también al verla allí parada como un maniquí.

Respiraba con dificultad y eso alegró a Vanessa. Marcus siempre estaba tranquilo, frío y controlado.

–Por fin –murmuró él–. ¿Por qué has salido corriendo? Que estemos divorciados no significa que no podamos sentarnos y mantener una conversación civilizada.

–No tengo nada que decirte –replicó ella.

Recordó lo importante que era mantenerlo alejado de su hijo.

–¿Y tu negocio? –le preguntó él, pasándose una mano por el pelo antes de alisarse y abrocharse la chaqueta del traje–. Te vendría bien el capital y yo siempre estoy dispuesto a hacer una buena inversión.

–No quiero tu dinero.

Él inclinó la cabeza, reconociendo la sinceridad de sus palabras.

–Pero, ¿lo necesitas?

Hizo la pregunta en voz baja, sin rastro de condescendencia, sólo parecía querer ayudarla.

Y Vanessa necesitaba ayuda, claro que sí, pero no de su frío e insensible marido.

Contuvo las ganas de aceptar el dinero. Se recordó que le estaba yendo bien sola. No necesitaba que ningún hombre la rescatase.

–La panadería va bastante bien, gracias –le respondió–. Y aunque no fuese así, no necesitaría nada de ti.

Marc abrió la boca, posiblemente para contestarle e intentar convencerla, y entonces fue cuando Brian Blake dobló la esquina. Se paró en seco al verlos y se quedó allí, respirando con dificultad, mirándolos a los dos. Sacudió la cabeza, confundido.

–Señor Keller… Vanessa…

Respiró hondo antes de continuar.

–La reunión no ha salido como había planeado –se disculpó–. ¿Por qué no volvemos a mi despacho? Vamos a sentarnos, a ver si podemos llegar a un acuerdo.

Vanessa se sintió culpable. Brian era un buen tipo. No se merecía estar en aquella situación tan incómoda.

–Lo siento, Brian –le dijo–. Te agradezco todo lo que has hecho por mí, pero esto no va a funcionar.

Brian la miró como si fuese a contradecirla, pero luego asintió y dijo en tono resignado:

–Lo comprendo.

–Lo cierto es que yo sigo interesado en saber más acerca de la panadería –intervino Marc.

Brian abrió mucho los ojos, aliviado, pero Vanessa se puso tensa al instante.

–Podría ser una buena inversión, Nessa –añadió Marc, llamándola como lo llamaba cuando estuvieron casados, y desequilibrándola–. He conducido tres horas para llegar aquí y no me gustaría tener que marcharme con las manos vacías. Al menos, enséñame la panadería.

«Oh, no», pensó ella.

No podía dejarlo entrar, era todavía más peligroso que tenerlo en el pueblo.

Abrió la boca para decírselo, se cruzó de brazos para darle a entender que no tenía ninguna intención de cambiar de idea, pero Brian le puso la mano en el hombro y le hizo un gesto para que fuese con él un poco más allá y que Marcus no los oyese.

–Señorita Mason. Vanessa –le dijo–. Piénsalo, por favor. Sé que el señor Keller es tu exmarido, aunque cuando organicé la reunión de hoy no tenía ni idea. Jamás le habría pedido que viniera si lo hubiese sabido, pero quiere invertir en La Cabaña de Azúcar, quiere ser tu asesor financiero. Y tengo que recomendarte que consideres seriamente su oferta. Ahora te va bien. La panadería está funcionando sola, pero no podrás avanzar ni expandir el negocio sin capital externo, y si tuvieses una temporada mala, hasta se podría hundir.

Vanessa no quería escucharlo, no quería creer que Brian tenía razón, pero, en el fondo, sabía que era así.

Miró por encima de su hombro para asegurarse de que Marc no los podía oír y le susurró:

–No sólo está en juego la panadería, Brian. Le

dejaré que eche un vistazo. Hablad vosotros, pero sea cual sea el acuerdo al que lleguéis, no puedo prometerte que vaya a aceptarlo. Lo siento.

Bruce no parecía demasiado contento, pero asintió.

Luego volvió a acercarse a Marc y le informó de la decisión de Vanessa antes de decirle que podían entrar en la panadería. Al acercarse, el aire olía deliciosamente, a pan y pasteles. Como siempre, a Vanessa le rugió el estómago y se le hizo la boca agua, y le apeteció comerse un bollito de canela o un plato de galletas de chocolate. Ése debía de ser el motivo por el que todavía no había recuperado su peso desde que había tenido al bebé.

En la puerta, Vanessa se detuvo de repente y se giró hacia ellos.

—Esperad aquí —les pidió—. Tengo que contarle a tía Helen que estás aquí y el motivo. Nunca le caíste demasiado bien —añadió, mirando a Marc—, así que no te sorprendas si se niega a salir a saludarte.

Él sonrió irónico.

—Esconderé los cuernos y el rabo si me cruzo con ella.

Vanessa no se molestó en contestarle. En su lugar, se dio la vuelta y entró en la panadería.

Saludó con una sonrisa a los clientes que estaban tomando café, chocolate y disfrutando de los pasteles, y se apresuró a entrar en la cocina.

Como siempre, Helen iba y venía de un lado a otro, sin parar. Tenía setenta años, pero la energía de una veinteañera. Se levantaba todos los días al amanecer y siempre se ponía a trabajar inmediatamente.

Vanessa era una buena panadera, pero sabía que no estaba a la altura de su tía. Helen, además de preparar pan y pasteles, ayudaba a su marido en la barra y cuidaba de Danny, así que Vanessa no sabía qué habría hecho sin ella.

Helen oyó el chirrido de las puertas de la cocina y supo que había llegado.

—Has vuelto —le dijo, sin levantar la vista de las galletas que estaba preparando.

—Sí, pero tenemos un problema —le anunció Vanessa.

Al oír aquello, Helen levantó la cabeza.

—¿No has conseguido el dinero? —le preguntó decepcionada.

Vanessa negó con la cabeza.

—Aún peor. El inversor de Brian es Marc.

A Helen se le cayó el recipiente que tenía en la mano.

—Es una broma —le dijo con voz temblorosa.

Vanessa negó con la cabeza y fue hacia donde estaba su tía.

—Por desgracia, no lo es. Marc está en la calle, esperando a que le enseñe la panadería, así que necesito que te subas a Danny al piso de arriba y te quedes allí con él hasta que te avise.

Le desató el delantal a su tía, que se lo quitó por la cabeza y después se llevó las manos a la cabeza para asegurarse de que iba bien peinada.

Vanessa volvió hacia la puerta, deteniéndose

15

sólo un momento a ver a su adorable hijo, que estaba en el moisés, intentando meterse los dedos de los pies en la boca. Danny sonrió de oreja a oreja nada más verla y empezó a hacer gorgoritos. Y Vanessa sintió tanto amor por él que se quedó sin respiración.

Lo tomó en brazos y deseó tener tiempo para jugar con él un poco. Le encantaba la panadería, pero Danny era su mayor orgullo y alegría. Sus momentos favoritos del día eran los que pasaba a solas con él, dándole el pecho, bañándolo, haciéndolo reír.

Le dio un beso en la cabeza y le susurró:

—Hasta luego, cariño.

Volvería con él en cuanto se deshiciese de Marc y de Brian.

Luego se giró hacia su tía, que estaba detrás de ella, y le dio al bebé.

—Date prisa —le dijo—. E intenta que esté callado. Si se pone a llorar, enciende la televisión o la radio. Me desharé de ellos en cuanto pueda.

—De acuerdo, pero vigila los hornos. Las galletas en espiral estarán listas en cinco minutos. Y los pasteles de nueces y la tarta de limón tardarán un poco más. He puesto las alarmas.

Vanessa asintió y, mientras su tía subía con Danny al piso de arriba, ella empujó el moisés para meterlo en el almacén que tenían en la parte trasera y lo tapó con un mantel azul y amarillo.

Luego salió del almacén y miró a su alrededor, para comprobar que no quedaba nada que delatase la presencia de Danny.

Había un sonajero, pero diría que lo había olvidado un cliente. Y, con respecto a los pañales, podría explicar que los tenía allí porque a veces cuidaba al bebé de una amiga. Sí, sonaba creíble.

Utilizó un paño húmedo para limpiar la encimera en la que había estado trabajando su tía y sacó las galletas en espiral del horno, para que no se quemasen. El resto lo dejó como lo había encontrado. Luego volvió a empujar las puertas dobles de la cocina y… se dio de bruces con Marcus.

Capítulo Dos

Marc abrió los brazos para sujetar a Vanessa, que había salido veloz por las puertas de la cocina y había ido a aterrizar a su pecho. No fue un golpe fuerte, pero lo pilló desprevenido. Cuando la tuvo agarrada, con su cuerpo pegado al de él, no quiso dejarla marchar.

Estaba más rellena de lo que él recordaba, pero seguía oliendo a fresas y a nata, así que debía de seguir utilizando su champú favorito. Y a pesar de haberse cortado el pelo a la altura de los hombros, seguía teniendo los mismos rizos de color cobrizo suaves como la seda.

Estuvo a punto de levantar la mano para tocárselos, con los ojos clavados en los de ella, azules como zafiros, pero se contuvo. La soltó e inmediatamente echó de menos su calor.

—Te he dicho que esperases fuera —comentó ella, humedeciéndose los labios con la punta de la lengua. Y pasándose la mano por la ajustada camisa.

Marc pensó que, tratándose de su exmujer, no debería fijarse en esas cosas. Aunque, al fin y al cabo, estaba divorciado, no muerto.

—Has tardado mucho. Además, es un establecimiento público. El cartel de la puerta dice que está abierto. Así que, si tanto te molesto, considérame un cliente.

Marc se metió una mano en el bolsillo y sacó un par de billetes pequeños.

–Quiero un café solo y algo dulce. Lo que tú elijas.

Ella frunció el ceño y lo miró con desdén.

–Te he dicho que no quería tu dinero –le advirtió.

–Como quieras –respondió él, metiéndose el dinero otra vez en el bolsillo–. ¿Por qué no me enseñas la panadería? Que me haga a la idea de lo que haces aquí, de cómo empezaste y cómo están tus cuentas.

Vanessa resopló.

–¿Dónde está Brian? –le preguntó, mirando hacia la puerta del establecimiento.

–Le he dicho que vuelva a su despacho –respondió Marc–. Dado que ya conoce tu negocio, no creo que necesite estar aquí. Pasaré a verlo, o lo llamaré, cuando hayamos terminado.

Vanessa frunció el ceño otra vez y lo miró, aunque no a los ojos.

–¿Qué pasa? –le preguntó él en tono de broma–. ¿Te da miedo estar a solas conmigo, Nessa?

Ella frunció el ceño todavía más.

–Por supuesto que no –replicó, cruzándose de brazos, lo que hizo que se le marcase el pecho todavía más–, pero no te emociones, porque no vamos a estar solos. Nunca.

Y Marc, por mucho que lo intentó, no pudo evitar sonreír. Se había olvidado del carácter que tenía su mujer, y lo había echado de menos.

Si por el fuese, estarían a solas muy pronto, pero no se molestó en decírselo, ya que no quería verla explotar delante de sus clientes.

–¿Por dónde quieres que empecemos? –le preguntó Vanessa con resignación.

–Por donde tú prefieras –respondió él.

No tardó mucho en enseñarle la parte delantera de la panadería, que era pequeña, pero le explicó a cuántos clientes servían allí y cuántos se llevaban cosas para consumirlas fuera de la panadería. Y cuando él le preguntó qué había en cada vitrina, Vanessa le describió cada uno de los productos que trabajaban.

A pesar de estar incómoda con él allí, Marc nunca la había visto hablar de algo con tanta pasión. Durante su matrimonio, había sido apasionada con él, en lo que respectaba a la intimidad, pero fuera del dormitorio, había estado mucho más contenida. Se había dedicado a pasar tiempo en el club de campo con su madre, o trabajando en alguna obra social, también con la madre de Marc.

Se habían conocido en la universidad y Marc tenía que admitir que él había sido el motivo por el que Vanessa no se había graduado. Había tenido demasiada prisa por casarse con ella, por que fuese suya en cuerpo y alma.

Marc siempre había esperado que volviese a estudiar algún día, y la habría apoyado, pero Vanessa se había conformado con ser su mujer, estar guapa y ayudar a recaudar fondos para causas importantes.

En esos momentos, Marc se preguntó si era eso lo que ella había querido, o si había tenido otras aspiraciones.

Porque nunca la había oído hablar con tanto entusiasmo de las obras benéficas.

También se preguntó si conocía de verdad a su exmujer, porque nunca había sabido que fuese tan buena cocinera. No obstante, después de haber probado un par de sus creaciones, decidió que aquel negocio podía tener éxito, que podía ser incluso una mina de oro.

Terminó el último trozo de magdalena de plátano que Vanessa le había dado a probar y se chupó los dedos.

–Delicioso –admitió–. ¿Por qué nunca preparabas cosas así cuando estábamos casados?

–Porque a tu madre no le habría gustado verme en la cocina –replicó ella en tono tenso–. Tal vez la casa pertenezca a la familia Keller, pero tu madre la dirige como si fuese una dictadura.

Marc pensó que tenía razón. Eleanor Keller era una mujer rígida, que había crecido entre lujos y estaba acostumbrada a tener servicio. Era cierto que no le hubiese gustado que su nuera hiciese algo tan mundano como cocinar, por mucho talento que tuviese.

–Pues tenías que haberlo hecho de todos modos –le dijo Marc.

Por un minuto, Vanessa guardó silencio y apretó los labios. Luego murmuró:

—Tal vez.

Se dio la media vuelta y se alejó del mostrador.

Empujó unas puertas dobles amarillas y entró en la cocina, donde hacía más calor y olía todavía mejor.

Le explicó a Marc para qué servía cada cosa y cómo se dividían el trabajo entre su tía y ella. Se puso un guante de cocina en una mano y empezó a sacar galletas y pasteles y a dejarlos encima de una isla que había en el centro de la habitación.

—Muchas son recetas de tía Helen —le confesó—. Siempre le encantó la cocina, pero nunca había pensado dedicarse a ello. Yo no podía creer que no utilizase su talento para ganarse la vida, porque todo lo que hace está sumamente delicioso. A mí también se me da bien la cocina, he debido de heredarlo de ella —añadió, sonriendo de medio lado—. Así que, después de pensarlo, decidimos intentarlo juntas.

Marc apoyó las manos en la isla y observó cómo trabajaba Vanessa, con movimientos graciosos y suaves, pero rápidos al mismo tiempo, como si hubiese hecho aquello cientos de veces antes, y pudiese repetirlo incluso con los ojos cerrados.

Él no quería cerrarlos, estaba disfrutando mucho, y volvía a estar sorprendido de lo mucho que la había echado de menos.

El divorcio había sido muy rápido. Vanessa le había anunciado de repente que no podía seguir viviendo así y que quería divorciarse. Y, en un par de meses, todo había terminado.

Marc pensó que tenía que haber luchado más por su matrimonio. Al menos, tenía que haberle preguntado a Vanessa por qué quería dejarlo, qué era lo que necesitaba que él no le estaba dando.

Pero por entonces había estado muy ocupado con la empresa y con las exigencias de su familia, y había dejado que su orgullo decidiese que no quería estar casado con una mujer que no deseaba estar casada con él. Además, una parte de él había pensado que Vanessa estaba exagerando, que lo estaba amenazando con el divorcio porque no le había prestado toda la atención que hubiese debido.

Pero para cuando él había querido darse cuenta, ya había sido demasiado tarde.

—Blake me ha enseñado parte de las cuentas —le dijo—. Parece que os va bastante bien.

Ella asintió, sin molestarse en mirarlo.

—Nos va bien, pero podría ir mejor. Tenemos muchos gastos y algunos meses sólo nos da para pagar el alquiler del local, pero estamos aguantando.

—Entonces, ¿por qué buscas un inversor?

Ella terminó lo que estaba haciendo y dejó la espátula y el guante de cocina y lo miró.

—Porque tengo una idea para ampliar —le dijo muy despacio, escogiendo sus palabras con cuidado—. Es una buena idea. Y creo que nos irá bien, pero tendremos que hacer obras y vamos a necesitar más dinero del que disponemos.

—¿Y cuál es la idea?

Ella se humedeció los labios con la lengua.

–Pedidos por correo. Con envíos una vez al mes para los socios y un catálogo con nuestros productos.

A Marc le pareció buena idea, teniendo en cuenta la calidad de los productos, hasta a él le gustaría tener una de sus cajas de galletas en casa una vez al mes.

Pero no se lo dijo a Vanessa. No iba a decírselo hasta que no decidiese si iba a invertir o no.

–Enséñame dónde haríais las obras –le pidió–. Supongo que tenéis algún almacén, ¿o estáis pensando en alquilar algún local contiguo?

Ella asintió.

–El local de al lado.

Vanessa comprobó lo que quedaba en el horno y salió de la cocina, con Marc a sus espaldas. Pasaron por una estrecha escalera y apartada de la parte delantera de la tienda.

–¿Adónde lleva? –le preguntó él.

Y le pareció que Vanessa abría mucho los ojos y se quedaba pálida.

–A ninguna parte –le respondió primero, y luego añadió–: a un pequeño apartamento. Lo utilizamos como almacén y para que tía Helen se eche la siesta durante el día. Se cansa mucho.

Marc arqueó una ceja. O había envejecido mucho en los últimos meses, o no podía creer que su tía Helen necesitase echarse la siesta.

Siguió a Vanessa hasta la calle y al local que había al lado, que estaba vacío. A través del escaparate,

Marc se dio cuenta de que era la mitad que el local de La Cabaña de Azúcar y que estaba completamente vacío, lo que significaba que tampoco habría que hacer mucha obra.

Mientas él continuaba mirando por el escaparate, Vanessa retrocedió y se quedó en medio de la acera.

—¿Qué te parece? –le preguntó.

Él se giró y vio cómo el sol de la tarde brillaba en su pelo. Sintió deseo, se le hizo un nudo en la garganta y notó cómo se ponía duro entre las piernas.

Tenía la sensación de que iba a hacerle falta mucho más que un divorcio para evitar que su cuerpo respondiese a ella como lo hacía. Tal vez algo como caer en coma.

Contuvo las ganas de dar un paso al frente y enterrar los dedos en su melena rizada, o de hacer algo igual de estúpido, como besarla hasta conseguir que le temblasen las rodillas y no pudiese controlarse, y le dijo:

—Creo que te ha ido muy bien sola.

Ella pareció sorprenderse con su comentario.

—Gracias.

—Necesitaré algo de tiempo para echarle un vistazo a los libros y hablar con Brian, pero si no te opones del todo a trabajar conmigo, es probable que esté interesado en invertir.

Si esperaba que Vanessa se lanzase a sus brazos, presa de la alegría, iba a llevarse una buena decepción. La vio asentir en silencio.

Y Marc se dio cuenta de que no tenía ningún motivo para seguir allí.

–Bueno –murmuró, metiéndose las manos en los bolsillos y dándose la vuelta–. Supongo que ya está. Gracias por la visita, y por la degustación.

Se maldijo, se sentía como un adolescente en la primera cita.

–Seguiremos en contacto –añadió.

Vanessa se metió un mechón de pelo detrás de la oreja e inclinó la cabeza.

–Preferiría que me llamase Brian, si no te importa.

Claro que le importaba, pero apretó la mandíbula para no confesarlo. No obstante, entendía que Vanessa no quisiera hablar con él. Sospechaba que, por mucho dinero que ofreciese invertir en su empresa, era posible que Vanessa lo rechazase por principio.

Vanessa se quedó en la acera, delante de La Cabaña de Azúcar, viendo cómo Marc se alejaba en dirección a las oficinas de Blake and Fetzer. No respiró hasta que no lo perdió de vista.

Entonces, en cuanto le cesó la presión del pecho y su corazón empezó a latir con normalidad, se giró y volvió a la panadería. Subió las escaleras que daban al apartamento que había en el primer piso. A medio camino, oyó la música favorita de su tía, de los años 40, y a Danny protestando.

Empezó a subir las escaleras de dos en dos y entró corriendo. Su tía estaba paseando de un lado a otro, intentando calmar al niño.

–Pobrecito –dijo Vanessa, tomando a su hijo en brazos.

–Gracias a Dios que estás aquí –comentó Helen aliviada–. Iba a darle un biberón, pero he esperado un poco porque sé que prefieres darle tú el pecho.

–Es cierto –le respondió Vanessa, acunando a Danny mientras iba a sentarse desabrochándose la blusa–. Muchas gracias.

–¿Cómo ha ido? ¿Se ha marchado ya Marcus? –le preguntó su tía.

–Sí, se ha marchado –murmuró ella.

Y se dio cuenta de que no estaba tan contenta como debiera. Había pensado que Marc había salido de su vida para siempre, pero volver a verlo no había sido tan desagradable como había imaginado.

Le había bastado con ver sus ojos verdes para que le temblase todo el cuerpo.

Y enseñarle la panadería no había sido tan horrible. De hecho, si no hubiese sido por el secreto que escondía en el primer piso, tal vez hasta le hubiese invitado a una taza de café.

Lo que, en realidad, no era buena idea, así que tanto mejor que se hubiese marchado.

Tenía a Danny pegado contra el pecho, tranquilo después de haber empezado a comer, cuando Vanessa oyó pasos en las escaleras. Teniendo en cuenta que las dos únicas personas que sabían de la existencia del apartamento ya estaban en él, sospecho que iba a llevarse una desagradable sorpresa.

No le dio tiempo a levantarse y esconder al bebé, ni a gritarle a su tía que se pusiese en la puerta. De repente, vio a su exmarido, sorprendido y furioso, en la puerta.

Capítulo Tres

Marc no supo si sorprenderse o enfurecerse. Tal vez lo que sentía era una mezcla de ambas cosas.

En primer lugar, Vanessa le había mentido. El espacio que había encima de la panadería no era un almacén, ni el lugar donde descansaba su octogenaria tía, sino un apartamento en toda regla, con una mesa, sillas, un sofá, una televisión… una cuna en un rincón y una manta amarilla llena de juguetes en medio del suelo.

En segundo lugar, Vanessa tenía un hijo. No estaba cuidando el de una amiga; ni lo había adoptado después de su separación. Aunque no lo hubiese estado amamantando cuando él había entrado, habría sabido que era suyo por el protector brillo de sus ojos y la expresión asustada de su rostro.

Y, para terminar, aquél niño era suyo. Estaba seguro. Podía sentirlo. Vanessa no habría intentado ocultarle que era madre si no hubiese sido suyo.

Además, sabía sumar dos más dos. Vanessa tenía que haberse quedado embarazada antes de su divorcio, o haberlo engañado con otro hombre. Y a pesar de las diferencias que los habían separado, la infidelidad nunca había sido una de ellas.

–¿Me quieres explicar qué está pasando aquí?

–inquirió Marc, metiéndose las manos en los bolsillos de los pantalones.

Lo hizo para evitar estrangular a alguien, en concreto, a ella.

Por el rabillo del ojo vio moverse una sombra y tía Helen apareció con una manta para tapar el pecho desnudo de Vanessa y la cabeza del bebé.

–Estaré abajo –murmuró Helen a su sobrina antes de fulminar a Marc con la mirada–. Grita si me necesitas.

Marc no supo qué era lo que disgustaba tanto a tía Helen, cuando allí la única víctima era él. A él le habían ocultado que era padre. No sabía cuánto tiempo tendría el bebé, pero teniendo en cuenta el tiempo que llevaban divorciados y el que duraba un embarazo, debía de tener entre cuatro y seis meses.

La tía Helen y Vanessa eran las malas de aquella película. Le habían mentido. Le habían ocultado aquello durante todo un año.

Marc miró por encima de su hombro para comprobar que se habían quedado solos y dio otro amenazador paso al frente.

–¿Y bien?

Vanessa no respondió inmediatamente, se tomó el tiempo de colocar la manta para que le tapase el pecho, pero no el rostro del bebé. Luego suspiró y levantó el rostro para mirarlo a los ojos.

–¿Qué quieres que te diga? –le preguntó en voz baja.

Marc apretó los dientes y cerró los puños con fuerza.

—Estaría bien que me dieses una explicación.

—Por entonces no lo sabía, pero me quedé embarazada antes de que firmásemos el divorcio. Nuestra relación no era precisamente cordial, así que no supe cómo decírtelo y, si te soy sincera, no pensé que te importase.

Aquello enfureció a Marc.

—¿No pensaste que me importaría mi hijo? —rugió—. ¿Que iba a ser padre?

¿Qué clase de hombre creía que era? ¿Y si tan malo pensaba que era, por qué se había casado con él?

—¿Cómo sabes que es tuyo? —le preguntó Vanessa en voz baja.

Marc rió con amargura.

—Buen intento, Vanessa, pero te conozco demasiado bien. No habrías roto los votos del matrimonio por tener una sórdida aventura. Y si hubieses conocido a alguien que te interesase de verdad mientras estábamos casados...

Marc se quedó callado de repente.

—¿Es por eso por lo que me pediste el divorcio? —le preguntó—. ¿Porque habías conocido a otro?

Sabía que Vanessa jamás le habría sido físicamente infiel, pero, emocionalmente, era otro tema.

Marc había trabajado y viajado mucho durante su matrimonio y Vanessa se había quejado de que se sentía sola y de que la trataban como a una extraña en su propia casa, cosa que él podía entender, dado el carácter frío de su madre y que nunca le había importado la mujer con la que él se había casado. ¿Acaso no se lo había dejado claro desde que había llevado a Vanessa a casa y le había anunciado su compromiso?

No obstante, en esos momentos sabía que, a pesar de haber oído las quejas de Vanessa, no las había escuchado. Se había desentendido de su infelicidad y se había dejado consumir por el trabajo, diciéndose que era sólo una fase, y que Vanessa la superaría. Hasta recordaba haberle sugerido que se buscase algún pasatiempo con el que distraerse.

No era de extrañar que lo hubiese dejado, después de que el hombre que se suponía que debía amarla y mimarla más que nadie en el mundo, la hubiese tratado así. Marc fue consciente de que lo había hecho muy mal.

Y eso significaba que, si Vanessa había conocido a otro, no podía culparla, ya que sólo había intentado ser más feliz de lo que lo era con él.

La idea de que otro hombre la hubiese acariciado hizo que a Marc se le nublase la vista, pero seguía sin poder culparla.

−¿Es eso? −volvió a preguntar.

De repente, necesitaba saberlo, aunque ya diese igual.

−No −respondió Vanessa en voz baja−. No hubo nadie más, al menos, en mi caso.

Él arqueó una ceja.

−¿Qué significa eso? ¿Piensas que yo te fui infiel?

−No lo sé, Marc. Dímelo tú. Eso explicaría que pasases tanto tiempo supuestamente trabajando.

−Acababa de asumir el mando de la empresa,

32

Vanessa. Había muchas cosas que requerían mi atención.

–Y, al parecer, yo no era una de ellas –murmuró Vanessa en tono amargo.

Marc los ojos, se le estaba empezando a formar un fuerte dolor de cabeza. No era la primera vez que la veía tan frustrada y descontenta.

–¿Vamos a empezar otra vez con eso? –inquirió.

–No –respondió ella enseguida–. Es lo bueno de estar divorciados, que no tenemos que hacerlo.

–¿Por eso me ocultaste que estabas embarazada? ¿Porque no te presté la suficiente atención?

Vanessa frunció el ceño. El bebé seguía mamando de su pecho, a juzgar por los sonidos, porque Marc no podía verle la boca.

–No seas tan obtuso –replicó ella–. No te ocultaría algo así sólo porque estuviese enfadada contigo. No sé si recuerdas que no nos separamos precisamente de manera amistosa, y que fuiste tú quien se negó a hablar conmigo.

–Pues tenías que haber insistido.

Ella lo fulminó con sus ojos azules.

–Lo mismo podría decir yo de ti.

Marc suspiró. Sabía que no iba a conseguir nada discutiendo con Vanessa.

Así que intentó calmarse y ser diplomático.

–Supongo que en eso podemos estar o no de acuerdo, pero, en cualquier caso, creo que me merezco algunas respuestas, ¿no?

La vio darle vueltas al tema, preguntarse por dónde empezar y qué contarle.

–De acuerdo –dijo por fin, aunque no parecía contenta con la idea.

Mientras él sopesaba sus opciones, la vio cambiar al niño de postura y abrocharse la blusa.

El bebé estaba profundamente dormido. Y Marc supo de repente qué era lo primero que necesitaba saber.

–¿Es niño o niña? –preguntó, con un nudo de emoción en la garganta.

–Niño. Se llama Danny.

Danny. Daniel.

Su hijo.

A Marc le costó respirar y se alegró ver que Vanessa se levantaba del sofá y se giró para dejar la manta en el respaldo de éste, porque así no pudo ver cómo se le humedecían los ojos.

«Soy padre», pensó, mientras intentaba tomar aire y recuperar el equilibrio.

Habían hablado de tener hijos nada más casarse. Él había esperado que ocurriese pronto, se había sentido preparado. No obstante, como el bebé no había llegado el primer año, ni el segundo, la idea había ido apagándose poco a poco en su mente.

Y no había pasado nada. Él se había sentido decepcionado, y probablemente Vanessa también, pero habían seguido siendo felices juntos, optimistas acerca de su futuro. Marc estaba seguro de que si no habían conseguido tener un hijo del modo divertido, tradicional, más adelante habrían hablado de adoptar, hacerse una fecundación in vitro o acoger un niño.

Al parecer, nada de eso había hecho falta. No, Vanessa ya había estado embarazada antes de firmar los papeles del divorcio.

—¿Cuándo te enteraste? —le preguntó, siguiendo sus movimientos con la mirada.

Vanessa tenía al bebé apoyado en el hombro y le daba golpecitos en la espalda mientras se balanceaba suavemente.

—Más o menos un mes después de firmar el divorcio.

—Por eso te fuiste —dijo él en voz baja—. Pensé que te quedarías en Pittsburgh después de la ruptura. Luego me enteré de que te habías marchado, pero no supe adónde.

Aunque en realidad tampoco había intentado averiguarlo, aunque sí que había mantenido los oídos abiertos, por si se enteraba de algo.

Ella se encogió de hombros.

—Tenía que hacer algo. No había nada que me atase a Pittsburgh y pronto iba a tener un hijo al que mantener.

—Habrías podido acudir a mí —le dijo él, intentando contener la ira y la decepción—. Habría cuidado de ti y de mi hijo, y tú lo sabes.

Vanessa se quedó mirándolo un segundo, pero con la mirada en blanco.

—No quería que tú te ocupases de nosotros. No por pena ni por responsabilidad. Estábamos divorciados. Ya nos habíamos dicho todo lo que nos teníamos que decir y cada uno había seguido su camino. No iba a ponernos a ambos en una situación en la que no queríamos estar sólo porque me hubiese quedado embarazada en tan mal momento.

—Así que viniste aquí.

Vanessa asintió.

—Mi tía Helen llevaba ya un par de años viviendo aquí. Se había mudado con su hermana cuando tía Clara había enfermado. Después de su muerte, Helen me dijo que la casa era demasiado grande para ella sola y que le vendría bien tener compañía. Cuando llegué, intentó solucionar, o al menos aliviar mis problemas dándome de comer. Y un día se me ocurrió la brillante idea de abrir una panadería juntas. Sus recetas son increíbles y a mí siempre se me había dado bien la cocina.

—Bien hecho –le dijo Marc.

Con toda sinceridad. Le dolió no haber sabido nunca que Vanessa tenía la habilidad de cocinar, y que había preferido mudarse con su tía antes de acudir a él al darse cuenta de que estaba embarazada.

Él tenía medios más que suficientes para mantenerla a ella y a su hijo. Aunque no se hubiesen reconciliado, le habría puesto un apartamento en algún lugar donde pudiese ir a verlos y pasar así el máximo tiempo posible con el niño.

Pero eso Vanessa ya lo sabía, así que si había decidido marcharse y mantenerse sola, había sido porque había querido. Jamás la había impresionado su dinero.

Nada más casarse, no había querido ir a vivir a la enorme mansión de su familia, y Marc se preguntó en esos momentos qué habría ocurrido si le hubiese hecho caso.

Vanessa dejó de dar golpecitos al bebé en la espalda y Marc le preguntó:

—¿Puedo tomarlo en brazos?

Ella miró al niño, que dormía en sus brazos, con indecisión.

—Si no va a despertarse —añadió Marc.

Vanessa levantó la cabeza y lo miró a los ojos. Lo que la hacía dudar no era el miedo a que el bebé se despertase, sino a que Marc se acercase a su hijo, o a tener que compartirlo, ya que hasta entonces había sido sólo suyo.

Luego suspiró.

—Por supuesto —le dijo, acercándose a darle el bebé.

El último niño al que Marc había tenido en brazos había sido su sobrina, que ya había cumplido tres años, pero por adorables que fuesen los hijos de su hermano, por mucho que los quisiera, tenerlos en brazos no había sido comparable a tener a su propio hijo pegado al pecho.

Era tan pequeño, tan guapo, transmitía tanta paz dormido.

Intentó imaginárselo recién nacido, nada más salir del hospital… pero no pudo, porque no había estado allí para verlo.

Frunció el ceño y supo que no podría marcharse de Summerville sin su hijo, sin haber pasado más tiempo con él y sin enterarse de todos los detalles que se había perdido desde el nacimiento del niño.

–Creo que tenemos un pequeño problema –le dijo a Vanessa–. He estado al margen de esto y tengo que recuperar el tiempo perdido, así que voy a darte dos opciones.

Antes de que a Vanessa le diese tiempo a interrumpirlo, continuó:

–O preparas la maleta y Danny y tú venís a Pittsburgh conmigo, o me das una excusa para que me quede yo aquí. En cualquier caso, voy a estar con mi hijo.

Capítulo Cuatro

Vanessa deseó arrebatarle a Danny y salir corriendo. Encontrar un lugar en el que esconderse con su bebé hasta que Marc perdiese el interés por él y se marchase por donde había llegado.

Pero conocía bien a su marido y sabía que no iba a marcharse y dejar a su hijo allí.

Así que supo que tenía que enfrentarse a la realidad. De todos modos, había estado preparada para contarle a Marc que estaba embarazada cuando lo había averiguado, y sus valores morales seguían siendo los mismos que entonces.

No obstante, eso no significaba que estuviese preparada para hacer las maletas e ir con él a Pittsburgh. Su vida estaba allí. Tenía a su familia, a sus amigos y un negocio.

La idea de que Marc se quedase en Summerville hizo que se le acelerase el corazón, sintió pánico.

Estaba entre la espada y la pared.

–No puedo volver a Pittsburgh –espetó, fingiendo que no la desgarraba por dentro verlo con su hijo en brazos.

–Bien, en ese caso, me quedaré yo aquí.

Vanessa notó cómo el pánico crecía en su interior.

–Pero no puedes quedarte para siempre –le dijo–. ¿Y la empresa? ¿Y tu familia?

¿Y mi salud mental?

–No lo haré –le respondió él.

Luego le devolvió a Danny muy a su pesar, con cuidado para que no se despertase, y se sacó un teléfono móvil del bolsillo.

–Pero si piensas que la empresa, o mi familia, son más importantes que mi hijo, es que estás loca. Puedo tomarme un par de semanas. Sólo tengo que decirle a todo el mundo dónde estoy.

Y, dicho aquello, se dio la media vuelta y fue hacia las escaleras mientras marcaba un número en el teléfono.

Vanessa se balanceó y miró a su hijo. Notó cómo las lágrimas le inundaban los ojos.

–Oh, hijo mío –susurró, dándole un beso en la frente–. Estamos metidos en un buen lío.

Para Vanessa, la «mudanza» de Marc a Summerville fue como cuando se habían conocido.

Ella había trabajado sirviendo mesas en una cafetería cerca de la universidad mientras estudiaba. A él le había pagado la carrera su padre y se había pasado todo el tiempo libre jugando al fútbol y asistiendo a fiestas en las residencias universitarias.

Una noche, Marc había entrado en la cafetería con un grupo de amigos. Vanessa se había fijado en él, y en todos, pero no le había dado más vueltas al tema. Era un grupo de clientes más, de los que entraban y salían de la cafetería sin ninguna preocupación, mientras ella se dejaba la piel trabajando para poder seguir estudiando.

Pero Marc había vuelto. Unas veces con amigos, otras, solo.

Le había sonreído. Le había dejado generosas propinas y había charlado de cosas sin importancia con ella. Y Vanessa no se había dado cuenta hasta mucho después que le había ido contando su vida por capítulos en cuestión de un par de semanas.

Por fin, le había pedido que saliese con él y ella ya había estado demasiado enamorada como para rechazarlo.

En esos momentos tenía las mismas sensaciones que entonces: sorpresa, confusión, emoción… Marc era como una catástrofe natural: un tornado, un terremoto, un *tsunami* que ponía toda su vida patas arriba.

En una hora, había hablado con todo el mundo con quien tenía que hablar y había dejado claro que estaría en Summerville hasta nueva orden.

Hasta donde Vanessa sabía, no le había contado a nadie el motivo. Lo había oído hablar con su hermano y decirle que el negocio en el que había pensado invertir le había parecido prometedor y que tenía que quedarse para estudiar mejor el negocio.

Tal vez fuese lo más inteligente. Sin duda, si Eleanor Keller se enteraba de que su querido hijo tenía un bebé con su malvada exmujer, se volvería loca y se pondría inmediatamente a conspirar para conseguir que Marc y Danny estuviesen con ella.

–Ya está.

Marc empujó la puerta batiente de la cocina, donde tía Helen y ella estaban trabajando, se metió el teléfono móvil en el bolsillo y luego se quitó la chaqueta del traje.

–Así tendré un par de semanas de libertad antes de que envíen a un equipo de rescate a buscarme.

Tía Helen estaba embadurnada de harina hasta los codos, pero el brillo de sus ojos y la fuerza con la que trabajaba la masa que tenía entre las manos bastaron para dejar claro lo que pensaba de que Marc fuese a quedarse allí.

No le hacía ninguna gracia, pero tal y como Vanessa le había dicho mientras Marc hacía las llamadas, no tenían elección. O Marc se quedaba allí unos días, o intentaría llevárselos a Danny y a ella de vuelta a Pittsburgh.

Había una tercera posibilidad: que Marc se marchase solo a Pittsburgh, pero sabía que si la planteaba sólo conseguiría iniciar una discusión. Si se negaba a permitir que Marc pasase tiempo con su hijo, fuese donde fuese, lo único que conseguiría sería enfadarlo y provocar que utilizase su poder y el dinero de su familia.

¿Y qué significaba eso? Una dura batalla por la custodia del niño.

Ella era una buena madre y sabía que Marc no podría quitarle a su hijo esgrimiendo lo contrario, pero tampoco quería engañarse, sabía lo influyente que era la familia Keller. Y Eleanor era capaz de cualquier cosa.

Así que tenía que intentar evitar un enfrentamiento por la custodia y hacer lo posible porque Marc estuviese contento y Danny, con ella.

Aunque eso significase permitir que su ex volviese a entrar en su vida, en su negocio y, posiblemente, hasta en su casa.

Se limpió las manos con un paño y le preguntó:

–¿Y tus cosas? ¿No necesitas ir a casa a por ellas?

Marc se encogió de hombros.

–Me van a mandar algo de ropa. Y seguro que todo lo demás puedo comprarlo aquí.

Colgó la chaqueta en una percha al lado de la puerta, donde tía Helen y ella dejaban los delantales cuando no los estaban utilizando, luego fue hasta el moisés que había vuelto a sacar de la despensa. Danny dormía dentro.

–Lo único que queda por decidir –comentó Marc, mirando a su hijo y alargando la mano para acariciarle la mejilla con un dedo–, es dónde voy a alojarme.

Vanessa abrió la boca, a pesar de no saber lo que iba a decir, pero Helen la interrumpió.

–Es evidente que no vas a quedarte en mi casa –anunció directamente.

La clara antipatía de su tía hacia Marc hizo que Vanessa se sintiese culpable y que desease disculparse, pero en el fondo agradeció que Helen hubiese dicho lo que ella no era capaz de expresar.

–Gracias por la invitación –respondió Marc divertido, haciendo una mueca–, pero no podría abusar de su amabilidad.

Era típico de él, tomarse aquella grosería de Helen con tanta calma. Aquéllas eran cosas que nunca lo habían perturbado, sobre todo, porque Marc sabía quién era, de dónde venía y qué podía hacer.

Además, tía Helen siempre lo había odiado. Y eso, en parte, era culpa de Vanessa, que se había presentado en casa de su tía dolida, enfadada, rota y embarazada de su exmarido.

Después de haberle contado la historia de su complicado matrimonio, el posterior divorcio, el inesperado embarazado y la necesidad de encontrar un lugar donde vivir, en la que Marc había desempañado el papel de malo de la película, la opinión que su tía tenía de él había caído en picado. Desde entonces, el único objetivo de tía Helen había sido no volver a ver sufrir a su sobrina.

Vanessa todavía estaba intentando disculparse cuando Marc dijo:

—Había pensado que me recomendaseis algún hotel agradable.

Vanessa y Helen se miraron.

—Supongo que va a tener que ser el hostal El Puerto —le dijo Helen—. No es nada del otro mundo, pero la otra opción es el motel de Daisy, que está en la carretera.

—Hostal El Puerto —murmuró Marc, frunciendo el ceño—. No sabía que hubiese una extensión de agua tan importante por aquí como para necesitar un puerto.

—No la hay —le contestó Vanessa—. Es una de esas rarezas de los pueblos que nadie puede explicar.

No hay ningún puerto cerca. Ni siquiera un arroyo ni un río que merezcan la pena ser mencionados, pero el Hostal El Puerto es uno de los hoteles más antiguos de Summerville y está todo decorado con faros, gaviotas, redes de pescador, estrellas de mar…

Sacudió la cabeza y tuvo la esperanza de que Marc no pensase mal ni del pueblo ni de sus habitantes. Aunque en algunos aspectos estaba un poco atrasado, en esos momentos era su hogar y sentía la necesidad de protegerlo.

—En cualquier caso, es un sitio divertido –añadió, a modo de explicación.

Marc no parecía muy convencido, pero no dijo nada. En su lugar, se apartó del moisés y empezó a quitarse los gemelos para remangarse la camisa.

—Mientras tenga una habitación y un baño, estará bien. De todos modos, pasaré casi todo el tiempo aquí contigo.

Vanessa abrió mucho los ojos.

—¿Sí?

Él sonrió de medio lado.

—Por supuesto. Aquí es donde está mi hijo. Además, si tu meta es ampliar la panadería y empezar con los pedidos por correo, tenemos mucho de lo que hablar y mucho que hacer.

—Espera un momento –dijo ella, dejando caer la espátula que tenía en la mano en la encimera–. Yo no he accedido a que tengas nada que ver con La Cabaña de Azúcar.

Él le lanzo una encantadora y confiada sonrisa.

–Por eso tenemos tanto de lo que hablar. Ahora, ¿vas a acompañarme al hostal o prefieres indicarme cómo llegar y quedarte aquí con tu tía hablando de mí?

Vanessa prefería quedarse y hablar de él, pero el problema era que Marc lo sabía, así que no tenía elección. Tenía que acompañarlo.

Se desató el delantal y se lo sacó por la cabeza.

–Te llevaré –dijo. Luego se giró hacia su tía–. ¿Podrás arreglártelas sola?

Era una pregunta retórica, porque había muchas ocasiones en las que Vanessa dejaba a Helen a cargo de la panadería mientras ella iba a hacer algún recado o llevaba a Danny al pediatra. No obstante, su tía la miró tan mal que Vanessa estuvo a punto de echarse a reír.

–No tardaré –añadió.

Y luego fue hacia la puerta.

–Sólo tengo que tomar el bolso –le dijo a Marc.

Éste la siguió fuera de la cocina y esperó delante de las escaleras mientras Vanessa subía corriendo a por el bolso y las gafas de sol.

–¿Y el bebé? –le preguntó él cuando hubo regresado.

–Estará bien.

–¿Estás segura de que tu tía puede ocuparse de él y de la panadería al mismo tiempo? –insistió mientras iban hacia la salida.

Vanessa sonrió y saludó a varios clientes al pasar. Una vez fuera, se puso las gafas de sol antes de girarse a mirarlo.

–Que no te oiga la tía Helen preguntar algo así. Podría tirarte una bandeja de horno a la cabeza.

Él no rió. De hecho, no le hacía ninguna gracia. En su lugar, la miró muy preocupado.

–Relájate, Marc. Tía Helen es muy competente. Se ocupa de la panadería sola con frecuencia.

–Pero…

–Y cuida de Danny al mismo tiempo. Ambas lo hacemos. La verdad es que no sé qué haría sin ella –admitió Vanessa.

Ni lo que habría hecho sin ella después de quedarse sin trabajo, sin marido y embarazada.

–¿Vamos en tu coche o en el mío? –preguntó después para intentar evitar que Marc siguiese preocupándose por Danny.

–En el mío –respondió él.

Vanessa anduvo a su lado en dirección a Blake and Fetzer, donde había aparcado el Mercedes. Todavía iba vestida con la falda y la blusa que se había puesto para la desastrosa reunión de esa mañana. En ese momento deseó haberse cambiado y llevar puesto algo más cómodo. Sobre todo, deseó haber sustituido los tacones por unos zapatos planos.

Marc, por su parte, parecía cómodo y seguro de sí mismo con el traje y los zapatos de vestir.

Cuando llegaron al coche, le sujetó la puerta para que Vanessa se sentase en el asiento del copiloto, luego dio la vuelta y se subió detrás del volante. Metió la llave en el contacto y la miró.

–¿Te importaría hacerme un favor antes de que fuésemos al hotel? –le preguntó.

Ella se estremeció y se puso tensa. ¿Acaso no había hecho ya suficiente? ¿No estaba haciendo suficiente al permitir que se quedase allí cuando lo que deseaba era tomar a su hijo y salir corriendo?

Además, no pudo evitar recordar las numerosas veces en las que había estado a solas con él en un coche. Sus primeras citas, en las que habían empañado las ventanillas con su pasión. Y una vez casados, las caricias que habían compartido de camino a algún restaurante.

Estaba segura de que él también se acordaba, lo que hizo que se pusiese todavía más nerviosa.

—¿Cuál? —consiguió preguntarle, conteniendo la respiración para oír la respuesta.

—Enséñame el pueblo. Dame una vuelta corta. No sé cuánto tiempo voy a estar aquí, pero no puedo permitir que me acompañes a todas partes.

Vanessa parpadeó asombrada y expiró. Como se le había quedado la boca seca, al principio sólo pudo humedecerse los labios con la lengua y asentir.

—¿Hacia dónde voy? —le preguntó Marc.

Ella tardó un momento en pensar por dónde empezar, y qué enseñarle, aunque Summerville era tan pequeño que decidió enseñárselo todo.

—Hacia la izquierda —le dijo—. Recorreremos Main Street, luego te enseñaré las afueras. Llegaremos al hostal El Puerto sin tener que retroceder mucho.

Marc reconoció casi todos los negocios solo: la cafetería, la farmacia, la floristería, la oficina postal.

Un poco alejados del centro había dos restaurantes de comida rápida, gasolineras y una lavandería. Entre ellos, varias casas, granjas y parcelas con árboles.

Vanessa le contó un poco de lo que sabía sobre los vecinos.

Le habló, por ejemplo, de Polly, dueña del Ramillete de Polly, que todas las mañanas repartía de manera gratuita una flor para cada negocio de Main Street. A Vanessa le había dado un jarrón que estaba en el centro del mostrador, al lado de la caja registradora, y a pesar de que nunca sabía qué flor le llevaría Polly ese día, tenía que admitir que siempre daba un toque de color a las tiendas.

O de Sharon, la farmacéutica, que la había aconsejado muy bien antes de que diese a luz y hasta le había recomendado al que era el pediatra de Danny.

Vanessa tenía una relación cercana con muchas personas en el pueblo. Cosa que nunca había tenido en Pittsburgh con Marc. En la ciudad, al ir a la frutería, a la farmacia o a la tintorería, se había considerado afortunada con cruzar la mirada con la persona que había detrás del mostrador.

En Summerville era imposible hacer un recado con rapidez. Había que pararse a saludar y a charlar con la gente.

—Y eso es más o menos todo —le dijo a Marc veinte minutos después, señalándose hacia el hostal en el que iba a alojarse—. No hay mucho más que ver.

Él sonrió.

—Creo que se te ha olvidado algo.

Ella frunció el ceño. No le había enseñado la estación de bomberos ni la planta de tratamiento de aguas, que estaban a varios kilómetros del pueblo, porque no había pensado que fuesen a interesarle.

–No me has enseñado dónde vives tú –añadió Marc en voz baja.

–¿De verdad necesitas saberlo? –preguntó ella, sintiendo calor de repente.

–Por supuesto. Necesito saberlo para poder ir a recogerte para invitarte a cenar.

Capítulo Cinco

Vanessa condujo a la casa donde vivía con tía Helen. Era una casa pequeña de dos pisos en Evergreen Lane. No era mucho en comparación con la finca en la que él había crecido, con sirvientes, campos de tenis y un camino bordeado de árboles de casi un kilómetro antes de llegar a la puerta principal.

Helen le había dejado la habitación de invitados y la había ayudado a transformar la habitación de la plancha en una habitación para Danny. Habían utilizado su cocina para hacer pruebas con las recetas de su familia hasta que se habían sentido con fuerza suficiente para abrir la panadería.

A cambio, Vanessa la había ayudado al mantenimiento general de la casa, había plantado plantas en los maceteros del porche y en el camino, y había enseñado a Helen a utilizar el ordenador para comunicarse con sus amigas de la escuela, con las que jamás había pensado que volvería a estar en contacto.

Aunque Vanessa pensaba que nunca podría recompensar a su tía por todo lo que había hecho por ella cuando más lo había necesitado, Helen insistía en que disfrutaba de su compañía y se alegraba de volver a tener tanta juventud y actividad en su casa.

Respiró hondo y se miró en el espejo del cuarto de baño por última vez, aunque no sabía por qué se molestaba. Era cierto que hacía tiempo que no tenía ningún motivo para arreglarse, sobre todo, dos veces en un mismo día.

No pretendía impresionar a Marc esa noche. No, sólo quería apaciguarlo.

Después de haberlo conducido hasta el hostal y haber permitido que la dejase después en La Cabaña de Azúcar, Vanessa había terminado su jornada en la panadería, había cerrado y se había ido a casa con Danny y con su tía. Mientras que Helen se había preparado la cena y había entretenido a Danny, Vanessa había corrido al piso de arriba a cambiarse de ropa y a retocarse el maquillaje.

Le dijo a su reflejo que no se estaba arreglando para Marc. No. Sólo estaba aprovechando la invitación a cenar para parecer una mujer, para variar, en vez de una madre trabajadora.

Ése era el único motivo por el que se había puesto su vestido favorito, rojo y de tirantes, y los pendientes de imitación de rubíes. Iba demasiado arreglada hasta para el mejor restaurante de Summerville, pero le daba igual. Tal vez no tuviese otra oportunidad de volver a ponerse aquel vestido… o de recordarle a Marc lo que se había perdido al dejarla marchar.

Oyó el timbre antes de sentirse preparada para ello y se le aceleró el corazón. Se repasó el pintalabios y se aseguró de que tenía todo lo que iba a necesitar en el pequeño bolso de mano rojo que había encontrado en el fondo del armario.

Estaba bajando las escaleras cuando oyó voces y supo que tía Helen había abierto la puerta. Y no sabía si se lo agradecía o si eso la ponía todavía más nerviosa, todo dependía de la actitud de su tía.

Al llegar abajo vio a Helen delante de la puerta, con una mano apoyada en el pomo. En la otra no llevaba ni pistola ni una sartén, lo que era una buena señal.

Marc estaba al otro lado de la puerta, todavía en el porche. Iba vestido con el mismo traje de un rato antes. Tenía las manos detrás de la espalda y estaba sonriendo a tía Helen con todo el encanto de un vendedor de coches experimentado. Al verla, Marc le dedicó a ella la misma sonrisa.

–Hola –la saludó–. Estás estupenda.

Vanessa resistió el impulso de pasar la mano por la parte delantera del vestido, o de comprobar que no se le había deshecho el moño.

–Gracias.

–Le estaba diciendo a tu tía que tiene una casa preciosa. Al menos, por fuera –añadió, guiñando un ojo.

Era evidente que Helen no lo había invitado a entrar.

–¿Quieres pasar? –le preguntó Vanessa, haciendo caso omiso del ceño fruncido de su tía.

–Sí, gracias –respondió Marc, pasando a la entrada.

Miró a su alrededor y Vanessa se preguntó si estaría comparando aquello con su lujosa residencia y si pensaría que era un lugar inadecuado para que creciese su hijo, pero al mirarlo sólo vio curiosidad en sus ojos.

—¿Dónde está Danny? –preguntó.

—En la cocina –respondió Helen, cerrando la puerta principal y echando a andar en esa dirección–. Estaba dándole la cena.

Marc miró a Vanessa antes de seguir a Helen hacia la parte trasera de la casa.

—Pensaba que todavía le dabas el pecho.

Ella se ruborizó.

—Sí, pero también toma zumos, cereales y otras comidas para bebés.

—Vale –murmuró él al llegar a la cocina–. Aunque cuanto más pecho tome, mejor. Aumenta su inmunidad, le hace sentirse más seguro y ayuda a crear un vínculo entre la madre y el niño.

—¿Y cómo sabes tú todo eso? –le preguntó Vanessa sorprendida.

Danny estaba sentado en una hamaca de Winnie de Pooh, con el rostro y el babero cubiertos de papilla de guisantes y zanahoria, dando patadas y golpes con las manos.

Marc no esperó a que lo invitasen para sentarse en la silla que había enfrente de la de la tía Helen y alargó la mano para acariciar la cabeza de Danny. El niño rió y Marc sonrió.

—Muy al contrario de lo que piensa la gente –murmuró, sin molestarse en mirarla–, no me convertí en el director general de Keller Corporation sólo por nepotismo. Da la casualidad de que tengo bastantes recursos.

–Deja que lo adivine… has sacado el ordenador y has hecho una búsqueda en Internet.

–No te lo voy a decir –respondió él en tono de broma.

Luego se giró hacia la tía Helen y, señalando el puré, le preguntó:

–¿Puedo?

Ella lo miró como diciéndole que no lo creía capaz, pero contestó:

–Por favor.

Marc tomó la minúscula cuchara de plástico con un dibujo animado en el mango y empezó a dar de comer a Danny poco a poco, despacio.

Vanessa lo observó… y deseó. Deseó no haber accedido a cenar con él esa noche. Deseó no haberlo invitado a entrar y que él no hubiese querido ver a Danny antes de marcharse. Deseó que aquella escena no le pareciese tan hogareña, tan agridulce, que no le hiciese pensar en lo que podía haber sido.

Marc estaba demasiado cómodo dando de comer a su hijo, aunque fuese vestido con traje de chaqueta. Y se le estaba dando demasiado bien, cosa que Vanessa no habría esperado de un hombre que casi no había interactuado con niños.

Cuando Danny se negó a comer más, Marc dejó la cuchara y se frotó las manos.

–Me gustaría tomarlo en brazos un momento –dijo, mirando a su hijo y luego su traje–, pero…

–No, no es buena idea –dijo Vanessa, tomando un paño húmedo para limpiarle la boca y la barbilla a su hijo–. Tía Helen irá a cambiarlo y a asearlo y tal vez puedas tenerlo un rato a la vuelta, si todavía está despierto.

A Marc no pareció gustarle mucho la idea, pero dado que la alternativa era estropear un traje muy caro, no dijo nada.

–¿Nos vamos? –le preguntó ella al ver que se ponía en pie.

Marc asintió a regañadientes y la siguió hacia la puerta. Tenía el coche aparcado delante de la casa y la ayudó a entrar.

–¿Qué haces cuando se mancha tanto? –le preguntó una vez que ambos estuvieron dentro.

Ella se giró a mirarlo.

–¿Qué quieres decir?

–¿Cómo haces para no tomar en brazos a tu hijo?

Aquello sorprendió a Vanessa. No las palabras, sino el tono, que parecía de culpabilidad. ¿Era posible que Marc se sintiese culpable?

–Marc –le dijo ella, sacudiendo la cabeza e intentando no sonreír–. Sé que todo esto es nuevo para ti. Sé que descubrir la existencia de Danny ha sido una sorpresa, pero no tienes por qué sentirte culpable. Es un bebé. Siempre y cuando todas sus necesidades estén cubiertas, le da igual quién le dé de comer, quién lo tenga en brazos, quién le cambie el pañal.

Marc frunció el ceño todavía más.

–Eso no es verdad. Los niños diferencian a sus padres de una niñera, diferencian a su padre de su madre.

–De acuerdo, pero no te preocupes, que también hay muchas veces que yo no lo tomo en brazos para que no me manche. O, lo que es peor, para que no me regurgite encima.

Sin pensarlo, Vanessa alargó la mano y le dio una palmadita en el muslo.

–Si vas a estar unos días aquí para pasar tiempo con él, cómprate varios vaqueros y camisetas baratas, y ve haciéndote a la idea de que se te van a manchar con frecuencia. Pero no te preocupes por lo de esta noche, yo tampoco lo he tomado en brazos esta mañana antes de ir a la reunión. Por eso es una suerte tener a tía Helen. Yo no puedo hacerlo todo sola y ella me ayuda mucho.

Marc le agarró la mano para que no la apartase.

–Debería ser yo quien estuviese ayudándote con Danny, no tu tía, pero no te preocupes, que vamos a hablar de eso en la cena, entre otras cosas.

Vanessa disfrutó de la cena. Marc la llevó al restaurante del hostal e intentó inflarla a vino y a buñuelos de cangrejo. Dado que todavía le daba el pecho a Danny, no podía tomar vino, pero los buñuelos de cangrejo estaban deliciosos.

No obstante, en cuanto la camarera llegó con los cafés y hubieron decidido el postre, Vanessa supo que su tiempo de gracia se había terminado. Marc agarró la taza de cerámica con ambas manos y se inclinó hacia delante, haciendo que ella se pusiese tensa.

–¿Cómo fue el embarazo? –le preguntó, yendo directo al grano, como de costumbre.

–Creo que fue bastante normal –le contestó–. Teniendo en cuenta que era la primera vez que estaba embarazada y que no sabía qué era lo que debía esperar, pero no hubo complicaciones y las náuseas matutinas no fueron demasiado fuertes. A veces las náuseas se tienen también en otros momentos del día y eso hizo que abrir la panadería y trabajar doce horas al día fuese toda una aventura –añadió riendo–. Aunque no tan horrible como esperaba.

Después, Marc quiso conocer todos los detalles del nacimiento de Danny. La fecha, la hora, cuánto había pesado, cuánto tiempo había durado el parto. Y Vanessa pensó que, si ella hubiese estado en su lugar, también habría estado desesperada por saber y memorizar todos aquellos datos.

–Tenía que haber estado allí –comentó Marc en voz baja, con la vista clavada en la mesa. Luego la miró–. Me merecía haber estado allí. Por todo.

A Vanessa se le encogió el corazón y se preparó para el ataque, para que Marc lanzase contra ella toda la ira y el resentimiento que debía de sentir... y era probable que se lo mereciese. No obstante, Marc continuó hablando en el mismo tono.

–Por mucho que me moleste, no podemos dar marcha atrás, sólo podemos seguir adelante. Así que éste es el trato, Vanessa.

La miró con sus ojos verdes como debía de mirar a sus rivales en los negocios y le dijo:

–Ahora que sé de la existencia de Danny, quiero formar parte de todo. Me quedaré aquí un tiempo, hasta que te acostumbres a la idea. Hasta que yo me acostumbre a ser padre y él empiece a reconocerme como tal. Pero, después, voy a querer llevármelo a casa.

Al oír aquello, Vanessa se quedó inmóvil y agarró con fuerza la taza de café.

–No es una amenaza –le advirtió Marc enseguida–. No estoy diciendo que vaya a querer llevármelo a Pittsburgh para siempre. Sinceramente, todavía no sé cómo lo vamos a hacer, pero ya hablaremos de eso después. Sólo me refería a llevarlo de visita, para poder presentárselo a mi familia, para que mi madre sepa que tiene otro nieto.

Vanessa pensó que Eleanor estaría encantada. Otro nieto, sobre todo, otro nieto varón que pudiese llevar el apellido Keller, pero la madre del niño era otro tema. Y la madre de Marc sólo estaría contenta con Vanessa fuera de juego.

–¿Y si yo no estoy de acuerdo? Con nada.

Él arqueó una ceja.

–Entonces, supongo que me vería obligado a amenazarte, pero ¿estás segura de que es eso lo que quieres? Creo que he sido bastante comprensivo con toda esta situación, aunque ambos sepamos que tengo motivos para estar furioso al respecto.

Marc dio un sorbo a su café e inclinó la cabeza. Parecía estar mucho más tranquilo que ella.

–Si quieres que me ponga furioso y que te amenace, también puedo hacerlo, sólo tienes que decírmelo, pero si prefieres que actuemos como dos adultos maduros, decididos a crear el mejor ambiente posible para su hijo, entonces te sugiero que accedas a mis planes.

—¿Acaso tengo elección? —protestó ella, entendiendo mejor que nunca lo que significaba estar entre la espada y la pared.

Marc sonrió de manera chulesca y confiada.

—Pudiste elegir entre contarme o no que estabas embarazada, para empezar, y decidiste no hacerlo, así que no. Ahora la pelota está en mi campo.

Capítulo Seis

Era evidente que la pelota estaba en el campo de Marc, la pelota, y todo lo demás, así que, en esos momentos, lo único que podía hacer era ser amable y esperar que él continuase siéndolo también.

Marc la agarró del codo para salir del restaurante, guiándola por un pasillo enmoquetado de camino a la entrada.

—Sube a mi habitación —le susurró al oído.

Ella lo miró a Marc sorprendida, con incredulidad.

Él se echó a reír al ver su reacción.

—No es una proposición —le aseguró—, aunque no me opondría a algún coqueteo después de la cena.

Al llegar al vestíbulo, la hizo girar a la izquierda, en dirección a las escaleras que llevaban a las habitaciones.

—Quiero enseñarte algo —continuó diciéndole mientras subían despacio.

—Eso sí que suena a proposición indecente —comentó ella.

Marc sonrió y se metió la mano en el bolsillo para sacar la llave de su habitación. No era una tarjeta, sino una llave de las de verdad, con un enorme llavero de plástico con forma de faro.

—Me conoces demasiado bien, nunca necesité frases seductoras cuando nos conocimos, ni las necesito ahora.

Eso era cierto. Había sido demasiado encantador como para intentar ligar con ella del modo en que lo habían hecho el noventa por ciento de los chicos por entonces. Ésa era una de las cosas que habían hecho que le resultase todavía más atractivo, que hubiese destacado entre los demás.

Al llegar a la puerta de la habitación, Marc la abrió y se apartó para dejarla entrar. Vanessa había estado antes en el hostal, pero no en las habitaciones, así que se quedó unos segundos mirando a su alrededor.

Marc no se quitó la chaqueta del traje y la dejó sobre el respaldo de una mecedora antes de ir hacia el escritorio que había en la pared de enfrente.

Mientras abría su ordenador portátil y lo encendía, Vanessa retrocedió y disfrutó de la vista. Sabía que era una bajeza, y que no tenía sentido, teniendo en cuenta que le había dicho a todo el mundo que se alegraba de haberse divorciado y que ya no estaba enamorada de él, que lo había superado por completo.

Pero que fuese su ex mujer no significaba que no fuese una mujer de carne y hueso.

La cara camisa blanca se pegaba a sus anchos hombros. El pantalón, que debía de haberle costado más de lo que sacaba ella en una semana en la panadería, se ajustaba a sus caderas y, sobre todo, a su trasero. Un trasero redondeado, bonito, que no parecía haber cambiado mucho desde que se habían separado.

Vanessa se llevó la mano al rostro, se tapó los ojos y se reprendió en silencio por ser tan débil. ¿Qué le estaba pasando? ¿Estaba loca? ¿O tendría un virus? ¿O era que las hormonas del embarazo todavía estaban haciendo de las suyas?

Separó los dedos un poco, miró por la rendija y supo cuál era su problema.

Para empezar, que sabía lo que había debajo de aquella camisa y aquellos pantalones. Conocía muy bien la fuerza de sus músculos, la suavidad de su piel. Sabía cómo se movía, cómo olía y cómo era tener su cuerpo apretado contra el de él.

Para continuar, sus hormonas debían de seguir locas. Y no sólo las del embarazo, sino todas en general.

Eso no la sorprendía. Siempre había sido un pelele en manos de Marc. Le bastaba una mirada provocadora para ponerse como un flan. Con que le rozase la mejilla con los nudillos o los labios con los suyos, perdía el control.

Teniendo en cuenta el tiempo que hacía que no estaban juntos, el tiempo que hacía que Vanessa era sólo una incubadora humana y una mamá a tiempo completo, no era de extrañar que su mente le estuviese jugando aquella mala pasada.

Y no le cabía la menor duda de que, si Marc se

daba cuenta, aprovecharía su vulnerabilidad y su revuelo interior, así que lo más sensato sería no decir ni hacer nada que la delatase.

Por entre los dedos, Vanessa lo vio desabrocharse los primeros botones de la camisa y aflojarse el cuello. Era una costumbre que tenía. Recordó habérselo visto hacer casi todas las noches al llegar del trabajo. Casi siempre pasaba un par de horas más trabajando en su despacho de casa, pero el primer paso para relajarse había sido siempre quitarse la chaqueta y la corbata, desabrocharse la camisa y remangársela.

Vanessa se quitó las manos de los ojos justo antes de que Marc tomase el ordenador y se girase. Atravesó la habitación, se sentó a un lado de la cama, dejó el ordenador y golpeó el espacio que había a su lado a modo de invitación.

–Siéntate un momento –le dijo a Vanessa–. Quiero enseñarte algo.

Ella arqueó una ceja.

–Ven, quiero enseñarte lo que tengo pensado para La Cabaña de Azúcar.

Eso llamó su atención y aplacó sus sospechas y miedos, dando lugar a otros nuevos. Se acercó a la cama, se sentó y se bajó el vestido para no enseñar las piernas.

Él le dio a un par de teclas y giró el ordenador para que Vanessa lo viese mejor.

–Has dicho que querías ampliar el negocio al local de al lado, ¿no? Y utilizarlo para hacer pedidos por correo.

–Eso es.

–Bueno, ésta sería una primera descripción del proyecto que he hecho antes de la cena. Es lo que creo que costaría reformar el local, cuáles serían tus gastos generales, etcétera. Por supuesto, hay muchos aspectos del negocio que todavía desconozco, así que habrá que ajustarlo, pero esto nos da una idea aproximada de lo que hace falta y de por dónde empezar.

Marc se levantó un momento y fue a tomar del escritorio una libreta grande y amarilla. Luego volvió a la cama, haciendo que el colchón se moviese suavemente.

–Y éste es un boceto rudimentario de la ampliación. Con los mostradores, las estanterías y todo eso.

Vanessa apartó la vista de la pantalla del ordenador y estudió el dibujo que Marc tenía en la mano durante un minuto, imaginándose cómo quedaría todo en el local que había al lado de La Cabaña de Azúcar.

Era bueno. Incluso alentador. Y la idea de que algo tan simple pudiese ser realidad algún día, muy pronto, hizo que le diese un vuelco el corazón.

Sólo había un problema.

Levantó la cabeza y miró a Marc a los ojos.

–¿Por qué has hecho todo esto? –le preguntó.

–No hay nada escrito en piedra –murmuró él, dejando a un lado el cuaderno y volviendo a orientar el ordenador hacia él–. Y no va a ser barato, créeme, pero la ampliación es una buena idea. Creo que es inteligente y que generará rendimientos a largo plazo. En especial, si te va bien con los pedidos.

A ella le volvió a dar un vuelco el corazón, se le humedecieron las palmas de las manos de sudor, se le hizo un nudo en la garganta. Era tan agradable ver que alguien compartía su entusiasmo y apoyara sus ideas.

Pero, en aquel caso, había demasiadas condiciones.

—Eso no responde a mi pregunta —insistió en voz baja.

Y luego volvió a hacerle la pregunta a Marc, aunque una parte de ella tuviese miedo de su respuesta.

—¿Por qué has hecho todo esto?

Él cerró el ordenador y lo dejó en la mesita de noche junto con el cuaderno.

—Necesitas un socio para hacerlo, Vanessa. Lo sabes, si no, no habrías acudido a Blake and Fetzer.

A ella se le aflojó el pulso y sintió como si la temperatura bajase diez grados de repente.

—Ya te he dicho, Marc, que no quiero tu dinero.

Él echó los hombros hacia atrás y puso la espalda recta, apretó la mandíbula, indicación de que iba a ponerse testarudo e iba a querer imponer su ley.

—Y yo ya te he dicho, Vanessa, que no voy a marcharme a ninguna parte. Al menos, por un tiempo. Y, mientras esté aquí, será mejor que aprovechemos nuestro tiempo con sensatez. ¿Por qué no empezar con la ampliación, para que estés un paso más cerca de tu meta?

De repente, Marc volvía a parecer relajado y sensato. Vanessa siempre había odiado aquello, porque solía darle la razón.

Porque, normalmente, Marc tenía razón, al menos, en lo relativo a los negocios. Y él lo sabía.

—No quiero tu ayuda, Marc.

Vanessa se puso en pie, se abrazó por la cintura y empezó a andar. Al llegar a la puerta se dio la media vuelta y volvió, con la mirada fija en la desgastada moqueta que había a sus pies.

—No quiero estar atada a ti, no quiero deberte nada.

—Ya es un poco tarde para eso, ¿no crees?

Ella se detuvo y levantó la cabeza para mirarlo a los ojos. Marc tenía una ceja morena arqueada y sonreía de medio lado.

—Tenemos un hijo juntos. Y eso nos ata mucho más que cualquier asociación empresarial.

Ella parpadeó. Se maldijo. Marc volvía a tener razón.

Para bien o para mal, estaban atados hasta el final de los días por su hijo. Tendrían que verse en los cumpleaños, en las fiestas del colegio, en las actividades extraescolares, cuando estuviese enfermo, durante la pubertad, cuando tuviese novia, cuando se hiciese el primer *piercing* o el primer tatuaje…

Se estremeció y deseó que no se hiciese *piercings* ni tatuajes. Ése sería un tema que no le importaría delegar en Marc.

Pero teniendo en cuenta lo horrible y dolorosa que había sido su separación, al menos para ella, era normal que no tuviese ganas de compartir nada más con él. E incluso que hubiese intentado ocultarle la existencia de Danny, para empezar. Tal vez no hubiese sido lo correcto, pero su vida había sido mucho menos complicada así.

—Eso es diferente —admitió en voz baja.

Él inclinó la cabeza, aunque Vanessa no supo si lo hacía porque estaba de acuerdo con ella o no.

—Te sientas como te sientas al respecto —le dijo Marc—, eso no cambia los hechos. Voy a quedarme en Summerville a conocer a mi hijo y a recuperar el tiempo perdido, varias semanas, por lo menos. Y creo que deberías aprovecharte de ello, y de que esté dispuesto a invertir en tu panadería.

Se levantó de la cama y fue hasta donde estaba ella, le puso las manos en los hombros desnudos.

—Piénsalo, Nessa —murmuró, clavando sus ojos verdes en los de ella—. Utiliza la cabeza en vez de aferrarte a tu orgullo. La mujer de negocios inteligente que hay en ti sabe que tengo razón, sabe que sería una locura desperdiciar esta oportunidad. Aunque te la esté dando tu despreciable exmarido.

Dijo lo último con una rápida y sensual sonrisa y haciéndole un guiño.

Y fue aquel guiño, y el hecho de que supiese lo poco que le gustaba tenerlo allí, lo que hizo que Vanessa decidiese pararse a pensar, tal y como él le había sugerido.

Pensó en su oferta. Barajó sus opciones. Sopesó su deseo de ampliar la panadería frente al deseo de que Danny fuese sólo suyo y de mantenerlo alejado de Marc, lo mismo que el control de su negocio.

Pensó que era posible que Marc se estuviese comportando de manera amable, considerada y generosa para engañarla. Y que, en cuanto ella aceptase su dinero y le permitiese formar parte de su panadería y de la vida de Danny, él podría quitárselo todo.

Su negocio, su seguridad, a su hijo.

¿De verdad creía eso? A pesar de lo duro que había sido el divorcio, Marc jamás había sido cruel a propósito. No había intentado hacerle daño, no había utilizado su influencia ni el dinero de su familia para dejarla en la indigencia.

Gracias al acuerdo prematrimonial que la familia de Marc, o, más bien, su madre, le había hecho firmar, Vanessa se había marchado de aquel matrimonio con poco más de lo que había tenido al principio, pero era consciente de que podía haber sido todavía peor.

Tenía amigas que habían pasado por divorcios mucho más desagradables, que habían estado casadas con hombres muy ricos que, en un arranque de ira, las habían echado a la calle prácticamente con lo puesto, a veces, acompañadas por sus hijos.

Marc no había sido nunca ese tipo de hombre. Siempre había sido discreto y había preferido enfadarse en silencio a explotar.

Incluso durante el matrimonio, tal vez no hubiese sido todo lo atento que a ella le habría gustado, ni se hubiese tomado en serio las quejas acerca de su familia, o de su distanciamiento, pero jamás habían discutido por tonterías ni la había insultado. Vanessa había deseado que lo hiciese en varias ocasiones, sólo para que le demostrase que le importaba lo suficiente como para discutir.

Pero la respuesta de Marc al conflicto marital siempre había consistido en bajar la cabeza, guardar silencio y meterse en su despacho a trabajar todavía más.

Marc también era uno de los hombres más honrados que conocía.

Todo lo relativo a Danny se quedaría en la esfera personal. Mientras que lo relacionado con la panadería sería estrictamente profesional, y lo trataría como tal.

Si no invertía en La Cabaña de Azúcar, sólo retiraría su dinero y sus vínculos profesionales, no su amor por Danny ni su determinación de formar parte de la vida de su hijo. Y, por otro lado, si estaba en desacuerdo con algo relativo a Danny, jamás retiraría su inversión en la panadería sólo para hacerle daño a ella.

Por desgracia, a ella nunca se le había dado tan bien separar su vida personal de la laboral. Adoraba La Cabaña de Azúcar. Formaba parte de ella, había sido construida con su sangre, su sudor y sus lágrimas y, sobre todo, con su corazón. Si fracasaba, si tenía que cerrar la panadería, una parte de ella moriría también.

Pero todavía más importante que la panadería, quien tenía la mayor parte de su alma y su corazón, era Danny. Sería capaz de prenderle fuego a la panadería si eso significaba mantener la felicidad y la seguridad de su hijo.

Y, para bien o para mal, Marc era el padre de Danny, una parte de él. También era probable que fuese el único inversor que quisiese invertir tanto dinero en una panadería, y que pensase que sus ideas tenían mérito de verdad.

Cualquiera habría aceptado la oferta sin pensárselo, pero para Vanessa había demasiadas cosas en juego, lo mismo que para Danny y para tía Helen.

Al final, no hizo caso a su cabeza ni a su corazón. Siguió su instinto.

—De acuerdo —le dijo haciendo un esfuerzo—, pero no quiero tu caridad. Si vamos a hacer esto, quiero que sea oficial y legal. Haremos que Brian redacte los documentos y que deje constancia de que te devolveré el dinero.

Marc le dedico una sonrisa paternal.

—De acuerdo. Lo llamaré por la mañana para ponernos manos a la obra.

Ella asintió despacio, todavía a regañadientes, todavía insegura.

—Bueno, ya hemos terminado con la parte profesional. Mañana repasaremos los detalles —le dijo él, bajando las manos hasta sus codos antes de añadir—: Ahora viene la parte personal.

Vanessa pensó que quería volver a hablar de Danny y se le hizo un nudo en el estómago. Contuvo la respiración y esperó a que le dijese que iba a pedir su custodia, o que quería llevárselo a Pittsburgh con él.

En su lugar, Marc la abrazó e inclinó la cabeza para besarla.

Capítulo Siete

Vanessa se quedó completamente inmóvil un momento, con los ojos abiertos como platos, pero después, el calor de Marc, su pasión, hicieron que empezase a inclinarse hacia él y que cerrase los ojos.

Marc la abrazó por la cintura y la apretó todavía más contra su cuerpo. Sus labios estaban calientes y se movían con decisión.

Sabía a café y a nata, estaba delicioso. Tal y como Vanessa recordaba.

Siempre le había resultado un verdadero placer besar a Marc, como un vaso de agua fresca en un caluroso día de verano o un baño de espuma después de un duro día de trabajo.

Marc le acarició la mejilla y se apartó sólo lo justo para dejarla respirar y que lo mirase a los ojos. Él tenía la mirada oscura de deseo y Vanessa imaginó que la suya era igual. Lo quisiese o no, le gustase o no, no podía negar la pasión que había entre ambos. Incluso en esos momentos, un año después de su separación, después de que su matrimonio se hubiese terminado.

—Llevaba toda la noche deseando hacerlo —murmuró Marc, acariciándole el rostro justo al lado del labio inferior.

Ella deseó poder decirle todo lo contrario, pero tuvo que admitir que también había pensado en besarlo varias veces desde su inesperada reunión. En especial, durante la cena, mientras se miraban a los ojos a la luz de las velas.

Pero hacerlo no le parecía buena idea. Y estar a solas con él en su habitación de hotel tampoco lo era.

Debía marcharse. Ponerle una mano en el pecho, empujarlo y salir de allí mientras todavía le respondiesen las piernas.

Él levantó la otra mano y la enterró en su pelo.

«Muévete», se dijo Vanessa.

Pero no se movió. Era como si todo su cuerpo se hubiese quedado petrificado.

—Esto no es buena idea —le dijo, obligándose a actuar—. Debería marcharme.

Él esbozó una sonrisa.

—O podrías quedarte —le susurró—, y ver juntos cómo convertir una mala idea en una buena.

Ella le dijo que no mentalmente. «No, no, no». Si se quedaba, sólo lograría empeorar las cosas.

Tenía que marcharse. Y lo haría en cuanto su cuerpo obedeciese las órdenes de su cerebro. Pero, al parecer, la conexión entre ambos estaba estropeada, porque no se podía mover.

Se quedó allí parada, viendo cómo Marc volvía a inclinar la cabeza. Dejó que la besase otra vez, que su lengua la provocase hasta que abrió la boca y la invitó a entrar.

«No es buena idea», pensó mientras lo abrazaba

por el cuello y sus dedos empezaban a jugar con su pelo. «Es muy, muy mala idea…».

La lengua de Marc se entrelazó con la de ella y Vanessa gimió y dejó de pensar con sensatez. Fuese buena o mala idea, ya era demasiado tarde para luchar contra ella. Ni siquiera estaba segura de querer hacerlo.

Marc la apretó todavía más contra su cuerpo, de manera que sus pechos se aplastaron contra el de él y Vanessa notó su erección.

Ella también estaba excitada, tenía el corazón acelerado y mucho calor, y notó cómo se le endurecían los pezones. También tenía las rodillas temblorosas y humedad entre los muslos.

Marc no tardaría en darse cuenta de lo excitada que estaba. Ya le estaba acariciando las caderas y empezaba a meter las manos por debajo del vestido.

Ella empezó a desabrocharle la camisa. Al llegar al último botón, le desabrochó el cinturón y el botón del pantalón y le sacó la camisa. Una vez con su torso al descubierto, apoyó las palmas de las manos en su piel caliente y suave.

Él gimió. Ella, también. Ambos sonidos se mezclaron y Vanessa notó cómo un escalofrío recorría su espalda.

Como si él también lo hubiese sentido, Marc le recorrió la espalda con la mano, hacia arriba, y le masajeó la nuca un segundo antes de desabrocharle la cremallera del vestido.

Vanessa le clavó las uñas en el pecho, presa del deseo. Era tanto que casi no lo podía soportar, hacía que se sintiese sin fuerzas y casi sin respiración. Si Marc no hubiese estado sujetándola, estaba segura de que se habría caído al suelo.

Marc dejó de besarla y le permitió respirar mientras le tiraba del vestido para que se le cayese a los pies. Luego metió los dedos por la cinturilla de las medias y empezó a bajárselas también, arrodillándose delante de ella.

Le puso una mano en el tobillo y le dijo:

—Levanta.

Vanessa lo hizo y él le quitó el zapato y la media del pie.

—Levanta —repitió, para realizar la misma operación con el otro pie, dejándola en medio de la habitación en sujetador y braguitas.

Por suerte, Vanessa había escogido la ropa interior con tanto esmero como la exterior, a pesar de no haber tenido intención de desnudarse delante de él. No obstante, se alegraba de haberse puesto un conjunto nuevo. Un sujetador sin tirantes rojo, rematado con encaje y un culote a juego que le tapaba bastante por delante, pero dejaba al descubierto dos medias lunas por detrás.

Marc debió de fijarse en su ropa interior desde abajo, porque levantó la cabeza, sonrió y dijo:

—Precioso.

Y luego la agarró por las pantorrillas, por las rodillas y subió hacia los muslos.

Ella se humedeció los labios secos con la punta de la lengua.

—Las madres siempre dicen que hay que llevar

ropa interior bonita, por si acaso –comentó con voz temblorosa–. Ahora lo entiendo.

Marc se echó a reír.

–Es más que bonita –le contestó, agarrándola del trasero y dándole un beso en el vientre, justo debajo del ombligo–, pero estoy seguro de que con ese «por si acaso» ninguna madre se refiere a esto.

Ella intentó reír, pero le salió un ruido extraño, ahogado.

–Pero, te gustan, ¿no? ¿Más que unas braguitas de algodón blanco?

Él le dio un beso en el centro del torso y se puso completamente de pie.

–Más que unas braguitas de algodón blanco –admitió–, aunque en realidad me da igual, porque no voy a tardar en quitártelas.

Le puso las manos en la espalda y le desabrochó el sujetador con un rápido movimiento. Ella cruzó los brazos para que no se le cayese del todo.

–Venga, quítate las dos cosas.

Aquella orden hizo que a Vanessa se le encogiese el estómago y se le pusiese la carne de gallina.

A pesar de notar cómo el deseo corría por sus venas, se sintió incómoda y desprotegida. Había llegado hasta allí, incluso sabiendo que era un error colosal.

Ya no era sensato estar a solas con Marc, ni siquiera vestida, así que lo que estaban haciendo, mucho menos, pero le trajo tantos recuerdos increíbles y tantas sensaciones que había pensado que no volvería a experimentar.

Por un momento, pensó en volver a ponerse el vestido y salir corriendo, pero no pudo.

Con los brazos todavía cruzados para que no se le cayese el sujetador, retrocedió. Sólo un pequeño paso.

–Espera –le dijo, con más confianza de la que sentía en realidad.

Él arqueó una ceja y le advirtió con la mirada que, si intentaba salir huyendo, la perseguiría.

Pero Vanessa no tenía intención de correr, sino sólo de postergar un poco las cosas para no ser la única que se estaba quedando helada en aquella vieja habitación de hotel.

–Llevas demasiada ropa –le dijo–. Tú primero.

Marc arqueó la otra ceja. Luego se desabrochó los gemelos y se quitó la camisa, dejándola caer detrás de él al suelo.

Vanessa tragó saliva. Le había parecido buena idea hacer que se desnudase, pero ya no estaba tan segura de que lo fuese. Se le secó la boca sólo de ver aquel estómago tan plano y aquellos musculosos pectorales y notó cómo se le subía el corazón a la garganta.

Sin darle tiempo a recuperarse, Marc se quitó los zapatos, se bajó los pantalones y se acercó un paso más a Vanessa.

–¿Mejor así? –le preguntó, sonriendo divertido.

Y ella pensó que aquello no estaba mejor, sino muchísimo peor. Porque en ese momento, además de estar nerviosa y sentirse desprotegida, también se sentía abrumada.

¿Cómo podía haber olvidado cómo era aquel hombre desnudo?

La belleza de Marc la había divertido durante su matrimonio. El hecho de que las mujeres se girasen a mirarlo y le prestasen tanta atención no la había molestado lo más mínimo, porque siempre había sabido que era suyo. Otras mujeres podían mirarlo, pero sólo ella podía tocarlo.

Pero llevaban más de un año divorciados. ¿Cuántas mujeres lo habrían tocado desde entonces? ¿Cuántas le habrían hecho girar la cabeza a él?

Como si pudiese leerle el pensamiento, Marc levantó la mano y le acarició la mejilla.

—¿Tienes frío? —le preguntó en voz baja.

Y ella negó con la cabeza, aunque no fuese verdad.

Había sido ella quien lo había dejado, quien había pedido el divorcio, pero, aun así, no soportaba imaginárselo con otras mujeres.

Marc le acarició los brazos y entrelazó los dedos con los de ella. Como había hecho cuando habían estado casados, haciéndola sentir muy cerca de él, querida.

Le dio un beso en los labios y susurró:

—Deja que te caliente.

Volvió a besarla y la hizo retroceder.

Vanessa notó la cama con la parte trasera de los muslos y se tumbó. Marc la siguió con cuidado, casi como si fuese una coreografía. El sujetador se le cayó por fin con el movimiento.

Él apoyó su pecho en los de ella, aplastando sus

pezones erguidos. Vanessa gimió y lo abrazó mientras él la besaba de nuevo.

Luego metió los dedos por debajo de la cintura de las braguitas y se las bajó. Después hizo lo mismo con su ropa interior.

Ambos estaban completamente desnudos, apretados como dos capas de celofán. Vanessa volvió a sentirse insegura, recordó que habían pasado meses desde la última vez que habían estado juntos, que había pasado por un embarazo y un parto desde entonces… que había pasado el primer trimestre profundamente deprimida por la ruptura de su matrimonio y la idea de convertirse en madre soltera, ahogando sus penas en helado y masa de galletas.

Además del peso del bebé, había engordado dándose festines de autocompasión y a pesar de haber empezado a ser mucho más disciplinada después de haber dejado de compadecerse de sí misma, todavía no se había deshecho de esos kilos de más. Sus caderas habían ensanchado, su estómago ya no era plano, tenía los muslos más redondeados.

Lo único que le había mejorado era el pecho, que le había aumentado.

Pero fuesen buenos o malos esos recientes cambios físicos, a Marc no parecían preocuparle. De hecho, ni siquiera parecía haberse dado cuenta. Y, si lo había hecho, no había dicho nada y estaba disfrutando de ellos.

Eso hizo que Vanessa se relajase y dejase de obsesionarse. Notó las caricias de Marc, sus besos por la garganta, en el hombro, en el escote, y sintió la necesidad de tocarlo también.

Le acarició la espalda, jugó con su pelo. Le mordisqueó la oreja y frotó la mejilla contra la leve barba que empezaba a salir en su rostro.

Estaba notando su erección y se apretó contra ella. Marc la mordió en el cuello y ella dio un grito ahogado.

Él rió y Vanessa se estremeció al oírlo.

—Deja de jugar —le ordenó casi sin aliento.

—Has empezado tú —replicó él contra su piel mientras buscaba uno de sus pechos con la boca.

Vanessa se quedó inmóvil, sintió cómo el placer la aplastaba contra el colchón. Ni siquiera pudo gritar, los pulmones se le habían quedado desprovistos de oxígeno.

Se aferró a sus hombros mientras Marc la torturaba. Él le lamió y le chupó un pecho y después el otro, volviéndola loca.

Cuando terminó, levantó la cabeza y sonrió. Era una sonrisa perversa, diabólica.

Vanessa vio que volvía a inclinarse sobre ella y tuvo miedo. No supo si iba a poder aguantar mucho más, tanto si Marc continuaba con lo que estaba haciendo como si decidía seguir bajando.

Así que antes de que a Marc se le ocurriese la idea, ella lo abrazó con las piernas por la cadera y metió la mano entre ambos para agarrar su erección. Él dejó escapar un soplido y cerró los ojos.

—Ya basta —le dijo Vanessa.

Él abrió los ojos y la miró.

–¿Quieres que pare? –murmuró.

Sabía que no quería que parase, sólo estaba jugando con ella, torturándola otra vez.

Le dio a probar de su propia medicina apretando los dedos alrededor de su erección, haciendo que diese un grito ahogado y flexionase las rodillas.

–No quiero que pares –le aclaró Vanessa–, sólo quiero que te dejes de preámbulos y vayas directo al grano.

Marc arqueó una ceja y sonrió de oreja a oreja.

–Con que al grano, ¿eh?

Ella notó que se ruborizaba, aunque ya fuese demasiado tarde para eso.

Respiró hondo y levantó la barbilla.

–Ya me has oído.

–Bueno –le dijo él con un brillo de depredador en la mirada–. Veré qué puedo hacer.

Entonces fue Vanessa quien arqueó una ceja.

–Eso espero.

Marc sonrió todavía más antes de besarla con fuerza. Le apartó la mano despacio para poner la suya y se colocó mejor entre sus piernas para poder penetrarla. Lo hizo lentamente, con cuidado, mientras la besaba y absorbía sus gemidos.

La fue llenando centímetro a centímetro. La sensación fue asombrosa, perfecta.

Como tantas otras veces en el pasado, Vanessa se maravilló de lo bien que encajaban juntos, incluso a pesar de los cambios que había sufrido su cuerpo durante el último año.

Marc se apoyó en los hombros y dejó de besarla.

Vanessa aprovechó la oportunidad para morderse el labio inferior y echar la cabeza hacia atrás, extasiada. Él hizo lo mismo mientras entraba y salía, despacio al principio, y luego cada vez con mayor rapidez.

Vanessa también levantó las caderas para recibirlo, dejando que el movimiento y las sensaciones la invadiesen por completo.

Quería, no, necesitaba, lo que sólo Marc podía darle. Y quería que lo hiciese todavía más fuerte, todavía más rápidamente.

–Marc, por favor –le rogó, abrazándolo por el cuello antes de mordisquearle el lóbulo de la oreja.

Luego clavó los dientes con más fuerza en su hombro.

Él se estremeció, la agarró por la cintura y la penetró todavía más, con más fuerza, haciéndola gritar, gritando a su vez.

Hasta que la presa se rompió y el placer invadió a Vanessa acompañado de una ola de calor.

Dijo su nombre y se aferró a él como si temiese por su vida, absorbiendo el impacto de sus últimos empellones, hasta que notó que dejaba caer todo su peso sobre ella y lo oyó gemir con satisfacción.

Capítulo Ocho

–Creo que ha sido una mala idea –murmuró Vanessa.

Marc se había preguntado cuánto tiempo tardaría en empezar a arrepentirse.

Estaban tumbados boca arriba, el uno al lado del otro. Vanessa se había tapado con la sábana hasta el cuello. Él estaba un poco más relajado, con la sábana tapándole sólo el abdomen.

En cualquier caso, no podía no estar de acuerdo con ella con respecto a que había sido mala idea. No se arrepentía. Jamás podría arrepentirse de hacer el amor con Vanessa, pero sabía que no había sido la decisión más inteligente de su vida.

Ni siquiera sabía qué lo había poseído para haberla besado en primer lugar.

Tal vez fuese que había estado toda la noche pensando en besarla.

O que no había logrado sacársela de la cabeza desde que había vuelto a verla, después de tanto tiempo, después de haber decidido que no volvería a verla jamás.

O que Vanessa era, sencillamente, irresistible. Para él, siempre lo había sido.

Casi no le sorprendía que hubiesen hecho un

hijo juntos mientras su matrimonio se desmoronaba. A pesar de sus diferencias y problemas, siempre habían sido compatibles físicamente.

Y era un alivio saber que eso no había cambiado. Ya no estaban casados, ella le había ocultado a su hijo y ninguno de los dos estaba seguro de lo que les iba a deparar el futuro, pero al menos Marc sabía que seguía habiendo pasión entre ellos. Más que pasión, un deseo y un anhelo irrefrenables.

Marc le rozó la pierna y notó que su erección volvía a crecer. Ella, por su parte, se apartó.

–Tienes razón –le dijo Marc–. Tal vez no haya sido lo más sensato. Al menos, dadas las circunstancias.

–Me temo que te quedas corto –protestó ella, girándose hacia el borde de la cama y sentándose.

Se quedó así un minuto, sin moverse, y Marc aprovechó para admirar cómo le caía la corta melena sobre los hombros, la suave línea de su espalda. Había engordado un poco con el embarazo, pero eso no le restaba ni un ápice de atractivo.

Sino que, en todo caso, hacía que fuese todavía más bella y sensual. Él había disfrutado mucho descubriendo sus nuevas curvas con las manos y con los labios.

Sonrió de medio lado, no sólo por las vistas, sino por el tono de su voz. Siempre le había gustado la manera de expresarse de Vanessa.

A ella siempre le había molestando verlo sonreír cuando estaba enfadada, regañándolo. Pero Marc no sonreía porque no la escuchase o no se la tomase en serio, sino porque le encantaba observarla y escucharla, aunque fuese echándole la bronca.

Su manera de moverse, de ir de un lado a otro y mover los brazos. El modo en que subía y bajaba su pecho, agitado. Lo cierto era… que lo excitaba. Y nueve de cada diez veces, sus discusiones terminaban con un sexo estupendo.

A posteriori, Marc se había dado cuenta de que tal vez aquello hubiese causado otros problemas que los habían llevado a separarse. Él no había pretendido burlarse de sus sentimientos ni de sus opiniones, sólo había creído que su relación estaba tan afianzada que ninguna diferencia ni malentendido podría romperla.

Qué equivocado había estado. Y cuando había querido darse cuenta, ya había sido demasiado tarde.

–No puede volver a ocurrir –le dijo Vanessa, todavía dándole la espalda.

Por un momento, Marc se quedó bloqueado y pensó que estaba hablando de su divorcio, que no podría volver a ocurrir y, que si él pudiese dar marcha atrás, jamás habría tenido lugar.

Entonces se dio cuenta de que se refería al sexo.

–Marc –añadió Vanessa al ver que no contestaba. Se giró ligeramente e inclinó la cabeza para poder verlo con el rabillo del ojo–. Esto no puede volver a ocurrir.

Él se tumbó de lado y se apoyó en un codo, dejando que el silencio inundase la habitación mientras la estudiaba.

–¿Qué quieres que te diga, Vanessa? –murmuró–. ¿Que me arrepiento de que hayamos hecho el amor? ¿Que no espero que vuelva a ocurrir? Lo siento, pero no puedo.

–¿Puede saberse qué te pasa? –inquirió ella.

Se puso de pie de un salto y se llevó la sábana, dejando a Marc completamente al descubierto.

Vanessa terminó de tirar de la tela, que se había quedado apresaba debajo del colchón, ignorando la desnudez de su exmarido. Luego tomó la colcha que estaba a los pies de la cama y se la echó por encima, tapándole la cabeza y todo. Él rió.

–Estamos divorciados, Marcus –espetó Vanessa, como si no lo supiese.

Luego recorrió la habitación furiosa, recogiendo su ropa prenda por prenda.

–Se supone que las parejas divorciadas no se acuestan juntas.

–Tal vez, pero ambos sabemos que ocurre con frecuencia.

–Pues no debería –replicó ella mientras intentaba ponerse la ropa interior sin que se le cayese la sábana–. Además, tú me odias.

Había tensión en el ambiente.

–¿Quién ha dicho eso?

Vanessa se quedó inmóvil al oír aquello y levantó la vista para mirarlo a los ojos.

–¿No es cierto? Quiero decir, que me odias y lo sabes. O, al menos, deberías odiarme. No te conté que estaba embarazada. No te conté lo de Danny.

Él frunció el ceño y se puso muy serio al recordarlo. Se había esforzado mucho en olvidar que ése era, en parte, el motivo por el que estaba allí.

La observó, envuelta en una sábana como una diosa griega. Era evidente que tenía motivos para odiarla. Y que tenían todavía muchas cosas que aclarar, pero, por algún motivo, en esos momentos, no era capaz de enfadarse con ella.

–Te voy a dar un consejo –le dijo en su lugar, intentando no sonreír–. Cuando alguien se haya olvidado temporalmente de que tiene algún motivo para estar enfadado contigo, es mejor no recordárselo.

–Pero es que deberías estar enfadado conmigo –insistió Vanessa, dándole la espalda para seguir vistiéndose.

Marc vio cómo luchaba con el sujetador y luego dejaba caer la sábana.

Contuvo las ganas de agarrarla y volver a llevársela a la cama. Al parecer, Vanessa quería que estuviese enfadado con ella.

Por una parte, al menos, sabía que no se había acostado con él con la intención de seducirlo y hacerle olvidar que había intentado ocultarle que tenía un hijo. Por otra parte, hasta entonces Vanessa había hecho todo lo posible para estar a buenas con él. Para evitar acritudes, una posible batalla por la custodia del niño o que él se lo llevase a Pittsburgh.

Era cierto que, hasta ese día, había estado un año sin hablar con ella. Y el hecho de que hubiese sido ella quien lo hubiese dejado, significaba que no la había sabido entender, para empezar, pero el único motivo que se le ocurría para que ella quisiese recordarle que debía estar enfadado era que necesitaba poner algo entre ambos. Un muro. Una barrera.

Si él la odiaba, no querría volver a estar con ella. Si la odiaba, tal vez se hartase y se volviese a Pittsburgh, solo, sin Danny.

Llegarían a un acuerdo con respecto a la custodia. Insistiría. Y estaba seguro de que Vanessa no se opondría. Lo menos que podría hacer sería permitir que viese a Danny de manera regular, o incluso que se lo llevase a Pittsburgh unos días para presentárselo a su familia.

No obstante, Marc llevaba demasiado tiempo en el mundo de los negocios como para saber que, cuando alguien cedía con demasiada facilidad, era normalmente porque intentaba mantener o conseguir algo todavía más importante. Y Vanessa debía de querer mantener las distancias.

Se había mudado a Summerville nada más divorciarse, se había instalado con su tía y había montado La Cabaña de Azúcar.

Si el Destino no hubiese intervenido para llevarlo a él allí, jamás habría sabido dónde estaba Vanessa, ni que tenía un hijo. Su hijo.

Así que, eso era, quería mantener las distancias. Y si lo hacía enfadar, era más probable que se marchase, ¿no?

Eso hizo que Marc desease todavía más estar allí.

Se movió hacia el borde de la cama y se sentó en él.

–Bueno, pues siento decepcionarte, pero no te odio.

Se levantó y se acercó a ella completamente desnudo.

Vanessa retrocedió y lo vio inclinarse y recoger sus pantalones y su ropa interior.

–No me gusta lo que hiciste –le aclaró Marc mientras se vestía muy despacio–, y no puedo decir que no esté algo enfadado y resentido al respecto. Y no puedo asegurarte que ese enfado y ese resentimiento no vayan a salir a la superficie alguna vez, pero ya hemos hablado de eso. No estuvo bien que me ocultases a Danny. Es un tiempo que no voy a poder recuperar. No obstante, ahora que sé que tengo un hijo, las cosas van a cambiar. Voy a formar parte de su vida y, por lo tanto, también de la tuya.

Ella estaba a sólo medio metro de él, con el vestido pegado al pecho para taparse.

–Deberías ir haciéndote a la idea –añadió–. Cuanto antes, mejor. Y hay otra cosa que deberías tener en cuenta –le dijo, cruzándose de brazos con decisión.

Vanessa no respondió. En su lugar, inclinó la cabeza y tragó saliva con dificultad mientras esperaba, nerviosa, a que Marc terminase de hablar.

–Que no hemos utilizado preservativo, lo que significa que podrías estar embarazada de nuestro segundo hijo.

Capítulo Nueve

Dios santo.

Vanessa se quedó sin aliento al oír aquello, se tambaleó.

¿En qué había estado pensando? Ya era malo que se hubiese acostado con su exmarido, pero que se le hubiese olvidado la protección era mucho peor.

Rezó porque no se hubiese quedado embarazada, porque no podía ni pensar en volver a pasar por otro embarazo inesperado, no planeado, y de su exmarido.

–No lo estoy –le dijo con toda la firmeza de la que fue capaz.

Marc arqueó una ceja.

–¿Cómo puedes estar tan segura?

–Porque no lo estoy –insistió, poniéndose el vestido.

Daba igual que no pudiese subirse la cremallera de la espalda sola, iría hasta casa sujetándoselo para que no se le cayese antes de pedirle a Marc que la ayudase.

–¿En qué estabas pensando? –inquirió, golpeando el suelo con un pie–. ¿Cómo has podido hacer… dejar que lo hiciésemos… sin tomar precauciones? No sabía que fueses tan irresponsable.

Marc se encogió de hombros. No parecía preocupado.

–¿Qué quieres que te diga? Me he dejado llevar por la pasión y por la emoción de estar contigo después de tanto tiempo.

–Venga ya –dijo ella, mientras se ponía los zapatos.

–¿Tanto te cuesta creerlo? –le preguntó él con rostro inexpresivo.

Vanessa no tenía ni idea de lo que pensaba. ¿Estaba disgustado porque no habían utilizado protección? ¿Estaba contento? ¿Enfadado? ¿Excitado? ¿Confundido?

Ella tenía náuseas. Y estaba disgustada, enfadada y confundida.

Si resultaba que se había quedado embarazada… Volvió a rezar porque no fuese así.

Si se quedaba embarazada otra vez, ya sí que no podría deshacerse jamás de Marc, que sería capaz incluso de mudarse a vivir a Summerville, o de insistir en que volviesen a casarse y en que ella volviese a Pittsburgh.

«No, no, no, no, no». Vanessa negó con la cabeza mientras miraba a su alrededor para asegurarse de que no se le olvidaba nada en aquella habitación. El bolso, el reloj, un pendiente…

–Creo que subestimas tu atractivo –comentó Marc, al parecer, ajeno a su estado.

Ella lo miró una vez más antes de darse la vuelta y dirigirse hacia la puerta.

–Vanessa.

Ya tenía la mano en el pomo, pero se detuvo. No se giró a mirarlo, pero esperó a que Marc continuase hablando.

–Te veré en la panadería mañana por la mañana a primera hora, a las ocho. Quiero que Danny esté contigo.

Ella sintió un escalofrío, no supo si de asco por tener que volver a verlo, o de alivio porque sólo le hubiese pedido aquello.

Asintió con brusquedad, abrió la puerta y salió al pasillo.

–Y quiero enterarme en cuanto te enteres tú –continuó él, haciendo que se detuviese por segunda vez.

–¿Enterarte? –repitió Vanessa.

–De si vamos a darle un hermano a nuestro hijo dentro de unos meses.

Tía Helen y Vanessa llegaron con Danny a las cinco de la mañana a La Cabaña de Azúcar. Mientras tía Helen y ella se preparaban para abrir, Vanessa intentó no pensar en él Marc, aunque no pudo evitar preguntarse cómo había podido meterse en semejante lío.

Su vida parecía haberse convertido de repente en un culebrón, y lo peor era que sabía que esas historias eran interminables.

Por desgracia, antes de que pudiese darse cuenta, los vecinos más tempraneros de Summerville estaban entrando en la panadería para desayunar. Incluso antes de que diesen las ocho, pegó la mirada a la puerta, esperando la llegada de Marc.

Pero dieron las ocho y no apareció. Las ocho y diez, y veinte, las nueve menos cuarto, y no estaba allí.

Tenía que haberse sentido aliviada, pero, en su lugar, empezó a preocuparse. Marc no solía llegar nunca tarde, y menos después de haberle advertido que iría a las ocho en punto.

Sirvió cuatro cafés y unos bollos con un ojo clavado en el reloj e intentó decidir si subir a disfrutar de unos minutos de tranquilidad al piso de arriba o llamar al hostal para preguntar por él.

A las nueve y media, no sólo había decidido llamar al hostal, sino incluso ir a buscarlo y llamar a la policía si no estaba allí, pero antes de que le diese tiempo a quitarse el delantal y pedirle a la tía Helen que se quedase al frente de la panadería, oyó la campanilla de la puerta y vio entrar a Marc con una encantadora sonrisa en el rostro.

Lo cierto era que estaba imponente. En vez de ir vestido con el habitual traje, llevaba unos pantalones de color tostado y una camisa azul con el cuello desabrochado y remangada.

Avanzó entre las mesas como si el local fuese suyo y se acercó a ella.

–Buenos días –la saludó alegremente.

–Buenos días –respondió ella con mucho menos entusiasmo–. Llegas tarde. Me dijiste que vendrías a las ocho.

Marc se encogió de hombros.

–Tenía que hacer unos recados.

Vanessa arqueó una ceja, pero no preguntó porque no estaba segura de querer conocer la respuesta.

–¿Tienes un minuto? –le preguntó él.

Vanessa calculó el número de clientes que había y asintió. Fue hacia la cocina y asomó la cabeza por la puerta.

–Tía Helen, ¿te importaría atender el mostrador un momento? Tengo que hablar con Marc.

Tía Helen terminó lo que estaba haciendo y salió, limpiándose las manos en el delantal mientras Vanessa se quitaba el suyo y lo colgaba de un gancho en la pared. Helen miró a Marc con cautela, pero, por suerte, no dijo nada.

Vanessa no le había contado lo sucedido la noche anterior con Marc. Le había hecho un breve resumen de la cena, como si hubiesen estado hablando de la panadería, de temas profesionales. No le había dicho que había subido a su habitación ni que habían perdido el control.

Sabía que eso sólo habría servido para que aumentase la animadversión que su tía sentía por Marc. Había habido una época, hacía poco tiempo, que Vanessa le había agradecido su protección y tener con quien hablar de todo lo sucedido.

Pero las cosas habían cambiado. Y no necesariamente a mejor. Marc sabía de la existencia de Danny, estaba decidido a formar parte de su vida y eso significaba que también iba a formar parte de la de ella. Para bien o para mal, tenía que encontrar la manera de hacer las paces con su exmarido, aunque fuese sólo para evitar que su vida se convirtiese en un infierno a partir de entonces.

Por eso tenía que evitar hablar mal de él delante de su tía. Probablemente, no debía haberlo hecho nunca, pero se había sentido tan dolida, tan triste, que había tenido que hablar con alguien y tía Helen había sido el hombro perfecto en el que llorar.

Marc la siguió, agarrándola por el codo, y ambos atravesaron la puerta que daba al local de al lado.

Vanessa pensó que iban allí sólo para poder hablar en privado y se le encogió el estómago de pensar en cuál sería la bomba que le lanzaría su exmarido en esa ocasión, pero en vez de detenerse en el centro del local, Marc siguió andando y la llevó hasta el escaparate, que daba a la calle.

–¿Tienes llave de esta puerta? –le preguntó, señalando la puerta de la calle.

–Sí. El dueño sabe que estoy interesada en alquilarlo y me deja utilizarlo de vez en cuando como almacén. Además, se lo enseño a otros posibles arrendatarios cuando él no puede hacerlo.

–Bien –respondió Marc sin soltarle el codo–. Voy a necesitarla.

–¿Para qué?

–Para dejar entrar a esos tipos –le dijo Marc, inclinando la cabeza en dirección a la calle–. Salvo que quieras que pasen por tu panadería con toda su suciedad y sus aparatos.

Vanessa siguió su mirada y parpadeó al ver la acera llena de hombres en vaqueros y camisas de

trabajo, descargando cajas de herramientas, caba-
lletes de serrar, maderos y varias herramientas para
cortar de varios camiones que había aparcados en
la curva.

–¿Quiénes son? –preguntó consternada.

–Son de la empresa de construcción.

Vanessa lo miró confundida y él no tardó en darle una explicación:

–Van a limpiar el local y a empezar a montar las
estanterías y los mostradores.

–¿Qué? ¿Por qué?

La expresión de su exmarido pasó de la diversión a la exasperación.

–Forma parte del plan de ampliación, ¿recuerdas? Tenemos que reformar este local para que La
Cabaña de Azúcar pueda empezar su distribución
por correo, como tú habías pensado.

Ella miró a Marc y después a los trabajadores
que había en la calle, otra vez a Marc, a los traba-
dores… Y supo cómo se sentía un animal salvaje
cuando iba a cruzar una carretera y, de repente, lo
iluminaban los faros de un coche.

–No lo entiendo –dijo, sacudiendo lentamente
la cabeza–. Yo no los he contratado. No pueden empezar a trabajar aquí porque todavía no he alquilado el local. No tengo el dinero.

Marc suspiró.

–¿Por qué crees que estoy aquí, Vanessa? Además de para pasar tiempo con Danny. ¿Te acuerdas
de lo que hablamos anoche?

Vanessa se acordaba muy bien de todo lo ocurrido la noche anterior. Y se acordaba de que no habían utilizado preservativo, y de que se estaba tomando la píldora, así que podía volver a estar embarazada. El resto de recuerdos estaban un poco más borrosos, en especial, en esos momentos.

Uno de los obreros se acercó a la puerta. Marc le hizo un gesto con la mano, indicándole que esperase uno o dos minutos, el hombre asintió y volvió a su camión.

–Ya me he ocupado yo, ¿de acuerdo? –le dijo después a Vanessa–. He hablado con el dueño del local de las reformas que queremos hacer. Estará alquilado a tu nombre, y el contrato incluirá un permiso para realizar las obras que estimemos oportunas para la ampliación de tu negocio. Brian está ocupándose de redactarlo y lo tendrá listo hoy mismo. También me va a dar una copia de la llave, pero, por ahora, necesito la tuya.

–Pero… Si Brian todavía no ha hablado con el señor Parsons, ¿cómo sabes que va a acceder a alquilarnos, a alquilarme el local?

–Vanessa –le dijo él despacio, con firmeza, como si estuviese hablando con un niño pequeño–. Ya me he ocupado de todo. El local está en alquiler, Brian va a alquilarlo. ¿Qué más necesitas saber?

Vanessa empezó a entenderlo. Empezó a darse cuenta de cuál era la situación y de que Marc estaba decidido a quedarse en el pueblo.

–Deja que lo adivine, el dinero no es un problema –dijo, intentando imitar su voz–. Le has dicho a Brian qué es lo que quieres, sin límite de gastos, y él hará lo que sea necesario para que puedas salirte con la tuya.

Él le soltó el codo y puso los brazos en jarras, suspiró con frustración.

–¿Qué hay de malo en eso? –quiso saber.

Y ella deseó poder guardar silencio. Deseó que no le importase que estuviese utilizando su dinero y su prestigio para ayudarla a ampliar la panadería.

En el pasado, aquel poder y aquella seguridad habían llegado a impresionarla, en ese momento, la ponían nerviosa.

–No quiero estar en deuda contigo, Marc –le confesó–. No quiero deberte nada, ni saber que La Cabaña de Azúcar ha crecido y tiene éxito porque has llegado tú al pueblo para ayudarme con tu dinero.

–¿Por qué te importa tanto de dónde proceda el dinero? Lo importante es que vas a tener el espacio suficiente para expandir el negocio.

Ella sacudió la cabeza y se cruzó de brazos, retrocedió un paso.

–No lo entiendes. Claro que importa, porque si llegas aquí con la chequera en la mano y llevándote por delante a quien se interponga en tu camino, entonces ya no es mi negocio. Es otra insignificante adquisición de Keller Corporation.

Marc se cruzó de brazos también.

–No me digas eso. Le pediste a Brian Blake que te buscase un inversor. Así que tu problema no es que yo llegue con la chequera en la mano, sino que es mi chequera.

—Por supuesto —admitió ella con frustración—. Ya hemos pasado por esto antes, Marc. El dinero, la influencia, que todo el mundo se ponga firme sólo porque te apellidas Keller.

Vanessa descruzó los brazos y se llevó las manos a la cara un minuto, intentando calmar sus pensamientos y su ira. Cuando las bajó, pudo hablar con más tranquilidad:

—No me malinterpretes. Al principio, me gustaba. Disfrutaba del nivel de vida que tenía siendo tu esposa. Las fiestas, la ropa, no tener que preocuparme por llegar a fin de mes.

Sí, después de tener que luchar y trabajar duro para salir adelante, había estado bien casarse con un hombre con dinero.

—Pero no tienes ni idea de lo que es ser tu esposa y vivir bajo tu techo sin ser realmente una Keller.

Él frunció el ceño, confundido.

—¿De qué estás hablando? Por supuesto que eras una Keller. Eras mi esposa.

—Pues no todo el mundo pensaba igual —le dijo ella, recordando todas las ocasiones en las que la madre de Marc le había recordado que sólo se apellidaba Keller porque se había casado con él.

—Lo siento —contestó Marc, alargando los brazos hacia ella, pero bajándolos antes de llegar a tocarla—. Jamás pretendí hacerte sentir una extraña.

Y Vanessa se sintió culpable al ver dolor en su rostro. Abrió la boca para decirle que había sido su madre la que la había ofendido, pero un golpe en el cristal los sobresaltó a ambos.

100

El mismo obrero que un rato antes, al parecer, el jefe de la cuadrilla, puso gesto impaciente y se golpeó el reloj.

Marc le pidió con la mano que esperase un segundo y luego se volvió hacia ella.

–Voy a necesitar la llave.

Ella se humedeció los labios y tragó saliva. Había estado a punto de tener una conversación adulta y sincera con su exmarido. Había estado a punto de reunir el valor suficiente para contarle la verdad de por qué lo había dejado. En el pasado, había intentado decirle muchas veces cómo la trataban, que la hacían sentirse como a una extraña en su propia casa, pero jamás había sido capaz.

Una parte de ella pensaba que, si Marc la hubiese querido lo suficiente, si la hubiese entendido, habría comprendido lo que intentaba decirle sin necesidad de expresarle su creciente infelicidad. En esos momentos se dio cuenta de que no podía esperar que nadie le leyese la mente.

Deseó haber tenido la valentía necesaria para habérselo contado entonces. Tal vez las cosas hubiesen salido de otra manera.

Pero todo aquello era ya agua pasada y su última oportunidad de sincerarse con él acababa de irse al traste gracias a aquel obrero.

Volvió a humedecerse los labios y asintió.

–Iré a por la llave –le dijo, dándose la vuelta para volver a la panadería.

Capítulo Diez

—Te prometo que con tanto jaleo me están entrando ganas de meterme yo en ese horno.

Vanessa levantó la cabeza de los pequeños montones de masa que estaba salpicando de pasas para mirar a tía Helen, que estaba metiendo una bandeja en el horno industrial. Lo cerró con un golpe seco.

No había sido fácil acostumbrarse a los ruidos y al ir y venir de los obreros. Vanessa se había disculpado muchas veces con los clientes y también había puesto un par de carteles pidiendo perdón por las molestias y los ruidos. Por suerte no estaba entrando polvo en la panadería, pero los clientes ya no podían disfrutar tranquilamente de un té y un pastel.

—Terminarán pronto —tranquilizó a su tía, repitiendo la frase que el capataz había estado diciéndole a ella toda la semana anterior.

Teniendo en cuenta que la reforma estaba progresando mucho, tenía la esperanza de que pudiese estar terminada en tan sólo una o dos semanas más.

—Y tienes que admitir que es todo un detalle que Marc esté haciendo todo esto por nosotras.

Tía Helen resopló.

—No te engañes, cariño. No lo hace por nosotras.

Lo hace por él mismo, y para tenerte dominada, y tú lo sabes.

Vanessa no respondió, sobre todo, porque pensaba que su tía tenía razón. No le cabía la menor duda de que Marc no estaría allí si no tuviese algo que ganar.

Quería estar cerca de Danny y, de hecho, pasaba casi todas las noches en casa de tía Helen con ellos. Marc ayudaba a dar la cena a Danny, lo bañaba y lo acostaba. Había insistido en que Vanessa lo enseñase a cambiarle el pañal y lo hacía casi tantas veces como ella. Jugaba con el niño en una manta en el suelo, lo paseaba, lo llevaba al parque, aunque fuese demasiado pequeño para disfrutarlo realmente.

Era todo tan natural, tan… agradable.

Pero tal y como le acababa de recordar tía Helen, no debía olvidar que todo lo que Marc hacía, lo hacía por algo. Quería conocer a su hijo, cosa comprensible e incluso aparentemente inocente.

Pero también era posible que tuviese otros motivos.

En esos momentos, Marc estaba utilizando la reforma y la ampliación de la panadería como excusa para estar cerca de su hijo y para ocupar su tiempo mientras Danny se echaba sus frecuentes siestas, pero ¿qué ocurriría después?

¿Qué pasaría cuando decidiese que ya conocía a Danny lo suficiente y quisiese llevárselo a Pittsburgh para que ocupase el lugar que debía ocupar en el árbol genealógico de la familia Keller?

¿Qué ocurriría cuando se aburriese de la ampliación de La Cabaña de Azúcar y de la vida de Summerville?

¿Y por qué se molestaba ella en hacerse esas preguntas cuando ya conocía las respuestas?

Durante las dos últimas semanas, Marc le había recordado más que nunca al hombre del que se había enamorado. Había sido amable y generoso, dulce y divertido. Le abría las puertas para que pasase, se prestaba voluntario a recoger la mesa después de las comidas y llevaba a su hijo a dormir.

Y la tocaba. No de manera abierta ni sexual, sólo un roce con los dedos de vez en cuando, en el brazo, en el dorso de la mano, en la mejilla al apartarle un mechón de pelo de la cara y metérselo detrás de la oreja.

Ella intentaba no darle demasiada importancia a aquellos pequeños gestos, pero no podía evitar que se le acelerase el corazón. Tía Helen se había quejado más de una vez de que en casa o en panadería hacía demasiado frío, pero cuando la presencia y las constantes atenciones de Marc hacían que a Vanessa le subiese la temperatura, lo único que podía hacer para luchar contra ello era poner el aire acondicionado.

Marc empujó las puertas de la cocina y a ella estuvo a punto de caérsele la cuchara que tenía en la mano.

Volvió a subirle la temperatura, notó que se ruborizaba y que empezaba a sudar. Al menos en esa ocasión podría echarle la culpa a los hornos y al trabajo.

–Cuando tengas un minuto –le dijo Marc–, deberías venir a ver qué opinas. La reforma está casi terminada y los obreros quieren saber si quieres que hagan algo más antes de marcharse.

–Ah –dijo ella, levantando la cabeza.

Había pasado a ver la obra un par de veces, pero no había querido molestar. Además, Marc había estado tan pendiente de todo que, en realidad, su presencia y opiniones no habían sido necesarias.

Pero en esos momentos, con la reforma casi terminada, se puso nerviosa y tuvo ganas de ver cómo había quedado. Quería empezar a imaginarse trabajando allí, metiendo en cajas las delicias que enviaría por correo, supervisando a los trabajadores que tendría que contratar, si es que su idea tenía tanto éxito como esperaba.

Miró un segundo a tía Helen, dejó la cuchara en el cuenco que tenía delante y se limpió las manos en un paño limpio.

–¿Te importa? –le preguntó a Helen.

–Por supuesto que no. Ve, cariño –le dijo ésta, acercándose para continuar con las galletas–. Yo terminaré esto y, cuando vuelvas, tal vez sea yo la que vaya a echar un vistazo.

Vanessa sonrió y le dio un beso a su tía en la mejilla, luego se quitó el delantal y siguió a Marc. Oyó los martillazos antes de llegar a la puerta del local de al lado, pero ya casi se había acostumbrado, lo mismo que sus clientes habituales.

Marc le abrió la puerta que comunicaba la panadería con el otro local y apartó la lámina de plástico grueso que habían puesto delante de ella para evitar que pasase el polvo.

Vanessa entró delante de él y suspiró al mirar a su alrededor. El local estaba precioso. Jamás lo habría imaginado así.

Las paredes estaban llenas de estanterías a varias alturas y de varios tamaños. Habían arreglado también el suelo y el techo y la pintura hacía juego con la de La Cabaña de Azúcar.

–¡Oh! –gritó Vanessa.

–¿Tiene tu aprobación? –le preguntó Marc en tono divertido.

Y ella estaba segura de que se había dado cuenta de que le temblaban las manos y tenía los ojos llorosos de la emoción, pero aun así consiguió decirle en un susurro:

–Es increíble.

Giró sobre sí misma para volver a verlo todo y su asombro creció todavía más. No se paró a pensar cómo había sido posible ni de cuánto habría costado. Sólo sabía que disponía de ese local para ampliar el negocio de su vida.

Dio un gritito, abrazó a Marc y lo apretó con fuerza. Él la rodeó con ambos brazos por la cintura casi inmediatamente.

–Gracias –murmuró Vanessa–. Es perfecto.

Cuando se apartó, vio que Marc tenía una expresión extraña en el rostro, pero entonces se acercó a ellos el capataz, tan oportuno como siempre.

–Parece que le gusta cómo ha quedado –comentó con una sonrisa, dirigiéndose a Marc.

Teniendo en cuenta que Vanessa todavía estaba abrazando a su exmarido, era fácil llegar a esa conclusión. De repente, sintió vergüenza, se aclaró la garganta y retrocedió para poner una distancia más respetable entre ambos.

–Sí, parece que le gusta –respondió Marc.

–Jamás habría imaginado algo así –les dijo ella a los dos hombres–. A pesar de haber visto los planos, no pensé que iba a quedar tan bien.

–Me alegro de que le guste. Si quiere que hagamos algo más, o que cambiemos algo, hágamelo saber. Estaremos aquí terminando algunos detalles.

Vanessa no quería cambiar nada, pero mientras los dos hombres hablaban de negocios, se dio un paseo por el local. Admirando, tocando, llenando mentalmente las estanterías e imaginándose trabajando detrás de los mostradores. Le encantaba la moldura de los techos, que era igual que la de la panadería y hacía que sintiese aquel lugar como suyo.

¡Suyo!

Bueno, suyo y de tía Helen. Y de Marc o del banco, dado que alguien iba a tener que pagarlo.

Aunque se había resistido a atarse de aquel modo a su exmarido, no podía negar que le había dado algo que nadie más le habría dado, y en un tiempo récord.

Oyó pisadas detrás de ella y se giró. Era Marc.

–Dejarán esto limpio y se marcharán en un par de horas. Y los ordenadores llegarán mañana.

Vanessa se agarró las manos. Estaba tan emocionada que casi no podía contenerse.

Necesitaría una página web... y alguien que la diseñase y la mantuviese, ya que ella no sabía hacerlo. También necesitaría envases y abrir una cuenta con una empresa de transporte fiable, necesitaría etiquetas y, probablemente, hasta un catálogo.

Tenía tantas cosas por hacer. Más, tal vez, de las que había pensado.

De repente sintió miedo y notó que le costaba respirar. No podía hacer aquello. Era demasiado. Ella era sólo una persona, aunque contase con la ayuda de tía Helen.

—Sé que tienes mucho que hacer —le dijo Marc, interrumpiendo sus alarmados pensamientos y permitiendo que algo de oxígeno volviese a entrar en sus pulmones—, pero antes de que empieces a preocuparte, hay algo de lo que me gustaría hablar contigo.

Ella respiró hondo y se obligó a relajarse. Cada cosa a su tiempo, iría paso a paso. Había llegado hasta allí y podría seguir adelante... aunque tardase meses en conseguir lo que un Keller rico y poderoso había hecho en tan sólo una noche.

—De acuerdo.

—Tengo que volver a casa por motivos de trabajo.

—Ah —dijo ella sorprendida.

Se había acostumbrado tanto a tenerlo allí que la noticia la pilló desprevenida. Era irónico, después de lo mucho que había deseado que volviese a Pittsburgh al verlo llegar. En esos momentos, le era difícil imaginarse la panadería, o su vida diaria, sin él.

Intentó no pensar en aquello y asintió.

–De acuerdo. Lo entiendo. Además, ya has hecho más que suficiente durante tu estancia aquí.

Se contuvo antes de darle las gracias porque, en realidad, no le estaba haciendo ningún favor. Había sido muy generoso, pero no lo había hecho de corazón. Lo mejor sería aceptar lo que le había dado y dejar que se marchase a Pittsburgh antes de que le ocurriese pedirle algo a cambio.

Marc sonrió y a ella se le aceleró el corazón.

–¿Qué? –preguntó, retrocediendo ligeramente.

–Crees que voy a recoger y me voy a marchar sin más, ¿no?

Sí, ésa era la esperanza que había tenido.

–Está bien. Lo entiendo –repitió ella–. Todo esto es maravilloso. Tía Helen y yo nos ocuparemos de empezar el nuevo negocio.

Él sonrió todavía más y Vanessa sintió miedo.

–Estoy seguro de que lo haréis muy bien, pero el lanzamiento tendrá que esperar a que volvamos.

Vanessa parpadeó sorprendida e intentó asimilar sus palabras.

–¿A que volvamos?

Marc asintió.

–Quiero que Danny y tú vengáis conmigo a Pittsburgh para poder presentar al niño a mi familia.

Capítulo Once

—No.

Vanessa se dio la media vuelta y se alejó, dejando a Marc allí solo.

Era evidente que éste no había esperado verla saltar de alegría con la idea de acompañarlo a Pittsburgh, pero había pensado que, al menos, sería razonable al respecto.

Suspiró resignado y la siguió hasta la panadería. No la vio, debía de haberse metido en la cocina, lo que significaba que se había marchado casi corriendo.

Levantó la mano para empujar la puerta, pero ésta se movió bruscamente hacia él, dándole casi en la cara. Tía Helen abrió mucho los ojos, sorprendida al verlo, pero no dijo nada, se limitó a levantar la barbilla y a dirigirse hacia el mostrador.

Marc entró en la cocina y encontró a Vanessa donde había imaginado que estaría, delante de una de las islas centrales, trabajando. Era evidente que estaba nerviosa porque sus movimientos eran bruscos y tenía la espalda muy recta.

—Vanessa —empezó, dejando que la puerta se cerrase tras de él.

—No —espetó ella—. No, Marc, no —repitió con fervor–. No voy a volver a Pittsburgh contigo. No voy a entrar en ese museo que tú llamas casa ni voy a volver a ver a tu madre, que me mirará por encima del hombro, como ha hecho siempre. ¿Acaso crees que será menos crítica cuando se entere de que he tenido un hijo fuera del matrimonio? El hecho de que Danny sea tuyo será irrelevante. Me criticará por no habértelo contado. Me acusará de haberme divorciado a pesar de saber que iba a tener un hijo tuyo, de haberte privado a ti de estar con tu hijo y, a ella, de estar con su nieto. O de haber ocultado al mundo la existencia de otro increíble y maravilloso descendiente de la familia Keller. O eso, o dirá que Danny no es un Keller en realidad –añadió–, ya que siempre me ha acusado de ser una golfa. O dirá que no puede ser su heredero porque no estábamos casados cuando nació.

Negó con la cabeza.

–No voy a ir, Marc. No pienso pasar por todo eso otra vez y no voy a permitir que mi hijo lo haga.

Marc apretó la mandíbula.

–También es mi hijo, Vanessa –espetó.

–Sí –admitió ella–, y por eso tú también deberías protegerlo. De todo, y de todos. Danny es inocente. Y no permitiré que nadie le haga pensar que no es perfecto o que no es maravilloso. Jamás. Ni siquiera su abuela.

Marc puso los brazos en jarras e inclinó la cabeza.

–No tenía ni idea de que la odiases tanto –murmuró.

111

—Fue horrible conmigo —le dijo Vanessa—. Me amargó la vida mientras estuvimos casados.

Marc estuvo un minuto en silencio, intentando asimilar aquellas palabras.

¿De verdad había sido su madre tan mala con ella, o estaba exagerando? Sabía que algunas mujeres no se llevaban bien con las familias de sus maridos y que la relación entre suegra y nuera era a menudo mala.

Era cierto que su madre no era la persona más cariñosa del mundo, ni siquiera lo había sido con sus propios hijos, pero ¿de verdad había sido tan cruel con Vanessa cuando él no había estado presente?

—Siento que pienses así —le dijo con cautela—, pero tengo que volver. No por mucho tiempo, sólo unos días, tal vez una semana. Y me gustaría llevarme a Danny.

Al oír aquello, Vanessa abrió la boca y Marc supo que iban a seguir discutiendo.

—No puedes impedirme que me lo lleve —se le adelantó—. Es mi hijo y lo has mantenido oculto, de mí y de mi familia, durante mucho tiempo. Creo que merezco llevármelo a casa unos días.

Inclinó la cabeza y la miró fijamente a los ojos.

—Y ambos sabemos que no necesito tu permiso —añadió.

—¿Me estás amenazando con quitármelo? —le preguntó ella en voz baja.

—¿Hace falta que lo haga? —respondió él en el mismo tono.

Ella mantuvo la boca cerrada, le brillaban los ojos de la emoción.

–Serán sólo unos días –volvió a asegurarle, sintiendo la necesidad de aplacar su miedo y de borrar las lágrimas de sus ojos–. Una semana como mucho. Y tú puedes acompañarnos, para echarnos un ojo a los dos. ¿Por qué creías que te había invitado?

Vanessa se humedeció los labios y tragó saliva.

–Me vas a obligar a hacerlo, ¿verdad? –inquirió con voz temblorosa.

–Voy a hacerlo, con o sin ti. El papel que quieras desempeñar en esta situación y lo cerca que quieras estar de Danny es decisión tuya.

Ella lo miró como queriéndole decir que, en realidad, no tenía elección, pero Marc tenía claro que no iba a marcharse de allí sin su hijo.

Además, no quería separarse de Danny ni siquiera unos días. Tal vez fuesen pocos, pero se había acostumbrado a estar cerca de su hijo todos los días.

Y suponía que le ocurría lo mismo con respecto a alejarse de Vanessa, pero nunca había puesto en duda la atracción que sentía por ella.

Tenía que pensar primero en su hijo. Y aunque jamás habría causado tanto nerviosismo o disgusto a su mujer intencionadamente, no estaba seguro de que no fuese capaz de salir huyendo de allí con Danny en cuanto él se hubiese marchado a Pittsburgh.

Eso significaría dejar a su tía y la panadería, pero ya le había ocultado la existencia de Danny una vez. ¿Cómo podía estar seguro de que no intentaría robárselo en esa ocasión?

Y luego estaba la posibilidad de que volviese a estar embarazada. Hasta que él no estuviese seguro de si lo estaba o no, no quería apartarse de ella.

Lo que significaba que si él no podía quedarse en Summerville y estar pendiente de Danny y de ella en todo momento, tendría que llevarse a Danny con él a Pittsburgh. Vanessa podía acompañarlos o no, pero si Danny estaba con él, no se marcharía de allí.

—Eso es chantaje –balbució Vanessa.

Él arqueó una ceja y contuvo las ganas de echarse a reír.

—Yo no lo llamaría así.

—Y, entonces, ¿cómo lo llamarías?

—Paternidad –le respondió Marc–. Sólo estoy ejerciendo mis derechos como padre. Sabes cuáles son, ¿no? Los que me negaste durante todo el año pasado ocultándome la existencia de Danny.

No había pretendido hablar con aquella amargura, pero no había podido evitarlo.

—No voy a permitir que te lleves a Danny a ninguna parte sin mí –insistió Vanessa.

Lo que quería decir que iría con él, aunque fuese a regañadientes.

—Si puedes estar preparada mañana, nos iremos alrededor del mediodía.

—No sé si voy a poder marcharme tan pronto.

—Vale, entonces nos iremos sobre la una.

***

Lo último que quería Vanessa era marcharse de Summerville y dejar la tranquila vida que se había construido para volver a la guarida del león. Tal vez fuese sólo temporal, pero, fuesen a estar en Pittsburgh cinco días o sólo uno, cada minuto le iba a parecer una eternidad.

Por eso no se apresuró a hacer las maletas. Se tomó su tiempo en hablar de su ausencia con tía Helen y en buscar a un par de empleados que la cubriesen, para que La Cabaña de Azúcar siguiese funcionado en su ausencia.

Luego pidió ayuda a Marc para recoger todas las cosas que necesitarían para Danny, aunque fuese para un viaje corto. Estaba segura de que Marc no tenía ni idea de lo que significaba viajar con un bebé.

Mientras decidía qué ropa llevarse, le encargó recoger la ropa y los juguetes de Danny, que se asegurase de que tenían suficientes pañales y toallitas, biberones y leche. Mantas, patucos, sombreros, crema solar y más cosas.

Vanessa fue añadiendo cada vez más cosas a la lista y ocultó su diversión al ver que Marc empezaba a protestar y le recordó que ir a Pittsburgh había sido idea suya, y que podían evitarse todo el día si Danny y ella se quedaban en Summerville.

Cada vez que mencionaba la posibilidad de cancelar el viaje, Marc apretaba la mandíbula y seguía recogiendo cosas de Danny en silencio.

A la una del día siguiente, ya que Vanessa no había conseguido posponer el viaje más, estaban preparados para salir. Danny estaba en su sillita, dando patadas y mordiendo sus llaves de plástico mientras Marc esperaba al lado de la puerta del copiloto. Unos pasos más allá, en la acera, estaban Vanessa y tía Helen, agarradas de las manos.

–¿Estás segura de que quieres hacerlo? –le preguntó su tía en voz baja.

Estaba segura de que no quería hacerlo, pero no podía decirlo, en parte porque había accedido a acompañar a Marc y, en parte, porque no quería que su tía se preocupase.

–Estoy segura –mintió–. Estaré bien. Marc sólo quiere presentarle a Danny a su familia y ocuparse de unos negocios familiares. Volveremos al final de la semana.

Tía Helen arqueó una ceja.

–Eso espero. No dejes que se te lleven otra vez, cariño –añadió–. Ya sabes lo que ocurrió la última vez. No permitas que suceda de nuevo.

A Vanessa se le hizo un nudo en el estómago, tan grande que casi no podía tragar. Abrazó a su tía con fuerza y esperó a poder hablar.

–No lo haré –le prometió, conteniendo las lágrimas.

Cuando por fin se sintió con fuerzas de soltar a su tía, se giró hacia donde estaba Marc. Aunque sabía que estaba deseando emprender el viaje, su expresión no revelaba qué pensaba o sentía en esos momentos.

–¿Lista? –le preguntó con naturalidad.

Ella sólo pudo asentir antes de subirse al coche.

Cerró la puerta y se abrochó el cinturón de seguridad mientras él daba la vuelta al vehículo.

Vanessa bajó la visera que tenía delante y utilizó el espejo para comprobar que Danny estaba bien e intentó ignorar la arrolladora presencia de Marc detrás del volante.

¿Cómo se le podía haber olvidado lo pequeños que eran los coches? Incluso aquel Mercedes espacioso le resultaba tan pequeño que casi no podía ni respirar.

Marc se abrochó el cinturón, metió la llave en el contacto y el motor cobró vida. En vez de poner el coche en movimiento inmediatamente, se quedó allí sentado un momento. Vanessa se giró a mirarlo.

–¿Ocurre algo? –le preguntó.

Tal vez se le hubiese olvidado algo, aunque eso era difícil, dado que sólo les había faltado meter en la maleta el fregadero de la cocina. Ya no cabía nada más en el maletero ni en el asiento trasero.

–Sé que no quieres hacer esto –le dijo él, mirándola a los ojos–, pero todo va a ir bien.

Ella le mantuvo la mirada unos segundos y notó que se le volvía a hacer el nudo en la garganta. Luego asintió antes de volver a mirar hacia delante.

Estaba completamente segura que aquella visita a la familia de Marc sólo podía terminar en desastre.

Capítulo Doce

El viaje a Pittsburgh fue mucho más rápido de lo que a Vanessa le habría gustado. Antes de que se diese cuenta, estaban recorriendo el largo camino que llevaba a la mansión de los Keller.

El corazón se le aceleró y notó que se le revolvía el estómago, y le dio miedo ponerse a vomitar.

«No vomites, no vomites, no vomites», se repitió a sí misma, respirando hondo y rezando por que le funcionase el mantra.

Marc detuvo el coche delante de la enorme puerta de la cochera y, unos segundos después, apareció un joven que abrió la puerta del copiloto y le tendió una mano a Vanessa para ayudarla a salir. Luego abrió la puerta trasera para que ésta pudiese ver a Danny. Era evidente que Marc había llamado para avisar a su familia de su llegada.

Marc fue a la parte trasera del coche y abrió el maletero, luego le dio las llaves al chico.

–Traemos muchas cosas –le dijo, sonriendo de medio lado–. Súbelo todo a mis habitaciones.

Vanessa abrió la boca para corregirlo. Marc sólo había llevado una bolsa de viaje y el resto de cosas que había en el coche eran de Danny y de ella. Y no tenían nada que hacer en las habitaciones de Marc.

Pero éste debió de verla venir, porque le puso el dedo índice en los labios para que no hablase.

–A mis habitaciones –repitió en voz baja, para que sólo ella pudiese oírlo–. Danny y tú os alojaréis conmigo mientras estemos aquí. Y no rechistes.

Ella volvió a abrir la boca para hacer precisamente eso, rechistar, pero él se lo impidió con un rápido beso.

–No rechistes –repitió con firmeza–. Será mejor para todos. Confía en mí, ¿de acuerdo?

Pero, desde su divorcio, Vanessa no quería confiar en él ni escucharlo ni tampoco creer lo que le decía.

Pero lo cierto era que confiaba en él. Estaría incómoda compartiendo habitaciones con él, pero teniendo en cuenta dónde estaban dichas habitaciones, en la temida mansión de los Keller, tal vez fuese más seguro que estar sola en otra habitación. Además, como durante su matrimonio habían vivido en las mismas habitaciones, al menos el lugar le resultaría familiar.

–De acuerdo –murmuró.

–Bien –respondió él contento antes de sacar a Danny de la sillita y apretarlo contra su pecho–. Ahora vamos a presentarle a nuestro hijo al resto de su familia.

Vanessa volvió a sentir náuseas al oír aquello, pero Marc le tomó la mano y el calor de sus dedos la tranquilizó. O casi. Todavía estaba muy nerviosa cuando entraron en la casa.

El suelo de la entrada principal brillaba como el

del vestíbulo de un gran hotel. La lámpara de araña estaba encendida y, en el centro, encima de una mesa de mármol, había un enorme arreglo floral. Detrás estaba la escalera que llevaba al segundo piso.

Todo estaba igual que cuando Vanessa se había marchado. Incluso las flores eran las mismas. Eran otras, por supuesto, porque Eleanor las hacía cambiar todos los días, pero se trataba del mismo tipo de flores, de los mismos colores, del mismo arreglo.

Había estado fuera de allí un año. Un año en el que toda su vida había cambiado, pero si en aquella casa no habían cambiado ni las flores, no cabía la esperanzada de que nada, ni nadie, lo hubiese hecho en aquella mansión.

No llevaban abrigos, así que el mayordomo que les había abierto la puerta fue hacia un lado de la escalera, probablemente a avisar a la señora de su llegada. Unos segundos después, el hombre volvió para ayudar al joven que estaba subiendo el equipaje a las habitaciones de Marc.

En cuanto hubieron desaparecido ambos en el piso de abajo, Eleanor salió de su salón favorito.

—Marcus, querido —saludó a Marc, sólo a Marc.

A Vanessa se le aceleró el corazón al oír la voz de su exsuegra y rezó en silencio para tener fuerza y paciencia para soportar aquella agonizante visita.

Su exsuegra iba vestida con una falda y una chaqueta color beis y una camisa blanca, conjunto que debía de costar más de lo que ella ganaba en La Cabaña de Azúcar en todo un mes. Tenía el pelo castaño y un perfecto corte bob, e iba a adornada con pendientes, collar, broche y anillo de diamantes, todos a juego. Eleanor Keller jamás se pondría una circonita ni nada parecido.

–Madre –respondió Marc, inclinándose para darle un beso en la mejilla–. Quiero que conozcas a tu nieto, Daniel Marcus.

Eleanor hizo una mueca que Vanessa sospechó que quería que fuese una sonrisa.

–Encantador –comentó, sin molestarse siquiera en tocar al niño. Se limitó a mirarlo de los pies a la cabeza.

Vanessa se puso tensa, ofendida en nombre de su hijo, aunque pronto la miraría a ella y podría ofenderse por sí misma.

–No sé en qué estabas pensando –espetó Eleanor–, ocultando a mi hijo la existencia de este niño durante tanto tiempo. Deberías habérselo dicho en cuanto te enteraste de que estabas embarazada. No tenías ningún derecho a quedarte con un heredero de la familia Keller.

«Ya ha empezado», pensó Vanessa, nada sorprendida. Tampoco se sentía ofendida, aunque sabía que en cierto modo tenía motivos. Probablemente porque la reacción de Eleanor a su reaparición era la esperada.

–Madre –replicó él en un tono en el que Vanessa jamás lo había oído hablar.

Vanessa se giró a mirarlo y le sorprendió verlo tan enfadado.

–Ya hablamos de esto cuando te llamé –continuó él–. Las circunstancias del nacimiento de Danny son sólo asunto de Vanessa y mío. No permitiré que la insultes mientras esté aquí. ¿Entendido?

Vanessa vio sorprendida cómo Eleanor apretaba los labios.

–Entendido –respondió–. La cena se servirá a las seis en punto. Os dejaré que os instaléis. Y por favor, recordad que en esta casa nos arreglamos para cenar.

Miró a Vanessa con desprecio y se dio la media vuelta para marcharse.

Vanessa dejó escapar un suspiro y murmuró:

–Ha ido bien.

Pretendía decirlo en tono sarcástico, pero Marc sólo sonrió.

–Te lo dije –comentó, levantando a Danny un poco más–. Vamos a deshacer las maletas. Creo que a Danny le vendría bien una siesta.

Ella alargó la mano para acaricia la cabeza de su hijo.

–No debería estar cansado, ha dormido en el coche.

Marc sonrió.

–No me había dado cuenta.

Ella rió, no pudo evitarlo. Aquél era el Marc que había conocido cuando habían empezado a salir: divertido, amable, considerado... y tan guapo que le cortaba la respiración.

Sintió calor cuando le dio la mano y echó a andar escaleras arriba.

¿Cómo podía sentirse tan bien estando tan cerca

de Marc al mismo tiempo que se sentía tan mal estando en aquella casa?

Marc vio cómo Vanessa iba y venía por sus habitaciones, preparándose para la cena. Danny estaba durmiendo en el salón, en una cuna que él había mandado instalar.

Pero era la presencia de su exesposa la que hacía que tuviese el estómago encogido. Le gustaba volver a tenerla allí.

No estaba seguro de que se tratase de tenerla allí, en la casa de su familia, sino de tenerla con él, en su dormitorio, estuviese donde estuviese esa habitación.

La había echado de menos. Había echado de menos ver sus cosas encima de la mesa y en el cuarto de baño, su ropa en el armario, el olor de su perfume en las sábanas.

Había echado de menos verla, así, yendo de un lado a otro, peinándose, maquillándose o escogiendo qué joyas ponerse.

Era evidente que no tenía tantas joyas como cuando había estado casada con él, pero sus movimientos eran los mismos. Incluso llevaba su perfume favorito, probablemente porque había dejado un frasco en el tocador al marcharse, y Marc no había podido deshacerse de él.

En esos momentos, se alegraba mucho. Se lo había regalado a Vanessa por su cumpleaños. Hacía mucho tiempo. Pero el hecho de que hubiese vuelto a utilizarlo, de que estuviese allí con él, y de que, al parecer, confiase en él… le hizo preguntarse si podrían solventar sus diferencias y darse otra oportunidad.

–¿Qué tal estoy? –le preguntó ella de repente, interrumpiendo sus pensamientos.

–Preciosa –respondió Marc sin pararse a pensarlo, sin tan siquiera tener que mirarla. Aunque lo hizo. Mirarla siempre era un placer.

Llevaba un sencillo vestido de tirantes amarillo y sandalias, y se había recogido el pelo detrás de las orejas. Marc se excitó al verla, se humedeció los labios con la lengua y deseó poder lamerla como si se tratase de un dulce polo de limón.

La mirada de Vanessa se tornó misteriosa y sonrió de manera sensual antes de frotarse las manos en la falda.

–¿Estás seguro? Ya sabes cómo es tu madre y no he traído nada más elegante. Tenía que haberme acordado de que aquí hay que arreglarse para cenar.

Tomó aire, lo soltó y volvió a pasarse las manos por la falda con un gesto nervioso.

–Aunque, de todos modos, ya no tengo vestidos elegantes, así que no habría podido traérmelos ni aunque hubiese querido. Pensé que tal vez todavía estaría aquí la ropa que dejé, pero…

Dejó de hablar y apartó la mirada de la de Marc. Marc se sintió culpable.

–Lo siento. Mi madre hizo que se la llevasen toda cuando te marchaste. Yo tampoco esperaba que fueses a volver, así que no guardé nada.

Lo cierto era que guardar cosas de Vanessa le habría resultado demasiado doloroso. De hecho, había firmado los papeles del divorcio más bien movido por la ira que por el deseo de ser libre otra vez.

No tenía que haber permitido que su madre se deshiciese de las cosas de Vanessa, se dio cuenta en ese momento. Tenía que haber sido él quien tomase la decisión, tenía que haber buscado a su exesposa para ver si quería conservar algo, pero por aquel entonces sólo había querido deshacerse de todo y se había sentido casi aliviado cuando su madre le había dicho que se ocuparía ella.

Lo único que había quedado había sido el frasco de perfume.

–Estás preciosa –repitió, avanzando para acercarse a ella y agarrarla de los hombros–. Y no hemos venido a impresionar a nadie. Ni siquiera a mi madre –añadió sonriendo.

Vanessa esbozó una sonrisa y Marc se inclinó para darle un suave beso.

Sólo tocó sus labios, en vez de devorárselos, que era lo que deseaba. Sólo le rozó la piel de los hombros, en vez de meter las manos por debajo del vestido.

El beso duró un par de segundos y luego Marc se apartó antes de que su deseo se hiciese demasiado obvio.

–Tal vez debiésemos saltarnos la cena y pasar directamente al postre –comentó en voz baja.

–No creo que a tu madre le gustase la idea.

A Marc le gustó oír que a Vanessa también se le había puesto la voz ronca. Eso significaba que no era el único en sentir deseo.

—No me importa lo más mínimo —murmuró.

—Ojalá pudiésemos hacerlo, aunque creo que es una mala idea. Cualquier cosa sería mejor que tener que enfrentarme a tu madre otra vez.

Marc frunció el ceño. ¿Estaba sugiriendo Vanessa que hacer el amor con él sería sólo menos malo que cenar con su familia?

Antes de que le diese tiempo a responder llamaron a la puerta.

—Debe de ser la niñera —dijo, intentando ocultar su decepción.

—¿Has contratado a una niñera? —preguntó Vanessa en tono de sorpresa y desaprobación.

—No, es una de las sirvientas de mi madre, que va a quedarse con Danny un par de horas. Es una buena idea, ¿no?

Vanessa frunció el ceño.

—No lo sé. ¿Se le dan bien los niños?

—No lo sé —admitió él, repitiendo su frase—. Vamos a abrirle la puerta y le haremos un tercer grado.

Agarró a Vanessa por el codo y fueron juntos hacia la puerta.

—No quiero interrogarla —murmuró Vanessa antes de abrir—. Sólo quiero saber si está cualificada para cuidar de mi hijo.

—Vamos a estar en el piso de abajo, así que podrás subir a ver cómo está el niño cuando te apetezca –le aseguró Marc, también en voz baja–. Esta noche será su noche de prueba, si te gusta, podrá quedarse con Danny cuando la necesitas. Si no te gusta, podremos contratar a una niñera de verdad. Una en la que confíes al cien por cien.

–Sólo estás intentando tranquilizarme, ¿verdad? –le preguntó ella, un tanto molesta.

Marc, que ya tenía la mano en el pomo de la puerta, se giró a mirarla y sonrió.

–Por supuesto. Mientras estés aquí quiero que tengas todo lo que necesites, o todo lo que tú quieras.

Ella abrió mucho los ojos y Marc supo que iba a protestar, así que se inclinó y le dio un beso.

Cuando se apartó de ella todo su cuerpo ardía de deseo.

–Indúltame –le dijo, metiéndole un rizo color cobrizo detrás de la oreja y deseando besarla otra vez–. Por favor.

Capítulo Trece

Como de costumbre, la cena con la familia de Marc fue agotadora. Deliciosa, pero agotadora.

Su madre estuvo tan altiva como siempre y a pesar de que a Vanessa siempre le habían caído bien Adam, el hermano de Marc, y su esposa, Clarissa, se dio cuenta de que estaban cortados por el mismo patrón que Eleanor. Habían nacido en cunas de oro y nunca habían necesitado nada que no tuvieran. Habían sido educados para no ir jamás despeinados y no decir nunca nada inadecuado.

El único motivo por el que Vanessa no se sentía tan mal con ellos era que, a pesar de su origen, Adam y Clarissa no eran tan fríos y críticos como su exsuegra. Desde que se había casado con Marc, siempre la habían tratado como a una más de la familia y se habían disgustado de verdad cuando Marc y ella habían roto. Incluso esa noche, se habían comportado con ella exactamente igual que en el pasado.

Eso había contribuido a calmar sus nervios al entrar en el opulento comedor. Eleanor ya estaba sentada a la cabecera de la mesa, como una reina esperando a su corte, cuando ellos llegaron, y su mirada la había hecho sentirse como un microbio a través de un microscopio.

Para su alivio, su exsuegra había jugado limpio mientras tomaban la sopa y la ensalada y había hablado de cosas sin importancia. Sin embargo, con el postre, Eleanor se había quitado parte de la máscara y había arremetido contra Vanessa todo lo que había podido.

Pero en esa ocasión Marc la había defendido, algo que no había hecho nunca antes. Probablemente porque, en el pasado, los ataques de Eleanor habían sido mucho más sutiles, o sólo había demostrado su odio por ella cuando ambas habían estado solas.

Esa noche, Marc había contestado a cada uno de los ataques de su madre, siempre en defensa de Vanessa. Y una vez terminado el postre, cuando había parecido que Eleanor iba a rematar la jugada, él se había levantado, había dado las buenas noches a su familia y había tomado la mano de Vanessa para sacarla del comedor.

Ella todavía estaba aturdida por el alivio y por la fuerza que le había dado Marc... y todavía iba aferrada a su mano como si se tratase de un salvavidas cuando llegaron al piso de arriba. Se sintió como en su primera cita, antes de saber lo que era realmente ser la señora de Marcus Keller.

Al llegar a la puerta de la habitación, los dos sonreían y a ella le faltaba un poco de aire. Marc le puso un dedo en los labios para que guardase silencio.

Y ella se dio cuenta de que había estado a punto de echarse a reír como una niña de doce años.

Contuvo la risa y, sin soltar la mano de Marc, lo siguió por el salón a oscuras. La niñera que se había quedado con Danny estaba sentada al lado de la cuna, leyendo una revista. Cuando los vio, cerró la revista y se puso en pie.

–¿Qué tal ha estado? –le preguntó Marc en un susurro.

–Bien –respondió la joven con una sonrisa–. Ha estado todo el tiempo dormido.

Ésa era una buena noticia para la niñera, pero no tanto para los padres, que pretendían dormir toda la noche del tirón.

–Eso significa que se despertará a media noche –susurró Vanessa–. Prepárate para sufrir por fin los rigores de la paternidad.

Él sonrió y le brillaron los ojos.

–Lo estoy deseando.

Marc le dio un par de billetes a la niñera y la acompañó a la puerta, dejando a Vanessa al lado de la cuna de Danny. Tenía un nudo en la garganta de la emoción, al pensar en que habían estado los dos, padre y madre, delante de la cuna de su hijo, viéndolo dormir.

Así era como se había imaginado siempre que sería formar una familia. Había sido lo que había deseado cuando se había casado con Marc y cuando había intentado quedarse embarazada al principio.

Era gracioso, cómo la vida nunca era como uno planeaba.

Pero aquello tampoco estaba mal. Tal vez no fuese lo ideal, tal vez no fuese como ella había soñado, pero seguía emocionándola y haciendo que se le encogiese el corazón dentro del pecho.

–Espero que no se esté poniendo enfermo –murmuró, poniéndole la mano en la frente. No parecía tener fiebre–. No suele dormir tanto.

–Ha tenido un día muy largo –respondió Marc en el mismo tono–. Tú también estarías cansada si hubiese sido tu primer viaje tan largo.

Ella rió y tuvo que taparse la boca para no despertar al niño. Marc sonrió también, la agarró del brazo y la llevó hacia el dormitorio.

Una vez dentro, la hizo girar y la empujó hacia la puerta mientras la besaba.

Estuvieron varios minutos besándose apasionadamente. Vanessa se quedó sin aliento, sin vista, sin cordura y todo su mundo se redujo a Marc.

Cuando éste la dejó por fin respirar, parpadeó y echó la cabeza hacia atrás, mientras Marc continuaba mordisqueándole los labios.

–No era esto lo que yo tenía en mente cuando hablamos de compartir las habitaciones –consiguió decirle Vanessa por fin, después de tomar aire.

–Qué raro, porque es exactamente lo que yo había imaginado –murmuró él antes de chuparle el lóbulo de la oreja.

A Vanessa no le cabía la menor duda.

–Yo pensaba dormir en el sofá del salón. O irme a una de las habitaciones de invitados cuando nadie me viera –le dijo ella.

Y Marc le pasó el labio por la línea que va de la clavícula hasta detrás de la oreja, haciéndola gemir.

131

—Eso no está bien. Nada bien —murmuró Vanessa.

Él la levantó y la llevó directamente hasta la cama.

—Pues a mí me parece estupendo —respondió, dejándola caer sobre el colchón como un saco de patatas.

Aunque Vanessa no se sentía en absoluto como un saco de patatas, sobre todo cuando Marc se tumbó encima de ella.

En esa ocasión, cuando la besó, no protestó ni preguntó cómo iba a terminar aquello, porque sabía muy bien cómo iba a terminar. Ambos lo sabían.

Marc le desató el vestido, que iba anudado al cuello, dejando al descubierto sus pechos desnudos. Los acarició y le frotó los pezones hasta hacerla gemir y retorcerse de placer.

Luego llevó las manos a su espalda para bajarle la cremallera. Vanessa se incorporó un poco y esperó a que lo hiciese y luego Marc le bajó el vestido por completo y le quitó las sandalias también.

Y ella se quedó allí, sólo con las braguitas.

Marc se quedó unos segundos devorándola con la mirada, e hizo que se estremeciese, se sentía poderosa.

Así había sido al principio de su matrimonio, pero no había esperado sentir tanto deseo después de todo lo ocurrido. Aquello era casi como un milagro, aunque Vanessa no sabía cómo influiría en el futuro de sus vidas.

Los dedos de Marc por debajo del elástico de las braguitas la sacaron de sus pensamientos.

Le dejó que se las quitase y la dejase completamente desnuda y lo abrazó por el cuello para darle un apasionado beso. Marc gimió y apretó la erección contra su vientre.

Ella se movió para recibirla entre los muslos y lo abrazó por la cintura. Él gimió y se apretó todavía más.

Marc pensó que había algo entre ellos. Algo importante y que no debía menospreciar. Y entonces se dio cuenta de que eso era exactamente lo que había hecho en el pasado, menospreciar su relación con Vanessa.

Se había casado con ella, la había llevado a casa y había dado por hecho que siempre estaría allí. ¿Cómo no iba a ser feliz en una casa del tamaño de un palacio, con pista de tenis, cine, dos piscinas, establo, jardines, un estanque…? Todo lo que cualquier podría desear. Además de tener un marido con dinero más que de sobra para que no le faltase nada.

No obstante, durante las dos últimas semanas se había dado cuenta de muchas cosas. Había tenido sentimientos ajenos a él hasta entonces y se había empezado a hacerse muchas preguntas.

Tal vez el dinero no lo fuese todo. Eso significaba que Vanessa no lo había querido sólo por lo que tenía y por lo que quería darle.

Pero no sabía si eso era bueno o malo, porque él era rico e iba a seguir siéndolo.

Sí, era evidente que seguía habiendo un vínculo entre ambos.

Y no era sólo sexo, aunque éste fuese tan excepcional que merecía la pena pararse a reflexionar seriamente al menos un par de horas.

¿Existía la posibilidad de una reconciliación? ¿Podrían volver a intentarlo y construir algo mejor y más fuerte de lo que habían tenido?

¿Y aunque pudiesen, debían hacerlo?

Eran demasiadas cosas como para considerarlas en ese momento, dado que su mente estaba ocupada con otros objetivos mucho más inmediatos e infinitamente más placenteros. No obstante, tenía que reflexionar y decidir si lo que pensaba que estaba sintiendo era real.

Porque creía estar sintiendo amor. Amor. Anhelo. Devoción. Y el deseo de que su relación con Vanessa fuese permanente.

Marc gimió al notar la lengua de Vanessa en su boca y que lo apretaba con los muslos. El calor de su cuerpo desnudo le quemó por encima de la ropa y, de repente, deseó quitársela.

Empezó a desabrocharse la camisa y el cinturón de los pantalones. Ella se apartó sólo lo necesario para dejarle espacio para quitárselo todo.

Una vez desnudo subió a Vanessa hacia arriba, con cuidado para que no se diese con el cabecero de la cama y colocó las almohadas, poniéndole varias debajo de las caderas.

Luego volvió a besarla mientras le acariciaba la cintura y la espalda con las puntas de los dedos. Su piel era perfecta, como una estatua de alabastro, todo elegantes curvas. Aunque las estatuas eran frías e inánimes y Vanessa todo lo contrario. Era apasionada y bella, y la única mujer a la que le había hecho el amor allí, en su cama.

Antes de su matrimonio había sido más fácil ir a un hotel o al apartamento de la chica en cuestión.

Y después de su divorcio… lo cierto era que no había estado con nadie. Se había concentrado en el trabajo y en la empresa.

La abrazó por la espalda y la apretó con fuerza contra su cuerpo. Ella enterró los dedos en su pelo y le masajeó el cuero cabelludo y la nuca, cosa que siempre le había encantado. Hizo que se estremeciese y se excitase todavía más.

Vanessa envolvió su erección con la mano y se la acarició con suavidad antes de guiarla muy despacio hacia su sexo.

Marc notó cómo lo rodeaba su calor y su humedad. Era una de las sensaciones más increíbles que había tenido en toda su vida. Por muchas veces que ocurriera, era casi una experiencia religiosa.

Empezó a moverse en su interior mientras la besaba, cada vez con mayor rapidez, intentando aguantar lo máximo posible.

Pero contener el orgasmo era como controlar un monzón. Su única esperanza era que a Vanessa le diese tiempo a terminar antes.

Metió una mano entre ambos para acariciarla y provocarle el orgasmo. Ella dio un grito ahogado al instante.

Marc hizo otro esfuerzo por aguantar y continuó acariciándola. Vanessa gimió y arqueó la espalda.

–Eso es, cariño. Déjate llevar.

Y Vanessa gritó al notar cómo el placer la iba sacudiendo de la cabeza a los pies.3

Marc no tardó mucho más. En cuanto notó que Vanessa llegaba al clímax, dejó de controlarse y compartió su felicidad.

Capítulo Catorce

Vanessa se despertó cuando el sol de la mañana empezó a entrar por entre las cortinas. Sonrió mientras se estiraba como un gato, sintiéndose mejor que en mucho tiempo.

Giró la cabeza, miró el reloj y se sentó enseguida. ¡Las diez de la mañana! ¿Cómo podía haber dormido tanto?

Había tenido una noche agotadora, en la que Marc y ella habían hecho el amor tres veces y Danny la había hecho levantarse otro par, pero aun así, lo normal era que Danny llevase ya un rato despierto.

Se giró para sentarse al borde de la cama y su mano tocó un papel.

He tenido que irme a trabajar. Danny está con Marguerite. Volveré a la hora de la cena.

Te quiere,

M.

Directo al grano, típico de él. Lo que no era normal era que le dijese que la quería con tanta frivolidad. ¿O lo había hecho sólo por costumbre?

A Vanessa se le encogió el corazón en el pecho,

pero prefirió no darle demasiadas vueltas al tema. Al menos, por el momento.

Salió de la cama, se puso unos pantalones de lino y una camiseta naranja y salió de la habitación para ir al piso de abajo.

Se asomó a varias habitaciones antes de encontrar a Danny, que estaba con la biblioteca. Había una manta negra en el suelo, y allí estaba Danny, rodeado de juguetes, con la misma chica que lo había cuidado la noche anterior, que también estaba sentada en el suelo, haciéndole muecas y jugando con él.

—Señora Keller —murmuró ésta al verla llegar, poniéndose en pie y colocando ambas manos con nerviosismo detrás de su espalda.

—En realidad soy Mason —respondió Vanessa automáticamente, acercándose a la manta para arrodillarse al lado de su hijo y tomarlo en brazos.

Danny rió e intentó agarrarle el pelo. Y ella rió también y le dio un beso en la mejilla.

—Gracias por cuidarlo otra vez —dijo, poniéndose en pie y yendo a sentarse a un sofá.

—Es un placer, señora. El señor Keller me dijo que le podía dar un biberón, así que ya lo ha tomado y ha eructado. También lo he cambiado.

Vanessa asintió y sonrió. Deseó decirle que se marchara y quedarse a solas con su hijo, pero le dio pena, sobre todo, sabiendo que Eleanor era una tirana con sus empleados.

Se puso en pie, le dio otro beso al niño en la frente y lo dejó de nuevo en la manta.

–¿Te importaría cuidarlo otro rato? –le preguntó a la chica–. Me gustaría desayunar.

La joven la miró aliviada y corrió a sentarse en la manta.

–Por puesto, señora. Tómese todo el tiempo que quiera.

–Gracias.

Y Vanessa fue hacia la cocina, a pesar de saber que debía ir directa al comedor y allí aparecería un sirviente que le pondría el desayuno en un minuto. El personal de cocina estaba ocupado recogiendo el desayuno del resto de la familia y preparando la comida cuando ella llegó.

–Señora Keller –dijo una de las sirvientas, sorprendida al verla allí.

Ella sonrió y no se molestó en corregirla.

–Hola, Glenna. Me alegro de verte.

La mujer sonrió con cariño.

–Yo también, señora.

–¿Cuántas veces te he dicho que me llames Vanessa? –preguntó ella en tono amable.

La mujer asintió, pero Vanessa supo que la regañarían si la llamaba por su nombre.

–No he desayunado. ¿Podrías prepararme una tostada y un zumo? –añadió, sabiendo que no debía intentar prepararse nada ella sola.

–Por supuesto, señora.

Glenna se puso a prepararle una bandeja mientras ella se instalaba en un taburete allí, en la isla que había en el centro de la cocina. Podía haber ido a esperar al comedor, pero era una habitación demasiado grande y vacía, mientras que la cocina era mucho más acogedora y bullía de energía. Además, prefería no encontrarse con Eleanor, y sería más fácil no verla allí que en el resto de la casa.

Se tomó dos tostadas y un huevo revuelto porque Glenna insistió y luego volvió a la biblioteca. Marguerite seguía allí, y Danny seguía jugando y riendo.

Vanessa rió también al verlo y fue directa a sentarse con él y a charlar con Marguerite, que le contó que estaba estudiando y trabajaba allí en verano para sacar dinero para la matrícula del año siguiente.

—Vaya, qué bonita estampa.

El tono crispado de Eleanor interrumpió a la joven a media frase e hizo que se incorporase de un salto.

—Puedes marcharte —le dijo Eleanor.

Marguerite asintió y murmuró:

—Sí, señora.

Vanessa también estaba incómoda con la repentina aparición de su exsuegra, pero no iba a permitir que se diese cuenta.

Así que se quedó donde estaba y continuó jugando con Danny, controlando el impulso de levantar la mirada hacia donde estaba la otra mujer.

—No tenías por qué asustarla, Eleanor —le dijo por fin, mirándola—. Es una buena chica. Estábamos teniendo una conversación interesante.

—Ya te he dicho antes que es improcedente hacerse amigo del servicio.

Vanessa rió al oír aquello.

–Me temo que no estoy de acuerdo, sobre todo, teniendo en cuenta que yo también era el servicio, ¿recuerdas?

–Por supuesto que me acuerdo –replicó Eleanor en tono frío.

Cómo no. ¿Acaso no era ése el principal motivo por el que nunca le había gustado que se casase con su hijo? ¿Que un heredero de los Keller se casase con una camarera monda y lironda?

–¿De verdad piensas que esto va a funcionar? –continuó Eleanor–. ¿Que puedes ocultarle a mi hijo que ha sido padre durante un año y luego volver como si tal cosa a una vida de lujo, atrapándolo en tus redes otra vez?

Ella mantuvo la mano donde la tenía, en el vientre de Danny, y siguió acariciándolo mientras contestaba:

–Yo no considero que vivir aquí sea tener una vida de lujo. Puedes tener mucho dinero, pero esta casa no es un hogar. No hay calor ni amor.

Hizo una pausa para abrazar a Danny contra su pecho antes de ponerse en pie.

–Y no estoy intentando atrapar a Marc. Nunca lo he hecho. Yo sólo quería amarlo y ser feliz, pero tú no podías permitirlo, ¿verdad?

Colocó a Danny en su cadera y continuó diciendo lo que llevaba tantos años queriendo decir:

–Marc jamás debía haberse enamorado de una mujer con sangre roja en las venas, en vez de azul, como la de él. Ni tampoco debía ser feliz ni tomar sus propias decisiones, ni dejar de estar bajo tu dominio y tu opresión.

A pesar de estar hablando con cierto miedo, Vanessa se sintió aliviada… y más fuerte de lo que había esperado.

¿Por qué no había tenido valor para decirle a Eleanor aquello mucho antes? Tal vez hubiese conseguido salvar su matrimonio. Tal vez se habría ahorrado muchas lágrimas. Les habría ahorrado a todos meses y meses de tristeza.

A Eleanor, por supuesto, aquel primer acto de independencia no le sentó nada mal. Tenía las mejillas sonrojadas, los ojos entrecerrados y la mandíbula apretada.

–¿Cómo te atreves? –inquirió.

Pero su ira no desconcertó a Vanessa lo más mínimo. Ya no.

–Debí haberme atrevido hace mucho tiempo. Debí haberme enfrentado a ti, no haberme dejado intimidar sólo porque procedieses de una familia de dinero y estuvieses acostumbrada a mirar a la gente por encima del hombro. Y debería haberle contado a Marc cómo me tratabas desde el principio en vez de intentar mantener la paz y evitar manchar la opinión que tu hijo tenía de ti.

Vanessa sacudió la cabeza, con tristeza, pero con determinación.

–Era joven y tonta, pero he madurado mucho en el último año. Y tengo un hijo… un hijo al que no voy a dejarte mangonear, ni voy a permitir que vea cómo me mangoneas a mí. Lo siento, Eleanor, pero si quieres formar parte de la vida de tu nieto, vas a tener que empezar a tratarme con respeto.

A juzgar por la expresión de su exsuegra, eso no iba a suceder.

–Fuera. Vete –espetó furiosa–. Fuera de mi casa –repitió, señalando con el dedo adornado por un enorme diamante hacia la puerta.

Vanessa no necesitó que se lo dijese dos veces.

–Encantada –le dijo, inclinándose para recoger las cosas de Danny.

Luego pasó al lado de Eleanor con los hombros rectos y subió a la habitación de Marc para hacer la maleta.

Marc detuvo el Mercedes delante de la casa y apagó el motor. Normalmente lo dejaba en el garaje, pero en esa ocasión sólo iba a estar unos minutos. Se le habían olvidado unos documentos en el escritorio de su habitación y quería recogerlos y volver al trabajo lo antes posible, para que le diese tiempo a hacerlo todo y estar libre para la hora de la cena.

Normalmente se saltaba la cena en familia, pero en esa ocasión tenía ganas de estar allí, en casa, con Vanessa y con Danny.

Sonrió sólo de pensar en ellos y se miró el reloj para ver cuánto tiempo podría entretenerse.

Delante de él había aparcado un taxi y se preguntó qué haría allí. Tal vez su madre tuviese visita.

Subió las escaleras, abrió la puerta y se detuvo de

golpe al ver una pila de maletas y de cosas de bebé en el recibidor.

–¿Qué demonios está pasando aquí? –murmuró para sí mismo.

Oyó un ruido en lo alto de las escaleras y levantó la cabeza. Vanessa bajaba con Danny en brazos, con dos de las sirvientas de su madre detrás, cargadas de cosas.

–Gracias por vuestra ayuda –les estaba diciendo Vanessa–. Os lo agradezco mucho.

–¿Qué ocurre? –preguntó él en voz alta.

Vanessa levantó la cara al oírlo.

–Marc –susurró–. No esperaba que volvieses tan pronto.

–Es obvio –respondió con el ceño fruncido–. ¿Ibas a escabullirte otra vez? –la acusó.

–No –respondió ella, humedeciéndose los labios con nerviosismo–. Quiero decir, que sí, que me marcho, pero que no estaba intentando escabullirme. Te he dejado una nota arriba… detrás de la que me has dejado tú a mí esta mañana.

Él pensó, con cierto sarcasmo, que aquello era diferente.

–¿Y con una nota me compensas por marcharte mientras yo estoy trabajando? –inquirió Marc–. ¿Con mi hijo?

–Por supuesto que no. Aunque, cuando leas mi nota verás que te explicaba que no nos marchamos. Sólo vamos a trasladarnos de la mansión a un hotel en el centro. Iba a quedarme allí hasta que tuviese la oportunidad de hablar contigo.

–¿De qué?

Vanessa tragó saliva.

–Tu madre me ha pedido que me marche.

Él abrió mucho los ojos, sorprendido.

–¿Por qué?

–Por el mismo motivo que la última vez, porque me odia. O, al menos, no le parezco bien. Nunca he sido lo suficientemente buena para ti y jamás lo seré. Aunque en esta ocasión ha sido más rotunda que nunca a la hora de echarme porque la he retado.

–La has retado –murmuró él, intentando procesarlo, pero cada vez más confundido–. ¿Y por qué lo has hecho?

–Porque me niego a que me sigua mangoneando. Me niego a que me haga sentir inferior sólo porque siempre me considerará una camarera que no merece el cariño de su hijo.

Marc sacudió la cabeza y avanzó hacia ella.

–Seguro que ha sido un malentendido. Mi madre puede ser distante, pero sé que está emocionada con Danny y seguro que también se alegra de tenerte a ti de vuelta en casa.

Alargó la mano para tocarla, pero Vanessa retrocedió.

–No, no es un malentendido, Marc –le respondió en tono implacable–. Sé que quieres a tu madre y jamás te pediré que no lo hagas. Nunca intentaría distanciarte de tu familia, pero, a pesar de quererte mucho, no puedo quedarme aquí ni un minuto más.

A Marc se le encogió el corazón en el pecho al oír aquello. Lo quería…

—Me quieres —repitió—. Vale. Me quieres, pero te marchas. Otra vez. ¿Y Danny? ¿Has pensado en él? ¿Y el niño del que tal vez estés embarazada? Mi futuro hijo.

—No es justo que me hables así, Marc —le dijo ella en voz baja.

—La verdad duele, ¿no? Con divorcio o sin divorcio, sabías que estabas embarazada y ni siquiera te molestaste en contármelo.

—No te atrevas a echarme eso en cara. Mantuve a Danny en secreto, sí, pero sólo porque tú te negaste a hablar conmigo. Intenté contártelo, pero no te molestaste en escucharme.

—¿De qué estás hablando? —preguntó él con cautela.

—Te llamé en cuanto supe que estaba embarazada, pero tú habías dicho que no tenías nada de qué hablar conmigo.

—Yo nunca he dicho eso —murmuró Marc.

—Sí, ése fue el mensaje que me dio Trevor cuando le pedí que te pasase la llamada.

—Trevor.

—Sí.

Marc se sacó el teléfono del bolsillo y llamó a su asistente.

—Sí, señor —respondió el joven enseguida.

—Estoy en mi casa y quiero que vengas aquí en menos de quince minutos.

—Sí, señor —respondió Trevor.

Marc miró a Vanessa a los ojos mientras cerraba el teléfono.

–No tardará en llegar y vamos a llegar al fondo de este asunto de una vez por todas.

Capítulo Quince

A Vanessa los segundos empezaron a parecerle horas y los minutos, años. Y Danny cada vez le pesaba más.

–Deja que lo tome yo –le dijo Marc al ver que hacía amago de sentarse en las escaleras.

Ella dudó un instante, pero se lo dio.

–Se está haciendo grande, ¿verdad? –añadió él sonriendo.

–Sí, está creciendo.

Iba a sugerir que fuesen a sentarse al salón a esperar a Trevor, pero en ese momento oyeron un coche en la calle y un minuto después se abría la puerta.

Marc le devolvió al niño a Vanessa y se giró muy serio hacia su asistente.

–Voy a hacerte unas preguntas y quiero que me respondas con sinceridad. No se te ocurra mentirme, ¿entendido?

Trevor Storch palideció.

–Sí, señor –balbució.

–¿Llamó Vanessa al despacho el año pasado, justo después del divorcio, para hablar conmigo?

Trevor miró un instante hacia donde estaba ella con el niño.

–¿Sí o no, Trevor? –inquirió Marc.

–Sí, señor –respondió–. Es posible.

–¿Y le dijiste tú que yo no tenía nada de qué hablar con ella?

Trevor abrió los ojos como platos.

–Yo… yo…

Cerró la boca, se humedeció los labios con nerviosismo y dejó caer los hombros.

–Sí, señor –admitió–. Lo hice.

–¿Por qué? –quiso saber Marc, sorprendido.

–Porque yo le dije que lo hiciera.

La voz de Eleanor, profunda y severa, hizo que Vanessa se sobresaltase. Danny empezó a moverse en sus brazos y ella lo balanceó y le dio un beso en la cabeza para tranquilizarlo.

–Madre –murmuró Marc, girándose hacia ella–. ¿Qué estás diciendo?

–Que, después de tu separación, yo ordené al señor Storch que filtrase cualquier llamada de la señorita Mason que llegase al despacho y que le dijese a ésta que no querías volver a hablar con ella.

Marc miró a su madre y a Trevor con incredulidad.

Vanessa tenía el corazón acelerado, estaba emocionada.

–¿Por qué lo hiciste? –le preguntó a su madre.

Eleanor apretó los labios.

–Es basura, Marcus. Fue una pena que te casaras con ella y la trajeses a casa, pero no podía consentir que siguieseis en contacto cuando por fin habías tenido la sensatez de divorciarte de ella.

–Así que le ordenaste a mi asistente que no permitiese que hablase conmigo –dijo él.

–Por supuesto –respondió ella–. Haría cualquier cosa por proteger a la familia de semejante cazafortunas.

–Se llama Vanessa –le dijo Marc entre dientes.

Antes de que a su madre le diese tiempo a responder, Marc se acercó a Vanessa y tomó a Danny en brazos. Luego, volvió a acercarse a Trevor.

–Estás despedido –le dijo–. Vuelve al despacho y recoge tus cosas.

–Sí, señor –respondió él.

–Y tú –continuó Marc, girándose para fulminar a su madre con la mirada–. Siempre pensé que Vanessa exageraba cuando me contaba lo mal que te habías portado con ella a mis espaldas, pero ahora veo que tenía razón.

Marc hizo una pausa y luego añadió:

–No volverás a vernos jamás. Vendrán a por mis pertenencias y a por cualquier cosa que quede de Vanessa. La empresa es mía. Mía y de Adam. A partir de ahora ya no formas parte de la junta directiva y tu nombre no volverá a figurar en nada relacionado con la corporación.

–No puedes hacer eso –protestó Eleanor.

–Verás como sí.

Y, dicho aquello, Marc abrió la puerta y salió por ella con Vanessa al lado.

–Dejad todas las cosas de Vanessa en mi coche –les dijo a las sirvientas.

Luego se acercó al taxi para pagarle.

–¿Qué vamos a hacer? –le preguntó Vanessa, todavía sin poder creer lo que acababa de ocurrir.

Él levantó una mano para tocarle la cara.

–Nos marchamos. Nos quedaremos en un hotel hasta que lo arregle todo en el trabajo, luego, volveremos a Summerville.

–Pero...

–No hay peros que valgan –le respondió él, suavizando el tono–. Lo siento, Vanessa. No lo veía. No te creía porque no quería admitir que mi familia no era perfecta ni que pudiese tratar a mi esposa de otro modo que no fuese con cariño y con respeto.

Le acarició la mejilla y Vanessa notó que se derretía.

–Si lo hubiese sabido, si hubiese entendido lo que estabas pasando, lo habría parado. Jamás habría permitido que lo nuestro se estropease.

Ella no podía hablar, pero lo creía.

–Te quiero, Vanessa. Siempre te he querido y siento haber malgastado tanto tiempo.

Ella notó cómo las lágrimas, lágrimas de felicidad, le inundaban los ojos.

Marc se inclinó y apoyó la frente en la de ella.

–Si pudiese volver atrás y hacer las cosas de otra manera, jamás te dejaría marchar.

–Yo también te quiero –le dijo ella–. Y jamás quise marcharme, pero no podía continuar viviendo así.

–Lo sé.

–Y no quise mantener en secreto mi embarazo. Intenté contártelo, pero cuando Trevor se negó a

pasarte la llamada, me sentí tan dolida y enfadada...

—Lo entiendo. Ambos hemos cometido errores,
pero no volveremos a hacerlo, ¿verdad?

Vanessa negó con la cabeza e hizo un esfuerzo
por contener las lágrimas.

Él tomó su rostro con ambas manos y le dio un
suave beso.

—Te quiero de verdad, Nessa. Para siempre.

—Yo también te quiero —intentó decirle ella, pero
Marc ya la estaba besando con toda la pasión que
había surgido entre ambos desde el momento en
que se habían conocido.

Epílogo

Dos años después…

Marc recorrió la calle principal de Summerville silbando y saludando a los amigos con los que se iba cruzando. Silbando. Jamás había silbado en el pasado, pero últimamente se había sorprendido haciéndolo en varias ocasiones.

Lo que significaba que vivir en un pueblo no era tan aburrido y limitador como él había imaginado.

Aunque tampoco pensase que su felicidad tuviese tanto que ver con el lugar en el que vivía, como con cómo vivía, y con quién.

Aupó a Danny en su cadera y siguió silbando. El niño iba vestido con unos pantalones vaqueros y unas zapatillas con el logo de La Cabaña de Azúcar.

Se le había ocurrido a él, además de vender por correo pasteles, también vendían camisetas, jerséis, ropa de bebé, café y tazas, e incluso llaveros. Ya que pensaba que era la mejor publicidad que podía tener Vanessa, además del boca a boca.

–Vamos a ver a mamá –le dijo a Danny–. A lo mejor te da una galleta.

–¡Galleta! –exclamó el niño aplaudiendo.

Marc se echó a reír.

Llegaron a la altura de La Cabaña de Azúcar y entraron en el local dedicado a la distribución.

Vanessa estaba detrás del mostrador, pero nada más verlos sonrió y salió. Llevaba el pelo cobrizo recogido en una cola de caballo y un delantal también con el logo de la tienda de un blanco inmaculado.

–¡Galleta! –gritó Danny.

Y ella se puso de puntillas para darle un beso al niño y otro al padre.

–Tengo una sorpresa para ti –anunció Marc mientras ella volvía detrás del mostrador.

La vio quitarse el delantal y buscar una galleta para Danny, volver a salir y dársela.

Sin el delantal se notaba mucho más que estaba embarazada de cuatro meses. Y cada vez que veía su vientre henchido, a Marc se le hacía un nudo en el estómago, de amor y de orgullo, y de alivio, por no haberla dejado marchar.

Se habían comprado una casa grande y muy bonita a las afueras del pueblo y se habían vuelto a casar, en esa ocasión en el ayuntamiento y con la mínima fanfarria. Sólo los habían acompañado tía Helen y Danny.

Después, habían hablado de tener otro hijo. Uno con el que Marc pudiese implicarse desde el principio.

–¿Cuál es la sorpresa? –le preguntó Vanessa.

Él se metió la mano en el bolsillo trasero de los chinos y sacó un catálogo que llevaba doblado. Lo abrió y se lo tendió para que lo viese.

–¡Oh, Dios mío! –gritó Vanessa emocionada, quitándoselo para hojearlo–. No puedo creer que esté terminado.

Era el catálogo de La Cabaña de Azúcar. Marc también había hecho diseñar una página web y estaba buscando otros locales en alquiler para abrir más Cabañas de azúcar en otras localidades.

–Y tengo más buenas noticias –añadió.

–¿Qué? –preguntó Vanessa contenta.

Marc sonrió.

–Adam y yo hemos cerrado el trato esta mañana para abrir La Cabaña de Azúcar en el vestíbulo de Keller Corporation.

Vanessa no saltó de alegría, como él había esperado.

–¿Qué ocurre?

–Nada, es maravilloso, pero me preocupa lo que piense tu madre cuando se entere. Y si terminamos volviendo a la ciudad, como tenemos planeado…

–Ya lo sabe, se lo ha contado Adam –le dijo él–. Sé que no será nunca la suegra ni la abuela perfecta, pero creo que, después de un tiempo sin tener noticias nuestras le ha quedado claro que siento devoción por ti. Eres mi esposa y no permitiré que nadie ni nada te haga daño ni se interponga entre nosotros. Ni siquiera mi madre.

Ella dio un paso al frente y apoyó las manos en su pecho.

–¿Lo sientes? –le preguntó en un susurro.

–Nada en absoluto. Sólo me importáis Danny y tú, y este pequeño que está creciendo en tu interior

–le dijo, acariciándole el vientre–. No cierro la puerta a hacer las paces con mi madre, pero no cambiaría mi vida de ahora por nada del mundo. ¿Lo entiendes?

Ella asintió despacio.

–Iré a limpiar a nuestro pequeño monstruo de las galletas mientras tú le enseñas el catálogo a tu tía. Con un poco de suerte se pondrá de buen humor y se quedará con Danny esta noche.

–¿Por qué? –le preguntó Vanessa.

–Porque me apetece algo dulce.

Vanessa inclinó la cabeza y le dedicó una seductora mirada.

–Bueno, pues estás en una panadería. Hay dulces por todas partes.

–Lo que yo quiero no está en el catálogo.

–O sea, que quieres hacer un pedido especial.

Él asintió.

–Pues tienes suerte, porque gracias a mi marido, hacemos pedidos especiales. Aunque tendrás que pagar un precio especial por el envío.

Él hizo una mueca y dijo en voz baja.

–Ningún problema. Por si no lo sabías, soy rico.

Ella sonrió y lo abrazó por el cuello.

–Yo también –murmuró.

Y ninguno de los dos hablaba de dinero.

DESEO

HEIDI BETTS

DESEO Y TRAICIÓN

Capítulo Uno

Imposible. Era imposible.

Lily Zaccaro maximizó la ventana de su navegador y se aproximó aún más para examinar la foto en la pantalla del portátil. Tecleó con furia para minimizar la ventana y abrir otra.

Ventana tras ventana, la presión arterial le iba subiendo.

Volvió a teclear con rabia para poner en marcha la impresora, de la que fueron saliendo las fotos, o, como ya comenzaba a considerarlas, las pruebas.

Tomó las fotos de la bandeja y las llevó a una mesa larga y ancha, donde las colocó en fila.

El corazón le palpitaba como si hubiera corrido los cien metros lisos. Allí, frente a sus ojos, tenía la prueba de que alguien le estaba robando sus diseños.

Volvió a estudiar las fotos. Los tejidos eran distintos, desde luego, al igual que algunas líneas y cortes, pero era indudable que se trataba de sus diseños.

Para asegurarse de que no se imaginaba cosas ni se estaba volviendo loca, Lily abrió un cajón donde guardaba los esbozos de sus diseños y buscó una carpeta que llevó a la mesa.

Sacó los bocetos en los que había estado trabajando la primavera anterior y que formarían la colección de aquel otoño.

Tras un corto periodo de prueba tuvo cada esbozo situado al lado del correspondiente a su rival. El parecido le provocó náuseas.

Volvió a preguntarse cómo había podido suceder algo así.

Se devanó los sesos tratando de determinar quién podía haber visto los bocetos mientras trabajaba en ellos ¿Cuánta gente había entrado y salido del estudio? No mucha.

Zoe y Juliet, por supuesto, pero confiaba en ellas plenamente. Sus hermanas y ella compartían aquel espacio para trabajar. Las tres habían alquilado el edificio entero en Nueva York y utilizaban uno de los pisos como vivienda, que también compartían; y el otro como lugar de trabajo de la empresa: Modas Zaccaro.

Aunque a veces se enfadaran entre ellas, o sus horarios se solaparan, lo cierto era que trabajar como socias estaba funcionando muy bien. Lily enseñaba sus bocetos a sus hermanas y les pedía su opinión; y viceversa.

Pero ni Zoe ni Juliet le robarían los bocetos ni la traicionarían de ningún otro modo. Estaba totalmente segura.

Entonces, ¿quién había sido? A veces iba gente al estudio, pero no era habitual. Cuando tenían algún asunto que resolver lo hacían en la sede de la empresa, en Manhattan, donde estaban las máquinas de coser, los empleados, un despacho para cada

hermana y una pequeña tienda que esperaban ampliar muy pronto.

Ese sueño sería imposible si les robaban sus creaciones y las sacaban al mercado antes que ellas.

Recogió los bocetos y las fotos y comenzó a recorrer el estudio.

¿Qué podía hacer?

Si supiera quién era el culpable sabría qué hacer.
Sin embargo, como no tenía ni idea de quién estaba
detrás de aquello, no sabía por dónde empezar.

Tal vez sus hermanas pudieran sugerirle algo,
pero no quería mezclarlas en aquello.

Ella era la que había ido a una escuela de diseño
y la que había pedido un préstamo a sus padres
para montar su propio negocio. Y aunque ellos
eran muy ricos y le habían dicho que le regalarían
el dinero, ella deseaba construir algo por sí misma.

Se había marchado a Nueva York para hacerse
un nombre, y Zoe y Juliet habían ido después, dejando sus empleos en Connecticut.

Las dos habían supuesto una gran contribución
a Modas Zaccaro. La ropa que diseñaba Lily era fa-
bulosa, desde luego, pero los zapatos de Zoe y los
bolsos y accesorios de Juliet habían hecho famosa la
marca Zaccaro.

El dinero estaba en los accesorios. A las mujeres
les gustaba comprarse una nueva prenda, pero también todo lo que la acompañaba. Que pudieran salir de Modas Zaccaro con todo lo necesario para
vestirse era lo que las hacía volver y recomendar la
tienda a sus amigas.

Pero no estaban robando los diseños de sus hermanas, y Lily no quería que se inquietaran por su futuro.

Tenía que enfrentarse a aquello sola, al menos hasta que supiera algo de lo que sucedía. Volvió adonde estaba el portátil y se sentó en el taburete frente a él. Los dedos le vacilaron sobre el teclado, pero comenzó a escribir y, aunque no estaba segura de que lo que iba a hacer fuera lo correcto, decidió seguir su instinto.

Dos minutos después tenía la dirección de una empresa de detectives, y cinco minutos más tarde había concertado una cita para la semana siguiente. No estaba segura de lo que les pediría que hicieran, pero, tras haberla escuchado, tal vez le dieran alguna idea.

Después prosiguió buscando información sobre la empresa rival: Ashdown Abbey.

La había fundado Arthur Stratham, hacía más de un siglo, en Londres. Trabajaban en ropa deportiva y de trabajo, y aparecían en muchas revistas de moda. Tenían cincuenta tiendas en todo el mundo y sus ventas les dejaban más de diez millones de beneficios anuales.

Entonces, ¿por qué le estaban robando sus ideas?

Modas Zaccaro se hallaba en los inicios y apenas daba para ir devolviendo mensualmente el préstamo a los padres de Lily y para que sus hermanas y ella vivieran sin problemas.

La copia de los modelos procedía de la sucursal de Ashdown Abbey en Los Ángeles, por lo que Lily buscó más información sobre ella. Según la página web de la empresa, su director era Nigel Stratham, descendiente de Arthur Stratham.

Pero la sucursal de Los Ángeles solo llevaba abierta un año y medio y trabajaba de modo independiente con respecto a la empresa británica, centrándose principalmente en clientes americanos y, sobre todo, de Hollywood.

Lily entrecerró lo ojos para examinar la foto de Nigel Stratham que había aparecido en la pantalla.

Reconoció de mala gana que era guapo. Tenía el pelo castaño y lo llevaba muy corto; los pómulos altos y la mandíbula fuerte; los labios gruesos, pero no en exceso; y los ojos parecían verdes, pero era difícil saberlo por la foto.

A pesar de sus deseos de despreciarlo, Nigel Stratham tenía una sonrisa encantadora que amenazaba con lograr que las piernas dejaran de sostenerla.

Por suerte estaba sentada y era una mujer fuerte. A primera vista, desde luego, no lo hubiera considerado un ladrón.

Siguió mirando fotos y artículos sobre la empresa, pero la mayor parte se referían a la sede británica y a otras tiendas europeas.

Decidió que no podía hacer mucho más hasta ver al detective con el que se había citado. Miró la hora. Había quedado para cenar con sus hermanas en veinte minutos.

Mientras iba cerrando las diversas ventanas, algo le llamó la atención: una página con oportunidades de empleo en Ashdown Abbey (Estados Unidos), a la que ya había echado una ojeada.

Maximizó la ventana, seleccionó el enlace de más información y lo imprimió.

Se le había ocurrido una locura. Sus hermanas, por descontado, tratarían de disuadirla si se lo contaba; el detective, también, e intentaría convencerla de que dejara el asunto en sus manos por el módico precio de ¿cien, doscientos, quinientos dólares la hora?

Era mucho más sencillo que ella se introdujera en la empresa a ver qué podía averiguar. Conocía el mundo del diseño a la perfección y estaba segura de que la elegirían.

Se estremeció. Era peligroso, claro. Las cosas podían torcerse y verse metida en un buen lío.

Pero no podía desaprovechar la oportunidad. Era como si el destino le indicara el camino.

Tenía que averiguar qué sucedía, cómo había sucedido y detenerlo. Y trabajar para Ashdown Abbey era un buen modo de conseguirlo.

Bueno, no, perfecto.

Nigel Stratham necesitaba una secretaria, y ella era la persona adecuada para el puesto.

Capítulo Dos

Nigel Stratham maldijo en voz baja mientras dejaba de golpe el informe financiero trimestral de la empresa sobre la última carta de su padre, que le había hecho sentirse como un niño al que regañaban por alguna bagatela.

La carta, escrita a mano y enviada desde Inglaterra, porque así lo habían hecho siempre sus padres, y porque un correo electrónico era demasiado vulgar para su refinada educación, subrayaba que las ganancias en la sucursal norteamericana eran decepcionantes y que Nigel había fracasado al añadir otra gema a la corona de la empresa desde que lo habían nombrado presidente, hacía dieciocho meses.

A Nigel le pareció que su padre estaba allí hablando con él, con las manos detrás de la espalda y las cejas fruncidas en señal de desagrado: igual que cuando era un niño.

Sus padres siempre le exigían la perfección en todo, y él nunca la había logrado.

De todos modos, creía que un año y medio no era suficiente para asegurar el triunfo o el fracaso de una sucursal de la empresa en un nuevo país, cuando Ashdown Abbey había tardado casi un siglo en triunfar en Gran Bretaña.

Pensaba que las expectativas de su padre habían sido demasiado elevadas, pero cualquiera se lo decía.

Se recostó en el asiento, suspirando, y consideró cuánto tiempo podría posponer la respuesta a la carta antes de que su padre le enviara otra; o todavía peor, antes de que decidiera tomar un avión y plantarse en Los Ángeles para vigilar a su hijo.

¡Vaya día! Además le aterraba pensar en el asunto de la nueva secretaria.

Ya había tenido tres, jóvenes atractivas y competentes, pero faltas de dedicación.

El problema de contratar a una secretaria en Los Ángeles era, en su opinión, que las candidatas solían aspirar a ser actrices, por lo que se aburrían fácilmente o dejaban el empleo en cuanto las contrataban para hacer un anuncio; o bien aspiraban a ser diseñadoras de moda que se desesperaban cuando no conseguían triunfar con sus creaciones en menos de seis meses.

Y cada vez que una se marchaba, Nigel tenía que empezar de nuevo a formar a la siguiente.

El departamento de Recursos Humanos había contratado a la última en su lugar y le había enviado información profesional y personal de la elegida.

Antes de que tuviera ocasión de volver a leer el currículo, llamaron a la puerta del despacho. Esta se abrió y su nueva secretaria, o al menos eso fue lo que dedujo él, entró.

Era más guapa de lo que parecía en la foto. Tenía el pelo rubio oscuro y lo llevaba recogido en un moño. Iba poco maquillada y sus rasgos eran clásicos y delicados.

Llevaba gafas de montura oscura y aros dorados en las orejas. Vestía una sencilla blusa blanca, una estrecha falda negra que le llegaba por debajo de la rodilla y unos zapatos blancos y negros de tacón alto.

Iba a la moda, pero Nigel se fijó en otros aspectos de ella, como su piel de porcelana, el modo en que la blusa le marcaba los senos o el carmín oscuro de sus labios.

—Señor Stratham, soy Lillian, su nueva secretaria. Aquí tiene su café y el correo de la mañana.

Dejó la taza humeante en el posavasos de cuero del escritorio. Le había añadido un poco de crema de leche, como a él le gustaba. Y colocó el montón de cartas frente a él.

La primera impresión que le produjo a Nigel fue muy positiva.

—¿Desea algo más?

—No, gracias.

Ella asintió, dio media vuelta y se dirigió a la puerta.

—Señorita George…

Ella se volvió.

—Dígame.

—¿La blusa y la falda que lleva son diseños de Ashdown Abbey?

—Ella sonrió levemente.

—Por supuesto.

11

Él reflexionó durante unos segundos sin atreverse a creer que su suerte estuviera cambiando. Carraspeó y le preguntó:

—No será usted actriz, ¿verdad?

Ella frunció el ceño.

—No.

—¿Ni modelo?

Ella soltó una breve risa.

—Por supuesto que no.

Él recordó algunos puntos importantes de su currículo. Era licenciada en Ciencias Empresariales y había hecho varios cursos de diseño.

—Y su interés en la industria de la moda es…

Ella replicó en tono firme.

—Estrictamente laboral, además de tener la oportunidad de conseguir nuevos diseños antes que el resto del mundo. Me gusta mucho la ropa –afirmó, y le dedicó una medio sonrisa que hizo que se le formara un pequeñísimo hoyuelo en la mejilla derecha.

Nigel sonrió a su vez, casi contra su voluntad.

—Entonces está en el lugar adecuado. Los empleados tienen descuento en nuestra tienda, como ya sabrá.

—Sí, lo sé.

—Excelente –murmuró él, satisfecho de momento con su nueva secretaria.

Aunque aún no la había visto trabajar, ya había superado el primer obstáculo.

—Si todavía no lo ha hecho, mire mi agenda para la semana. Habrá algunas reuniones y eventos a los que tendrá que venir conmigo, así que preste atención a esas anotaciones. Y compruebe a menudo mi agenda, ya que suelo cambiarla sin previo aviso.

Agarró la taza y dio un sorbo. Tenía muy buen sabor, pues llevaba la cantidad exacta de crema que le gustaba.

—Muy bien.

—Gracias. Eso es todo de momento.

Ella volvió a dirigirse a la puerta y él volvió a detenerla antes de que llegara.

—El café es excelente. Espero que haga el té igual de bien.

—Lo intentaré.

Salió cerrando la puerta, y Nigel sonrió inesperadamente.

En cuanto cerró la puerta del despacho y estuvo sola, Lily se dirigió con paso vacilante a sentarse tras su escritorio.

Temblaba de pies a cabeza y el corazón se le había desbocado. Y el estómago… Le parecía estar en un barco que cabeceara en medio de una tormenta. Sería un milagro que no vomitara el desayuno.

Para evitar que sucediera, se inclinó hacia delante y puso la cabeza sobre las rodillas, ya que con aquella falda tan estrecha era imposible ponerla entre ellas.

Lillian era el mejor nombre que se le había ocurrido y al que respondería de forma natural, ya que era una mezcla de los dos suyos: Lily y Ann.

De apellido había elegido uno sencillo y que le resultara fácil de identificar: George, que fue como sus hermanas y ella llamaron al primer perro que tuvieron.

Así que Lillian George era su nuevo nombre, aunque le parecía propio de una bibliotecaria de mediana edad.

Pero parecía una bibliotecaria.

Su estilo habitual y sus propios diseños tendían hacia los colores fuertes y eran atrevidos y desenfadados.

Pero su puesto en Ashdown Abbey le impedía vestir así. Y, además, tenía que hacer todo lo posible para que no la reconocieran ni la relacionaran con Modas Zaccaro.

Esperaba que el cambio de nombre y de estilo de vestir, unido a las gafas y al hecho de haberse oscurecido el pelo, que tenía rubio, fuera suficiente para evitar que alguien de la empresa supiera quién era.

También contribuiría que Modas Zaccaro no fuera muy conocida. Sus hermanas y ella apenas habían aparecido en los medios de comunicación. Las habían fotografiado de vez en cuando y habían salido en revistas o páginas de sociedad, sobre todo por ser hijas de quien eran y por la fortuna de su familia.

Al cabo de unos minutos, el pulso de Lily recuperó la normalidad y dejó de tener arcadas. De momento estaba consiguiendo su propósito. Había superado la prueba de la aceptación de su currículo y la de la entrevista; y la de enfrentarse al presidente de la empresa, Nigel Stratham, sin que la hubieran sacado esposada del despacho.

Todo estaba yendo bien.

En Ashdown Abbey no había el ruido de fondo de voces y máquinas de coser que había en Modas Zaccaro. Pero su empresa no era tan rica como Ashdown Abbey, que tenía las oficinas y los talleres en edificios distintos.

Lily pensó que le gustaría oír el zumbido de las máquinas o la risa de sus hermanas, sobre todo en momentos como aquel, en que lo único que oía era su respiración agitada y una voz interior, aterrorizada, que le decía que estaba loca y que la iban a pillar.

Para no escucharla comenzó a recitar uno de los poemas sin sentido que había aprendido en la escuela primaria. Después se incorporó lentamente.

Nigel Stratham creía que era su nueva secretaria, así que tendría que comportarse como tal.

Acercó la silla al escritorio y comenzó a teclear frente a la pantalla del ordenador. Aunque se había familiarizado con el sistema operativo antes de entrar en el despacho de Nigel, todavía tenía mucho que aprender; por ejemplo, el plan de trabajo de su jefe para ese día.

Se sintió culpable al pensar si sus hermanas ya habrían encontrado la nota que les había dejado y respetarían sus deseos de no decirle a nadie que había desaparecido y de que no intentaran buscarla.

Les había dicho que tenía que resolver un asunto

personal, les había asegurado que no correría peligro alguno y les había pedido que confiaran en ella.

No quería que se preocuparan, pero no estaba dispuesta a decirles lo que iba a hacer. Un día se lo contaría ante una botella de vino, y lo más probable era que acabaran riéndose, pero eso sería cuando hubieran desaparecido las amenazas a su empresa.

Antes de marcharse había acudido a la cita con Reid McCormack, de la agencia de detectives McCormack, para que investigara a todos los empleados de Modas Zaccaro. Lily no creía que fuera a encontrar algo comprometedor, pero más valía prevenir que curar.

Le había dicho que se ausentaría de Nueva York durante un tiempo y que lo llamaría una vez a la semana para que la pusiera al día.

Francamente, esperaba que el detective no tuviera que darle malas noticias y que si se las daba no tuvieran relación con Modas Zaccaro.

Pero hasta que volviera a hablar con él tenía que centrar toda su energía en su nuevo empleo y en investigar por sí misma sigilosamente.

Al mirar la agenda de Nigel para ese día, comprobó aliviada que sería una jornada tranquila, ya que estaría en el despacho buena parte del día. Tenía una cita para comer y debía acudir a una conferencia por la tarde, pero ella no debía acompañarlo.

Echó un vistazo a la agenda del resto de la semana y se dijo que volvería a comprobarla cada dos horas hasta que se convirtiera en un hábito hacerlo.

Dedicó unos minutos a investigar algunos de los programas y carpetas del sistema, aunque esperaba no tener que usarlos inmediatamente. Pero como entendía de diseño, sabía cómo utilizar los programas instalados relacionados con él.

La pregunta era si le servirían para acceder a la información necesaria para localizar a quien le estaba robando los diseños.

Tal vez sí, o tal vez no: dependía de si Nigel sabía lo que estaba sucediendo.

Se preguntó si estaría involucrado.

¿Habría enviado a un espía de Ashdown Abbey a su empresa? ¿O, a pesar de haber reconocido sus diseños de la última colección de su empresa, habría mirado hacia otro lado porque era lo más fácil y contribuiría a aumentar las ventas y el prestigio de Ashdown Abbey?

Esperaba que no. Se resistía a creer que hubiera ejecutivos que se rebajaran a esos extremos, cuando tenían un montón de diseñadores con talento.

También se resistía a creer que alguien tan guapo, con aquel maravilloso acento británico, fuera capaz de algo tan abyecto. Aunque estaba segura que personas más atractivas eran culpables de cosas peores.

Era algo que sucedía todos los días, y ella no era tan ingenua como para creer que porque un hombre fuera tremendamente atractivo y millonario no estuviera dispuesto a robar para conseguir otro par de millones.

Buscó información sobre la colección California,

la colección de Ashdown Abbey que incluía buena parte de sus creaciones con ligeras modificaciones y confeccionadas en tejidos totalmente distintos.

Los ligeros vestidos veraniegos eran muy bonitos, aunque no tanto como lo hubieran sido sus diseños si hubiera tenido la oportunidad de confeccionarlos.

Examinó cada uno concienzudamente. No todos procedían de uno de sus diseños, lo cual no era ningún consuelo y podría serle perjudicial si trataba de demostrar ante un tribunal que había habido hurto.

Un buen abogado defensor podría argüir que existían similitudes entre los diseños de ambas empresas, pero que, como la colección de Ashdown Abbey incluía asimismo modelos sin parecido alguno con los de Modas Zaccaro, se trataba simplemente de un caso de coincidencia creativa.

Lily cerró la galería de fotos y abrió otros documentos de la carpeta, entre los que encontró los bocetos de los modelos definitivos de la colección California.

Eran bocetos digitales, a todo color, realizados con uno de los programas informáticos que cada día eran más populares. Lily también lo tenía en su tableta, pero prefería el lápiz y el papel.

Sin embargo, lo que atrajo su atención no fue cómo estaban hechos sino que estuvieran firmados por un equipo de diseñadores, en vez de por un solo diseñador. Debía de ser la costumbre en Ashdown Abbey.

Buscó la lista de nombres del equipo, que aparecieron con sus títulos y las colecciones anteriores que habían realizado para la empresa. Lily la imprimió.

Mientras la impresora estaba funcionando sonó el intercomunicador.

Ella inspiró profundamente y apretó el botón de la línea directa de Nigel Stratham.

—¿Sí?

—¿Puede venir un momento?

Un silencio absoluto siguió a la pregunta, por lo que Lily dedujo que su jefe había colgado sin esperar respuesta.

Agarró la lista de diseñadores de la bandeja de la impresora, la dobló varias veces y se la guardó en el bolsillo delantero de la falda, hecho lo cual se dirigió al despacho de Nigel sin saber con qué se encontraría al otro lado de la puerta. Ni siquiera sabía si debía llevar un bloc y un lápiz para tomar notas.

¿Qué llevaba una secretaria cuando la llamaba el jefe? ¿Pluma y papel? ¿Una tableta? No había tenido tiempo de echar un vistazo para ver el material del que disponía la secretaria de Nigel Stratham.

Así que entró con las manos vacías después de llamar a la puerta.

Nigel acabó de anotar algo antes de prestarle atención.

—¿Qué hace esta noche? —le preguntó.

La pregunta le resultó tan inesperada a Lily que se quedó en blanco. Y estaba segura de que la cara la tenía del mismo color.

–Deduzco que no tiene planes.

Como ella seguía sin responder, él continuó hablando.

–Voy a cenar con un diseñador al que puede que contratemos y he pensado que tal vez quiera venir con nosotros. De ese modo se irá familiarizando con lo que le exige su puesto.

Ella se limitó a responder:

–Muy bien.

Nigel asintió de modo casi imperceptible.

–Yo iré directamente desde la oficina, pero usted puede ir a casa a cambiarse, si quiere. La iré a buscar a las ocho. No olvide dejarme la dirección antes de marcharse.

Volvió a concentrarse en su trabajo, por lo que ella dedujo que no quería nada más.

–De acuerdo. Muchas gracias –dijo antes de apresurarse a salir.

Se sentó en su escritorio para analizar los últimos acontecimientos.

Por un lado tenía la lista de los diseñadores de la colección de Ashdown Abbey basada en sus diseños, lo cual era un golpe maestro para ser el primer día en territorio enemigo.

Por otro, lo que más deseaba era acabar el día sin ser descubierta. No había pensado que tuviera que hacer horas extra fuera de la oficina, y menos a solas con su jefe.

Claro que no estaría sola con él. Era una cena de negocios, así que al menos habría otra persona. Pero no dejaba de ser una situación en que se hallaría muy cerca del hombre del que dependía su futuro.

Su futuro profesional y probablemente su libertad.

Si su jefe averiguaba quién era ella en realidad y por qué estaba trabajando de incógnito en la empresa, era muy posible que acabara entre rejas. Y daría igual que dijera que él había sido el primero en cometer un delito.

Capítulo Tres

A las ocho menos cinco, Lily todavía corría por su piso tratando de terminar de arreglarse antes de que llegara Nigel.

De nada le servía acabar de mudarse y haberse llevado pocas cosas de Nueva York ni que el piso fuera simplemente un lugar para dormir, no demasiado bonito ni demasiado caro.

Nunca se hubiera imaginado que su jefe, el presidente de la compañía, decidiría pasarse por su casa a recogerla para ir a cenar.

Además no había pensado en que tendría que salir, por lo que había llenado el armario con ropa de Ashdown Abbey para ir a trabajar, pero no se había comprado nada para salir.

Se temía que su jefe había elegido un restaurante caro, y no quería desentonar ni, peor aún, que la confundieran con una empleada del local.

Había hecho lo que estaba en su mano con lo que le ofrecía su escaso guardarropa.

Llevaba otra falda negra, más corta, con una abertura en la parte de atrás, y una fina blusa azul zafiro.

Se volvió a mirar en el espejo para comprobar su aspecto. Afortunadamente, apenas se le transparentaba el sujetador. Se puso unos pendientes, un collar y zapatos de tacón abiertos por delante.

Metió el monedero, la barra de labios, las llaves y el móvil en el bolso y, por fin, estuvo lista para cuando llegara Nigel.

Acaba de tomar aire para tranquilizarse y estaba pensando en ir por última vez al servicio cuando llamaron al timbre.

La poca calma que había logrado se le evaporó y el miedo hizo que se le contrajera el estómago.

Agarró el bolso, tragó saliva y se dirigió a la puerta. Como no quería que Nigel viera el interior del piso y notara que carecía de un toque personal, lo cual desmentiría la afirmación de que llevaba viviendo en la ciudad varios años, abrió solo una rendija e interpuso el cuerpo para evitar que él viera algo.

Salió todo lo deprisa que pudo y cerró la puerta.

Nigel la examinó de arriba abajo. Estaba tan cerca que ella olió la colonia que se había echado.

Aspiró para olerla mejor, pero se dio cuenta de lo que estaba haciendo y contuvo la respiración con la esperanza de que él no hubiera notado su indiscreción.

No era muy acertado pensar que su jefe olía bien. Le resultaba atractivo. Y lo era. Cualquiera, hombre o mujer, estaría de acuerdo. Pero eso no implicaba que tuviera añadir que olía muy bien.

Era un hombre guapo con un gusto excelente a la hora de elegir colonia, eso era todo.

Nigel volvió a mirarla a la cara.

—Está muy guapa. ¿Podemos irnos?

23

–Sí.

Y cuál no sería su sorpresa cuando él le ofreció el brazo. No fue un gesto romántico, sino educado. Tras unos segundos de vacilación, ella deslizó la mano en torno a su codo y avanzaron juntos por el pasillo.

¿Un americano se habría portado con tanta caballerosidad? Probablemente fuera la educación británica de Nigel. Pero a ella le gustó, tal vez demasiado.

Bajaron las cortas escaleras, en vez de esperar el ascensor. En la calle, un Bentley Mulsanne con chófer los esperaba, y él abrió la puerta para que ella subiera.

Había un ordenador abierto en el asiento, al lado de la otra puerta. Nigel la abrió, cerró el ordenador y se sentó. Dejó el portátil en el suelo, al lado de su portafolios.

Después se inclinó hacia ella para agarrar el cinturón de seguridad y abrochárselo y, al hacerlo, le rozó la cintura con el brazo, muy cerca de los senos. Ella sintió un escalofrío y calor en zonas en que no debería sentirlo. Tragó saliva y se quedó quieta.

Nigel, por supuesto, no se había dado cuenta de la reacción que había originado su inocente gesto.

Ella se humedeció los labios y trató de sonreír.

–Gracias –dijo mientras tiraba del cinturón–. Parece que va a hacer horas extra –añadió, aliviada porque su voz sonaba firme y normal.

Él se recostó en el asiento y suspiró.

–No hay horas extra en este puesto. Trabajo todo el día.

Lily sabía a lo que se refería. Ella había trabajado veinticuatro horas al día, los siete días de la semana, para montar Modas Zaccaro, y cuando llegaron sus hermanas se esforzaron al máximo, las tres, para que la empresa comenzara a funcionar.

–Esta noche –dijo Nigel con su encantador acento– cenaremos con un diseñador que quiere dejar Vincenze por un puesto mejor en Ashdown Abbey.

Lily se quedó pasmada.

Vincenze era una firma enorme y multimillonaria, de gran prestigio. Si ella no tuviera su propia empresa, le hubiera entusiasmado tener la posibilidad de trabajar allí.

Y, sin embargo, iban a cenar con alguien que quería dejarla por Ashdown Abbey, lo cual no implicaba que esta fuera peor que aquella, ni mucho menos. Eran empresas similares en éxito y prestigio, pero sus diseños diferían completamente.

Lily trató de centrarse en el trabajo que se suponía que debía hacer en vez de divagar sobre el suyo propio.

–No sé cuál va a se mi papel esta noche.

–Limítese a escuchar. Así irá aprendiendo.

Se volvió hacia ella y le sonrió.

–Para serle sincero, le he pedido que venga conmigo para no estar a solas con este tipo. Las cenas de negocios a veces son muy aburridas, sobre todo cuando el posible empleado me obsequia con la larga lista de sus capacidades.

Lily le devolvió la sonrisa. La industria de la moda estaba repleta de personas con un enorme ego. No creía ser una de ellas, pero se necesitaba saber venderse.

—Podíamos concertar una señal y algunos temas para hablar —propuso—. Así, si las cosas se ponen feas, puede hacerme la señal y yo comenzaré a hablar del calentamiento global.

La sonrisa de Nigel se hizo más ancha.

—¿El calentamiento global? —preguntó en tono divertido.

—Es un tema muy importante. Estoy segura de poder estar hablando una hora sobre él, si es necesario.

El asintió varias veces.

—Podría ser útil —afirmó con los labios fruncidos para no reírse.

—Me parece que sí.

—¿Qué señal propone que usemos?

—Se puede tocar el lóbulo de la oreja; o darme un puntapié por debajo de la mesa; o podemos emplear una palabra clave.

—Una palabra clave —repitió él—. Esto comienza a parecerse a una película de James Bond.

Ella pensó que era muy adecuado, ya que Nigel le recordaba al agente 007, aunque debía de ser por el acento.

Fingiendo una despreocupación que no sentía se encogió de hombros.

—Si prefiere tener que aguantar a nuestro acompañante durante horas, usted mismo.

Se hizo un largo silencio, y la ansiedad de Lily aumentó.

Tal vez se hubiera excedido, ya que solo llevaba

doce horas trabajando para Nigel Stratham. Era muy poco tiempo para comenzar a dar su opinión y decirle lo que debía hacer.

Y para colmo, él había mencionado a James Bond cuando, técnicamente hablando, ella era una espía en su empresa.

—Estoy totalmente de acuerdo en que necesitamos un plan de escape —dijo por fin Nigel—. ¿Qué le parece si le pregunto por un supuesto dolor de cabeza que haya tenido antes? Me dice que el dolor ha vuelto y que quiere irse a casa a descansar.

—Muy bien —ella, desde luego, sabía más de jaquecas que del calentamiento global.

—Y si es usted la que se aburre, pregúnteme si quiero otro martini. Le diré que no y que tenemos que irnos porque tengo una cita mañana temprano.

—¿Beberá martini?

—Sí, y así tendremos una excusa para marcharnos pronto.

—Aún no hemos llegado y ya estamos pensando en cómo marcharnos en cuanto acabemos de cenar.

—Porque se trata de una aburrida cena de negocios. Si tuviéramos una cita, estaría buscando excusas para que la velada se prolongara y usted no se marchara después del postre.

A Lily se le detuvo el corazón durante unos segundos y la invadió una oleada de calor. No era eso lo que esperaba que su jefe le dijera. No era el comentario que un jefe hace a una empleada.

Y ya se lo estaba imaginando: una cita para cenar

con Nigel en vez de una cena de negocios. Una mesa con velas, una conversación en voz baja flirteando, encaminada hacia algo más serio e íntimo.

El calor que sentía aumentó. Y cuando se imaginó que él ponía la mano sobre la suya encima del mantel estuvo a punto de sobresaltarse, tan real le pareció.

Por suerte, Nigel no notó nada porque el coche estaba disminuyendo la velocidad y él se estaba ajustando la corbata y los gemelos.

Cuando el vehículo se detuvo, él la miró y sonrió.

–¿Lista?

Ella asintió. Él desmontó y fue a abrirle la puerta para que ella hiciera lo propio. Lily dejó que la tomara del brazo al bajar. El chófer hizo un gesto de despedida con la cabeza mientras cerraba la puerta y volvía al asiento del conductor.

Lily observó que estaban en el restaurante Trattoria. A pesar de no ser de Los Ángeles, reconoció el nombre del elegante restaurante de cinco tenedores, con una lista de espera de tres meses.

A no ser que se tratara de alguien como Nigel Stratham.

Ella había cenado en restaurantes lujosos con su familia. Pero llevaba años sin hacerlo.

Además, se suponía que no era una heredera rica, lo que implicaba no estar acostumbrada a comidas de siete platos, cubertería de plata y restaurantes como aquel.

Tendría que comportarse como si no se hallara en su elemento para no despertar sospechas.

Cuando entraron, el metre, vestido de esmoquin, salió a su encuentro y, después de que Nigel
le dijera su nombre, los condujo al comedor. Se detuvo al fondo de la sala, ante una mesa para cuatro
a la que ya había un hombre sentado.

Nigel sacó una de las sillas para Lily al tiempo
que el hombre se levantaba. Era joven, de veintitan-
tos años, de pelo oscuro, y llevaba un traje caro.

–Señor Stratham –dijo tendiéndole la mano.

Nigel esperó a que ella estuviera sentada para es-
trechársela.

–Gracias por venir.

Nigel los presentó.

–Lillian, este es Harrison Klein. Señor Klein, Lillian George, mi secretaria.

–Mucho gusto –dijo Harrison dándole la mano.

El camarero les trajo la carta y tomó nota de las be-
bidas. Nigel, según lo convenido, pidió un martini.

Al poco rato les trajeron el primer plato y char-
laron de cosas intrascendentes mientras cenaban.
Nigel preguntó a Harrison por sus estudios y por su
trabajo en Vincenze.

A Lily le resultaba extraño estar cenando con
otro diseñador y con el presidente de una de las firmas británicas más importantes y tener que permanecer callada. Varias veces tuvo que morderse la
lengua para no intervenir en la conversación.

Así que se entretuvo bebiendo vino y examinan-
do el diseño de los trajes de ambos hombres.

Cuando hubieron acabado de cenar pidieron
café.

–¿Vemos su carpeta de trabajos? –preguntó Nigel a Harrison.

Este tragó saliva con nerviosismo antes de inclinarse y agarrar la carpeta que estaba en el suelo, al lado de la silla. Se la entregó a Nigel y esperó.

A Lily se le aceleró levemente el pulso, ya que aquel era un momento muy tenso para un diseñador. Y volvió a preguntarse por qué querría marcharse alguien de una empresa de prestigio.

Para ella hubiera sido más fácil buscar empleo en una compañía en vez de tratar de montar su propia empresa, pues hubiera aprendido de personas expertas y hubiera evitado los escollos con los que se había ido encontrando en su aventura individual.

La tensión aumentó mientras Nigel examinaba la carpeta con atención. Al cabo de unos minutos la cerró y se la devolvió a Harrison.

–Está muy bien, gracias.

La expresión del diseñador le indicó a Lily que había esperado una respuesta más entusiasta. Casi sintió lástima de él.

–Creo que por hoy hemos terminado –prosiguió Nigel–. Tenemos su currículo, así que ya nos pondremos en contacto con usted.

Harrison puso cara larga, pero se recuperó de inmediato.

–Muy bien, muchas gracias.

Se estrecharon la mano para dar por terminada la reunión, pero Lily no pudo evitar intervenir.

–¿Está seguro de que no quiere otro martini?

Nigel la miró con una medio sonrisa.

–No, gracias, ya he bebido bastante. Será mejor que nos vayamos, ya que mañana tengo una reunión a primera hora.

Ella reprimió una sonrisa y asintió. Los tres se levantaron, salieron del restaurante y se despidieron.

El coche de Nigel tardó unos minutos en llegar, pero no hablaron hasta que estuvieron dentro.

–Y bien –dijo él girándose en el asiento para verla mejor–. ¿Qué le ha parecido?

Lily, sobresaltada por la pregunta, tragó saliva.

–¿El qué?

–El señor Klein, la entrevista, los diseños.

Lily tenía una opinión al respecto, desde luego, pero ¿debía decírsela teniendo en cuenta que era su secretaria? ¿Y si hablaba en exceso y daba a entender que sabía demasiado para el puesto que tenía?

–No se preocupe, puede hablar con entera libertad. Quiero su opinión sincera. No significa que vaya a hacerle caso, pero la escucharé. Y lo que diga no tendrá consecuencia alguna en su puesto en la empresa, se lo prometo.

Ella se encogió de hombros.

–Tiene talento, desde luego.

–¿Pero…?

–No hay ningún pero. Tiene mucho talento.

Nigel pareció taladrarla con la mirada.

–Muy bien –dijo ella suspirando–. Tiene mucho talento, pero no creo que sus diseños sean adecuados para Ashdown Abbey.

–¿Por qué no?

–Porque son demasiado urbanos para el estilo de

la empresa. Por eso ha tenido éxito en Vincenze, que es una firma americana con un estilo urbano y deportivo. Pero Ashdown Abbey es británica y tiene fama de fabricar prendas más profesionales y cuidadas.

Se detuvo esperando no haberse pasado de la raya.

—A no ser que quieran cambiar de línea.

Nigel siguió mirándola en silencio con expresión indescifrable. Por fin sonrió y se le iluminaron los ojos.

—No, no tenemos intención de hacerlo. Sus palabras han dado en el clavo. Era lo mismo que he pensado al ojear los bocetos.

Lily se quedó perpleja al escucharlo, sorprendida y encantada a la vez, ya que podía haberlo echado todo a perder.

Pero ella había solicitado el puesto dejando claros sus conocimientos. Con tal de que no se descubriera su verdadera personalidad ni sus motivos, ¿por qué no iba demostrarlos?

—Tal vez acabe alegrándose de haberme contratado.

Él le lanzó una mirada penetrante y le dijo con su profunda voz y aquel acento que la derretía:

—Creo que ya lo he hecho.

Capítulo Cuatro

Aunque Lily insistió en que no era necesario, Nigel la acompañó hasta la puerta del piso. Era lo menos que podía hacer tras haberle quitado tanto tiempo libre.

En realidad, no hubiera necesitado que lo acompañara al restaurante. Era la primera vez que le pedía a una secretaria que fuera a cenar con él, aunque la cena fuera de negocios.

No sabía con certeza por qué lo había hecho, tal vez para comprobar lo que ella valía, ya que era nueva en el trabajo. En la oficina le había causado muy buena impresión, pero quería verla fuera de allí, en una situación más comprometida desde el punto de vista laboral, para observar cómo se desenvolvía.

Así se lo explicaba a sí mismo y se lo explicaría a otros si le preguntaran.

La verdad era que quería seguir disfrutando de su compañía.

Era muy atractiva, algo en lo que no debiera haberse fijado. Pero era un hombre, y era difícil no darse cuenta.

Había despertado su curiosidad, por lo que decidió estudiarla más de cerca y durante algo más de tiempo.

Presionarla para que fuera a cenar con él tal vez no hubiera sido una decisión muy acertada, pero había resultado muy esclarecedora.

Lillian George no solo era guapa, sino inteligente. En el trayecto de ida al restaurante se había mostrado ingeniosa y encantadora, aunque, en su opinión, algo nerviosa al principio.

Durante la cena había sido la acompañante perfecta. Sabía cuándo hablar y cuándo quedarse callada.

Se preguntó, y no era la primera vez, cómo se comportaría en una cena que no fuera de negocios.

No debiera divagar de ese modo. Lo sabía, pero no podía evitarlo. Hubiera sido muy agradable centrar toda su atención únicamente en ella durante la cena y hablar de temas personales y no de negocios.

¿Cuánto tiempo hacía que no llevaba a una mujer a cenar?

Desde lo de Caroline.

¿Y cuánto hacía que salía con una mujer que no estuviera relacionada con la empresa familiar?

Era verdad que Caroline no lo estaba cuando se conocieron, pero era una modelo americana dispuesta a acostarse con quien fuera para abrirse camino en las pasarelas, sobre todo en las británicas, y conseguir fama internacional.

Y las modelos con las que ocasionalmente se relacionaba no contaban.

En realidad, tampoco contaba lo de aquella noche, aunque parte de él deseaba que lo hiciera.

Se detuvieron ante la puerta del piso de Lily.

Ella introdujo la llave en la cerradura y la giró, pero no abrió la puerta, sino que se volvió a mirarlo con la mano en el picaporte.

—Gracias. Lo he pasado muy bien.

—¿A pesar de haberla obligado a venir como mi secretaria?

Ella le sonrió.

—A pesar de eso. Le agradezco la oportunidad de haber estado presente en una de sus reuniones. Y también le agradezco que me haya pedido la opinión sobre el trabajo de Harrison Klein. No tenía por qué hacerlo teniendo en cuenta que solo llevo un día trabajando para usted.

—Por eso se lo he preguntado. Quería saber de qué pasta está hecha, y me ha parecido que esa era la forma más rápida de averiguarlo.

—¿Así que he aprobado el examen?

—Con matrícula de honor —respondió él sin vacilar.

—Supongo que entonces sigo teniendo el empleo y que deberé presentarme mañana por la mañana.

—Por supuesto. Si sigue trabajando así, tal vez la ascienda a vicepresidenta de la empresa.

—Seguro que el actual vicepresidente estará encantado de saberlo.

Nigel se encogió de hombros.

—Es mi tío, un viejo gruñón que se jubilará pronto.

Lily se echo a reír, un poco nerviosa.

Él se preguntó si lo estaba por ser la nueva secretaria y estar hablando con su jefe o por ser una mujer que estaba muy cerca de un hombre sin nadie alrededor.

Al darse cuenta de que estaba bordeando peligrosamente la línea que separaba lo profesional de lo personal, Nigel carraspeó.

–Bueno –murmuró– la dejo que vaya a acostarse puesto que mañana tiene que levantarse temprano. Gracias de nuevo por haberme acompañado.

–Gracias por la deliciosa cena. Ha sido un placer sentarse en Trattoria y pedir algo que no fuera un vaso de agua del grifo con una rodaja de limón.

El rio. No se le había ocurrido que el restaurante de su elección estuviera muy alejado de los lugares que frecuentaba Lillian. Pero, evidentemente, Trattoria era demasiado caro para el sueldo de una secretaria.

–Me alegro de que le haya gustado. Buenas noches.

Le puso las manos en los antebrazos, se inclinó hacia ella y la besó en la mejilla. Fue un beso rápido e inocente, pero Nigel deseó que hubiera sido más largo y no tan inocente.

Juliet Zaccaro recorría una y otra vez el salón del piso que compartía con sus dos hermanas.

–No sé por qué te preocupas tanto –dijo Zoe, su hermana menor, sentada en una esquina del sofá. Estaba aburrida, y le preocupaba más hacerse la manicura que el bienestar de su hermana mediana.

–¿Cómo me dices eso? –le reprochó Juliet–. Hace una semana que Lily desapareció.

–Nos dejó una nota en la que decía que no nos preocupáramos ni la buscáramos. Es evidente que sabe lo que hace y que necesitaba alejarse de aquí durante cierto tiempo.

–Me da igual. No es propio de ella. ¿Y si le ha pasado algo?

–Si le hubiera pasado algo nos lo diría. No sería la primera vez que nos pide ayuda.

Juliet frunció el ceño. No le hacía gracia que Zoe, la más joven, frívola y egoísta de las hermanas Zaccaro, fuera también la más sensata.

–No nos hará ningún mal buscarla y preguntarle si todo va bien.

Comenzó a dar vueltas, distraídamente, a la alianza de compromiso que llevaba en el anular. ¿Adónde habría ido Lily? ¿Por qué había huido? No era propio de su hermana desaparecer sin dar explicaciones o dejando una nota críptica.

Aunque Juliet fuera la mayor de las hermanas y, según el tópico, la más responsable, Lily no era una rubia de cerebro hueco. Había montado una empresa y había insistido en que sus hermanas fueran sus socias.

Juliet y Zoe la ayudaban en lo que podían, pero Zoe se distraía con facilidad y no sabían si amanecería con la mente despejada y deseosa de poner manos a la obra o las llamaría desde Las Vegas para decirles que había conocido a un tipo y que tardaría un par de semanas en volver.

Y Juliet no daba abasto. Además de diseñar bolsos y accesorios para Modas Zaccaro, tenía que organizar su boda y tener contento a su prometido, que a veces estaba irritable y era muy exigente. Aún no se lo había dicho a Lily, pero Paul la estaba presionando mucho para que volviera a Connecticut después del viaje de novios. Cuando le había pedido que se casaran le había parecido bien que viviera en Nueva York, donde ya llevaba un año, y había dado a entender que estaba dispuesto a apoyarla y a mudarse también él allí.

Después de que ella aceptara su proposición de matrimonio, las cosas comenzaron a cambiar, lo cual la preocupaba y molestaba. Pero ya habían fijado la fecha de la boda, reservado el local, encargado el banquete, elegido las flores… ¿Cómo iba a echarse atrás porque le había entrado miedo?

Se repetía que se le pasaría.

Se dirigió a la cocina y abrió un cajón del que sacó la guía de teléfonos de Manhattan y buscó en las páginas amarillas la lista de agencias de detectives. Tal vez uno de ellos consiguiera averiguar lo que le había pasado a Lily. Ella no sabía dónde buscarla ni a quién llamar para preguntarle por su paradero.

Una tarjeta se cayó de entre las páginas. Juliet la recogió y la leyó: «McCormack. Agencia de detectives. Particulares y empresas».

No sabía de dónde procedía la tarjeta, pero llevándola consigo volvió al salón, lanzó una mirada de desagrado a Zoe, que leía el último número de *Elle* y masculló:

–Voy a mi habitación.

Su hermana, suspirando de manera exagerada, cerró la revista y la dejó en la mesa de centro.

—Vale. Voy a trabajar un rato en el estudio. Si quieres que salgamos a cenar, dímelo.

Juliet esperó a que se hubiera marchado para sacar el móvil y marcar el número de la agencia de detectives McCormack.

Después de explicarle a la recepcionista, sin entrar en muchos detalles, su problema, esta apuntó su nombre y su número de teléfono y le prometió que se pondrían en contacto con ella lo antes posible.

Juliet hubiera preferido hablar con un detective inmediatamente o que le hubieran dado una cita para la mañana siguiente, pero sabía que su caso no constituía una emergencia, al menos en aquel momento.

Y esperaba que no llegara a serlo; la idea de que algo pudiera sucederle a su hermana le helaba la sangre.

Pensó que debería ir al estudio a trabajar con Zoe para dejar de pensar en Lily y en el móvil, que tenía en la mano y no sonaba, a pesar de que ya habían pasado cinco minutos desde su llamada.

En lugar de eso, se puso de nuevo a recorrer el salón. Los cinco minutos se convirtieron en treinta, soltó un bufido y se dejó caer en el sofá. Cuando el móvil por fin sonó, se sobresaltó.

—Dígame.

—¿La señorita Zaccaro?

—Sí.

—Soy Reid McCormack, de la agencia de detectives. Me han dicho que su hermana ha desaparecido y que quiere que la localicemos.

–Sí –repitió ella.

–Sabe que es una persona adulta y que puede marcharse de la ciudad sin decir a nadie adónde va.

A Juliet le rechinaron los dientes.

–Sí.

–Y si ha dejado una nota…. Porque ha dejado una nota, ¿verdad?

–Sí –repitió Juliet.

–Si ha dejado una nota, no se puede considerar que haya desaparecido. La policía le diría que espere a ver si tenía noticias suyas.

Llena de frustración, Juliet murmuró:

–Entiendo.

–¿Por qué no se pasa por aquí mañana a las once? No le prometo nada, pero hablaremos.

Juliet se sintió mareada. ¿Lo había oído bien? Carraspeó, tragó saliva y dijo:

–¿Cómo?

–Venga mañana –repitió él pacientemente– y hablaremos.

–De acuerdo, gracias.

–Entonces, hasta mañana –murmuró el detective.

Después de despedirse, dejó el teléfono en la mesita y fue a su habitación. ¿Qué se ponía una para ir a ver a un detective privado? Los únicos detectives a los que conocía eran los de las series de televisión y los de las novelas policíacas.

Gracias a su trabajo, en su guardarropa había montones de prendas para elegir. Seguro que se le ocurriría una buena combinación.

Capítulo Cinco

A la mañana siguiente, Lily llegó temprano a Ashdown Abbey, pero su trabajo le costó. Cuando le sonó el despertador solo había dormido cuatro horas.

Después de tomarse la tercera taza de café desde su llegada, se sentó en su escritorio dispuesta a mostrarse tranquila cuando Nigel saliera del ascensor.

Después de despedirse de él y de entrar en su casa, fue al dormitorio, se puso el pijama y volvió al salón con toda la información que había obtenido de Ashdown Abbey.

Se puso a estudiarla con calma y determinación, a pesar del estado de confusión en que se hallaba y de los sentimientos encontrados de que era presa.

No estaba en Los Ángeles para que se le alteraran las hormonas por estar cerca de un inglés guapo y encantador. ¡Por favor! ¡Se suponía que era su enemigo!

Pero las hormonas se le habían disparado y habían logrado que se apartara del camino que tan bien había planeado.

Nigel no solo era atractivo. Ella había conocido otros hombres guapos, había trabajado con ellos y había salido, e incluso se había acostado, con algunos.

Ser guapo estaba muy bien, pero ella no era tan

débil como para volverse idiota ante un hombre atractivo con acento inglés.

Nigel tenía algo más que le aceleraba el pulso y la mareaba.

En realidad le caía bien, a pesar de sus ideas preconcebidas de cómo sería: un rico presidente de una compañía dispuesto a robar ideas ajenas para progresar.

Pero ¿le pediría un ladrón de ese tipo su opinión sobre algo tan importante como contratar a una persona, y la escucharía? ¿La elogiaría por su perspicacia y la acompañaría a la puerta de su casa al final?

Lo peor de todo había sido el beso, un simple beso en la mejilla igual que el que le habían dado muchas veces sus amigos o familiares.

Pero había sido distinto.

A cualquiera que hubiera visto la escena le hubiera parecido lo que era: un amistoso beso de despedida, un beso de agradecimiento por la velada que un amigo daba a otro o, en aquel caso, de un hombre que acababa de conocer a una mujer.

Pero, a ella, un beso en la mejilla nunca le había subido la temperatura ni había hecho que el corazón se le desbocara. Y eso le había sucedido simplemente por un leve roce de sus labios en la piel.

Había supuesto que él se apartaría inmediatamente, pero no lo hizo. Mantuvo los labios en su piel el tiempo suficiente para no crear una situación embarazosa, pero sí para que ella sintiera que se derretía y contuviera la respiración hasta temer que le diera un mareo por falta de oxígeno.

Entonces, él se había apartado y la había mirado con tanta intensidad que Lily se estremeció.

Tras murmurar una despedida, se había marchado, pero los efectos secundarios del beso permanecieron durante toda la noche y a la mañana siguiente.

Ella juraría que aún sentía el roce de sus labios en la mejilla.

Dio un gran sorbo de café y se dijo que tenía que dejarse de tonterías y recobrar la compostura antes de que Nigel llegase.

Pensando en aquel beso y en sus posibles significados se había pasado media noche despierta. Y no quería que la distrajera también de día, sobre todo porque tenía cosas mucho más importantes que hacer.

La primera: fingir que era la perfecta secretaria; la segunda, seguir buscando información sobre el robo de sus diseños.

Había examinado toda la información de que disponía la noche anterior, antes de caer rendida en la cama, pero era incapaz de recordar casi nada. Tendría que repasarla, probablemente un par de veces, cuando volviera a casa.

Oyó el zumbido del ascensor y las puertas que se abrían. Respiró hondo, irguió la espalda y comenzó a escribir para parecer ocupada.

Nigel vio a Lillian en cuanto salió del ascensor. Estaba más guapa si cabía que la noche anterior, tal vez porque él sentía debilidad por las bibliotecarias atractivas.

43

Llevaba el pelo recogido en un moño, gafas de montura oscura y muy pocas joyas. Una blusa roja revelaba la piel blanca de su escote lo bastante como para despertar la libido masculina.

Como estaba sentada en el escritorio, Nigel no pudo ver lo que llevaba puesto de cintura para abajo, pero imaginó que sería algo ajustado que le realzara las nalgas y las piernas. Además se la imaginó sentada en el borde del escritorio, con las piernas cruzadas y un zapato colgándole de un pie mientras mordisqueaba seductoramente un bolígrafo.

Una traviesa bibliotecaria, en efecto; o más bien, una secretaria. Había estado pensando en ella toda la noche.

Una aventura con su secretaria era una mala idea en general, al igual que los pensamientos poco caballerosos que ella le inspiraba.

Había tardado mucho tiempo en dormirse pensando en la cena y en el beso de despedida.

Pensar en aquel simple beso en la mejilla le había provocado una avalancha de otros pensamientos e imágenes poco adecuados.

Lilian sentada en el borde del escritorio había sido la primera de una serie de fantasías eróticas que había imaginado durante la madrugada, como la de empujarla contra la puerta de su piso y besarla de verdad, en la boca, con los labios y la lengua y una pasión desatada.

O como la de entrar en su piso y poseerla sobre cualquier superficie plana con la que toparan: una mesa, una encimera, un sofá… o el suelo.

O como la de llevársela con él a casa y hacerle el amor en su cama.

La que más lo había excitado había sido verla entrar en su despacho con el pretexto de preguntarle algo sobre el trabajo y quitarle las gafas, quitarle las horquillas del pelo y poseerla como un loco encima del escritorio.

Esta fantasía recurrente hizo que le resultara muy incómodo salvar la distancia entre el ascensor y el despacho. Ella alzó la cabeza al acercársele y él rogó que no notara su excitación debajo de la cremallera de sus limpios y bien planchados pantalones.

–Buenos días –dijo ella.

Él fingió no darse cuenta de que la sonrisa de ella era forzada, ya que no era la única que se sentía violenta e incómoda por lo que había sucedido la noche anterior.

–Buenos días –respondió él evitando mirarla a los ojos mientras agarraba el correo que había en una esquina del escritorio y le echaba un vistazo.

–¿Quiere un café? –preguntó ella.

–No, gracias.

Ella dejó de sonreír y sus ojos azules mostraron inseguridad.

Nigel suspiró. Se estaba portando como un imbécil. No era culpa de ella que apenas hubiera dormido ni que se hubiera levantado de mal humor.

–Pero me vendría bien una taza de té –afirmó en un tono mucho más amable.

Ella asintió, se levantó y rodeó el escritorio para

dirigirse a la pequeña cocina situada en uno de los extremos de la recepción.

Él la observó. Llevaba una falda negra y corta, que se le ajustaba a las nalgas y permitía verle mejor las largas piernas, todo lo cual no contribuyó a disminuir la excitación de Nigel. Lo único que le serviría sería mantenerse a distancia… o quedarse ciego.

Como lo segundo no tenía muchas probabilidades de suceder, optó por lo primero. Con la correspondencia en la mano, entró en su despacho y se sentó tras el escritorio.

Lillian apareció con un completo servicio de té. Nigel se recostó en la silla y esperó a que ella dejara la bandeja en el borde del escritorio y le sirviera el té de la tetera, sobre la que había depositado un colador de acero inoxidable.

–¡Qué sorpresa!

Ella alzó la vista y le dirigió una mirada interrogativa.

–Me esperaba algo más sencillo –explicó él–. ¿A los americanos no les gusta el té en bolsitas?

–Sí, mucho, probablemente porque es más fácil que preparar todo esto. Pero sé que los ingleses eran muy especiales para el té y que creían que los americanos éramos incapaces de prepararlo como es debido aunque nos vaya en ello la vida.

–Parece que somos un pueblo de estirados y engreídos –sonrió.

Lillian rio.

–Eso lo ha dicho usted, no yo –respondió mientras le daba la taza y el platito.

–He buscado en Internet cómo preparar una taza de verdadero té inglés. Espero que al menos tenga en cuenta que lo he intentado.

Hizo un gesto hacia la bandeja.

–Aquí tiene leche, azúcar y limón. No sé cómo le gusta el té.

–Si este está tan bueno como parece, puede que hasta le dé una bonificación. Para futuras ocasiones, me gusta tal cual, así que el resto no es necesario.

–Entonces, ¿por qué hay un servicio completo de té en la cocina?

Él reprimió una sonrisa.

–Lo compré así. Desde que era niño, mi madre siempre ha usado un servicio completo, por lo que no se me ocurrió que solo necesitaría la tetera, las tazas y los platitos.

Ella lanzó un bufido mientras se sentaba en una de las sillas situadas frente al escritorio y cruzaba las piernas. La falda se le levantó y reveló unos centímetros de sus piernas, cubiertas por unas medias.

Él se las miró, aunque sabía que no debía hacerlo, pero le resultó imposible apartar la vista hasta estar satisfecho.

Se humedeció los labios resecos, tragó saliva y volvió a mirarla a la cara.

–Siento no haberme expresado con claridad.

–Pero me he preocupado de preparárselo bien, y ahora resulta que hubiera bastado con echar una bolsita de té en una taza de agua caliente –respondió ella, todavía molesta.

–Entiendo. Es culpa mía. De ahora en adelante,

hágalo así. Aunque no sea la forma en que prefiero tomarme el té, me lo merezco.

Ella lo miró fijamente a los ojos durante unos segundos.

—No es usted como me esperaba —dijo por fin.

Él se quedó sorprendido de su audacia.

—¿Y eso?

—Pensé que sería más exigente, autoritario incluso; que se pasaría el día gritando e insultando a los demás.

Nigel se echó a reír sin poderlo evitar.

—Por muy enfadado que esté, nunca insulto a nadie.

—Eso está bien. Creo que no le gustaría mi forma de reaccionar si lo hiciera conmigo.

—Me lo imagino —aseguró él. Pero era verdad que no perdía los estribos, por lo que ella podía estar tranquila a ese respecto.

—Usted tampoco es como me la esperaba —le confesó. Y de inmediato se arrepintió de haberlo dicho. No era propio de él hacer ese tipo de confidencias, y mucho menos cuando hacía tan poco que se conocían.

—¿Creía que me estaría calladita, sería más dócil y estaría ansiosa de complacerlo?

Él soltó una carcajada ante semejante descripción. Aunque era verdad que había tratado de complacerlo en los dos días que llevaba con él, sospechaba que no era algo habitual en ella.

Con respecto a estarse callada y ser dócil, le parecía inimaginable en ella.

–No, en absoluto. Teniendo en cuenta las otras secretarias que he tenido pensé que usted sería joven, que tendría el cerebro hueco y que lo único que le preocuparía sería arreglarse y convertirse en modelo o en diseñadora de modas de mucho éxito; y que no solo sería incapaz de prepararme un té como es debido, sino que tampoco se tomaría en serio sus responsabilidades ni sería capaz de hacer aquello para lo que se la había contratado.

Ella meditó sobre lo que le acababa de decir durante unos segundos, y después miró la taza, que seguía en el escritorio frente a él.

–No ha probado el té. ¿Cómo sabe que se lo he preparado como es debido?

Él no se molesto en contestarle, simplemente se llevó la taza a los labios y dio un largo trago. Volvió a dejarla en el escritorio y dijo:

–Excelente. Sería mejor que me lo hubiera bebido cuando estaba ardiendo, pero, de todos modos, está excelente.

–Es culpa suya no habérselo bebido antes –le espetó ella, sin ningún miedo a hablarle así a su jefe, que no era un jefe cualquiera, sino el presidente de la empresa.

¿Por qué a él le resultaba divertido? ¿Divertido y excitante?

Verla, pensar en ella y saber que estaría al otro lado de la puerta ocho horas al día lo excitaba enormemente.

Tuvo ganas de levantarse, acercarse a ella y besarla porque sí.

Bueno, porque sí y para averiguar si sabía tan bien como se imaginaba. De repente tuvo unas enormes ganas de averiguarlo.

Se llevó de nuevo la taza a los labios y se bebió el resto del té de un trago en un intento de que disminuyera el intenso calor que sentía y que le producía gotitas de sudor en la frente.

—Así que —comentó para llenar un silencio cada vez más incómodo— sabe preparar un buen té y sabe de diseño, a juzgar por la conversación de anoche. Creo que no me equivoco si le digo que ha sobrepasado la capacidad de todas mis anteriores secretarias juntas.

—Me lo tomo como un cumplido —replicó ella con una radiante sonrisa.

—Lo es.

—Entonces, ¿tendré una bonificación en mi primer sueldo?

—Ya veremos. Siga así y no tendré problema alguno en recompensarla económicamente. Pero solo lleva aquí dos días. Necesito más tiempo para ver cómo trabaja, antes de hacerle promesas.

Ella se encogió de hombros.

—No dirá que no lo he intentado.

Nigel soltó otra carcajada.

—Desde luego que no. Y puede ganarse algún extra si me trae otra taza de té antes de bajar a la cuarta planta para comprobar cómo van las cosas. Tenemos un desfile especial dentro de dos semanas y quiero estar seguro de que todo está en orden.

—Lo haré con mucho gusto, pero ¿no es algo que

debería hacer usted? No sé si tengo los conocimientos suficientes para juzgar si todo va bien.

–Lo hará estupendamente. El jefe del equipo de diseño le dirá lo que se ha hecho hasta ahora y lo que falta. Después me informa de ello, y si algo me parece mal, seré yo quien baje.

–Haré lo que esté en mi mano. Será divertido visitar la planta de diseño. No conozco ninguna –observó ella desviando la mirada.

–Tarde lo que quiera. Es fascinante ver trabajar a los diseñadores.

Ella asintió mientras recogía la bandeja.

–Primero el té –dijo antes de salir–. Después bajaré a espiar a sus empleados.

Capítulo Seis

Lily sabía que no había que juzgar apresuradamente a los demás. La primera impresión podía llevar a creer que alguien era maravilloso, simpático y digno de confianza, y más adelante se descubría que no era así; otras veces, ocurría lo contrario: alguien empezaba cayéndote mal, pero luego descubrías aspectos ocultos de su personalidad y se convertía en un buen amigo.

Por tanto, que Nigel le resultara, en los dos días que hacía que se conocían, cada vez más guapo, encantador y atractivo podía traducirse en un desengaño final.

Al principio creyó que sería un ladrón sin ningún tipo de ética en los negocios. ¿Se había equivocado de cabo a rabo? ¿O la estaban cegando su atractivo y su dulce acento?

Había supuesto que, nada más empezar a trabajar para el presidente de Ashdown Abbey, encontraría pruebas que corroborarían la idea de que este estaba implicado en el robo de sus diseños.

Pero no había hallado nada. El examen de los archivos de Nigel y de los de sus anteriores secretarias no había dado resultado, salvo, en todo caso, el de disminuir la seguridad en que estaba implicado.

Pero el robo se había cometido, así que las pruebas tenían que estar en algún sitio.

El ascensor se detuvo en la cuarta planta.

Lily había mentido a Nigel al decirle que nunca había visto un taller de diseño. A veces le parecía que vivía en uno, sobre todo cuando estaba trabajando con sus hermanas en el estudio de su casa.

Por eso le picaba la curiosidad ver cómo sería aquel, al tratarse del de una gran empresa.

En cuanto salió del ascensor oyó las voces de los empleados y el zumbido de las máquinas de coser, un sonido que probablemente atacaría los nervios de otros, pero que a ella la tranquilizó y le permitió respirar con libertad por primera vez desde su llegada a Los Ángeles.

Sonrió mientras recorría los espacios abiertos llenos de largas mesas con tejidos y útiles de costura, donde trabajaban los diseñadores.

¡Lo que hubiera dado por tener algo así! Pero para eso se necesitaba dinero, y eso implicaba pedir otro préstamo a sus padres; o que le tocara la lotería.

Pero podía soñar. Y un día Modas Zaccaro sería una gran firma de fama mundial.

Tuvo ganas de detenerse para ver lo que cada uno hacía y oír lo que decía, sobre todo porque era posible que estuvieran trabajando en sus diseños.

Pero no tenía tiempo de curiosear. Tenía que buscar a Michael Franklin, el director del equipo de diseño de la colección, para informar a Nigel de sus progresos.

A pesar de que este le había dicho que tardara lo

que quisiera, no estaba segura de que no fuera a ir a buscarla. Era un pez gordo que ni siquiera se preparaba él mismo el café. ¿Qué posibilidades había de que pasaran un par de horas sin que la necesitara para algo?

Cuanto menos tiempo estuviera lejos de su escritorio, mejor, al menos hasta llevar más tiempo en la empresa y conocer perfectamente la rutina laboral.

Se dirigió al despacho del fondo, donde Nigel le había dicho que encontraría al señor Franklin.

No había nadie. Solo podía deshacer el camino andado y preguntar a los empleados. Seguro que alguno sabría dónde estaba.

Al dar media vuelta estuvo a punto de chocar con una mujer que venía en su misma dirección.

—Perdone —dijeron las dos a la vez, y rieron.

—Perdone —repitió la mujer—. La he visto frente al despacho y venía a preguntarle qué desea.

—Busco al señor Franklin —replicó Lily mirándola fijamente—. Un momento, yo a usted la conozco —se devanó los sesos tratando de explicarse por qué la joven le resultaba familiar.

—Eres Bella, ¿verdad? —preguntó al recordarla—. Lo siento, pero no recuerdo tu apellido. Pero eres amiga de Zoe, su compañera de habitación en la universidad.

—Me apellido Landry —respondió la joven—. ¿Te refieres a Zoe Zaccaro?

Lily asintió.

—Hace mucho que no la veo. ¿Cómo es que la conoces?

–Soy Lily, su hermana. Nos vimos la última vez que la fuiste a ver a Nueva York.

No le sorprendió que Bella no la hubiera reconocido. En condiciones normales, Zoe y ella se parecían tanto que a veces las confundían. Pero con el pelo oscurecido y recogido y las gafas, el aspecto de Lily había cambiado.

Además, hacía años que no veía a Bella, y solo se habían visto un par de veces en la vida.

–Vaya, el mundo es un pañuelo. Me alegro de volver a verte. ¿Cómo está Zoe?

–Muy bien, como siempre.

Ambas rieron porque sabían exactamente lo que significaba «como siempre».

–¿Qué haces aquí? –quiso saber Bella.

La pregunta borró la sonrisa de la cara de Lily. Se había olvidado de que tenía que pasar desapercibida y guardar el anonimato.

Trató de hallar la forma de solventar su error y de encontrar un motivo plausible que explicara su estancia en Los Ángeles.

–Las tres hemos dejado de diseñar temporalmente para centrarnos en la tienda y en la marca. Zoe y Juliet se han quedado en Nueva York y yo he venido a hacer unas prácticas a Ashdown Abbey.

Sonaba bien. No dijo que era la secretaria del presidente, y esperaba que Bella no se enterara, porque entonces tendría que explicar por qué se había cambiado de nombre. Esperaba asimismo no verla mientras Nigel estuviera presente.

–¡Qué bien! exclamó Bella.

—¿Y tú?

Bella se miró la punta de los zapatos antes de volver a mirar a Lily a la cara, pero lo hizo evitando sus ojos.

—Soy diseñadora. Llevo tres años trabajando aquí.

—Eso es estupendo —dijo Lily con sinceridad. No conocía bien a Bella, pero su hermana nunca había hablado mal de ella, y parecía una persona muy agradable.

—Entonces, ¿estás trabajando en la última colección?

Bella asintió.

—No tengo mucho que ver con ella. Solo soy una pieza del engranaje. Hago un poco allí y un poco allá, lo que se necesite.

—Por algo se empieza —afirmó Lily sonriendo—. Estoy segura de que será una estupenda colección. Los diseños de Ashdown Abbey son excepcionales. Deberías sentirte orgullosa de formar parte de la empresa.

Era verdad, aunque le doliera decirlo, sobre todo porque aún no se había recuperado del robo de sus diseños para la colección California.

Sopesó la posibilidad de extraer información a Bella, ya que tal vez supiera algo importante sin ser consciente de ello. Pero tras haber revelado su verdadera identidad, le dio miedo parecer curiosa y delatarse aún más.

Pensó asimismo que, como era amiga de Zoe y había estado en su estudio, Bella podía tener que ver con el robo de los diseños. Se resistía a creer que una amiga de su hermana, que había sido su compañera de habitación durante cuatro años, hubiera hecho algo así, pero se dijo que lo investigaría, por si acaso.

—¿Sabes dónde está el señor Franklin?

—Debe de estar por aquí. Búscalo en el taller B. Lleva toda la semana trabajando con ese equipo.

—Muy bien, gracias.

—¿Quieres que te lleve? —se ofreció Bella volviendo a mirarla a los ojos.

—No hace falta, gracias. Lo encontraré sola. Seguro que tendrás trabajo. Me alegro de volver a verte. Le daré recuerdos a Zoe de tu parte.

Después de haberse despedido, Lily retomó el camino hacia el ascensor, esa vez mirando todo con calma y detalle.

Observó los colores y tejidos que se iban a utilizar en la colección y cómo se unían las distintas partes de algunos modelos.

Ninguno la pareció semejante a los suyos, lo que le supuso un alivio y una ligera decepción, ya que no había avanzado en sus investigaciones.

Al llegar al taller B entró. Había dos mujeres inclinadas sobre una mesa y hablando, y otra mujer al lado de un maniquí que hablaba con un hombre agachado que colocaba las piezas de un patrón en el maniquí.

Lily supuso que el hombre sería el señor Franklin. Se apoyó en una mesa y esperó a que este acabara para que le informara de cómo iba todo y así, a su vez, poder informar a Nigel.

La semana siguiente fue tan ajetreada que Lily apenas pudo seguir el ritmo de trabajo que Nigel le exigía.

Cuando fichaba al salir y se arrastraba hasta su casa solo le quedaban fuerzas para lavarse la cara, ponerse el pijama y tratar de dormir el máximo número de horas posible antes de que sonara el despertador y la misma rutina volviera a empezar, lo cual le dejaba muy poco tiempo para curiosear e investigar.

Estaba segura de estar elevando el concepto de lo que era una secretaria de dirección.

Y aunque a veces no sabía muy bien cómo realizar determinadas tareas, Nigel parecía contento con su trabajo. Así que si «la cosa del diseño», como decía su padre, fracasaba, siempre se podría dedicar al secretariado.

Pero no estaba allí para matarse a trabajar por Ashdown Company, sino para salvar su propia empresa y vengarse, y se sentía muy frustrada ante su incapacidad de conseguirlo,

Resuelta a encontrar un rato para espiar, salió del ascensor el lunes por la mañana y fue directamente a su escritorio. Llegaba un poco temprano y, con suerte, Nigel se retrasaría, lo que le permitiría estudiar los archivos de la colección California sin temer que la descubrieran.

En algún sitio debía haber algo que la llevara

hasta el culpable. Le interesaba sobre todo encontrar los bocetos originales en que se había basado la colección, ya que le darían más información sobre en qué se habían inspirado los modelos que las versiones posteriores que ya había impreso, e incluso alguna pista sobre quién se había apropiado de sus diseños para copiarlos.

La falta de progresos en la investigación no era el único problema que tenía, ya que un verdadero detective la estaba buscando.

Reid McCormack la había llamado para preguntarle dónde estaba y qué hacía, lo cual a Lily le resultó extraño, ya que se suponía que era él quién trabajaba para ella.

Pero cuando lo contrató para que investigara el robo, no le dijo que pensaba marcharse a Los Ángeles para investigar por su cuenta, ya que creía que no lo aprobaría y que trataría de disuadirla.

Por teléfono, el detective se puso furioso y le dijo que quería saber exactamente dónde estaba y qué hacía. Cuando ella se negó a responderle, le contó que su hermana Juliet acababa de estar en su despacho para pedirle que la localizara.

A Lily le dio la impresión de que lo que más le irritaba era haber tenido que mentir a una hermana porque la otra ya era clienta suya.

Aunque esperaba que sus hermanas confiaran en ella, parecía que no las había convencido de que no debían preocuparse.

Había tardado un buen rato en convencer al señor McCormack de que fingiera aceptar el caso de

Juliet, y le ofreció compensarlo económicamente si no le parecía bien aceptar dinero de esta por no hacer nada y mentirle. Le prometió llamar a Juliet en cuanto pudiera para que sus hermanas dejaran de pensar que había desaparecido o que estaba en apuros.

Se dio cuenta de que aquello iba en contra de los principios del detective, pero al final este había accedido de muy mala gana.

Así que también tenía ese problema. Detestaba que sus hermanas estuvieran preocupadas, sobre todo después de haberles dejado una nota con el único propósito de que no se inquietaran.

Si llamara para tranquilizarlas, querrían saber dónde estaba y qué ocurría, y no sabría qué decirles.

Se sentó suspirando y encendió el ordenador. Cuanto antes resolviera el misterio del robo, antes volvería a casa y contaría todo a sus hermanas.

Buscó todo lo relacionado con la colección California mientras por el rabillo del ojo vigilaba el ascensor. Encontró un archivo referido por entero a la colección California y lo copió a toda prisa en el lápiz de memoria.

El archivo acababa de terminar de descargarse, y ella estaba guardando el lápiz en el bolso, cuando se abrió la puerta del despacho de Nigel.

El corazón de Lily dejó de latir a causa del pánico.

—Ah, está aquí. Muy bien —murmuró él a su espalda.

Ella fue incapaz de responderle, ni siquiera de girarse y mirarlo. Estaba petrificada.

Por suerte, él, en vez de reprocharle su falta de respeto, se acercó al escritorio. Ella tragó saliva y, por fin, consiguió girar la cabeza y mirarlo.

Como siempre que lo veía, la boca se le quedó seca. Había creído que, tras trabajar un tiempo con él, se acostumbraría a su atractivo y le resultaría más fácil tenerlo cerca sin alterarse.

El corazón volvió a latirle, se pasó la lengua por los labios y se obligó a mirarlo a los ojos.

—Buenos días —dijo con una voz casi humana—. No sabía que hubiera llegado.

—La estaba esperando.

Apartó varias cosas de la esquina del escritorio y se sentó y dejó una pierna colgando.

Ella volvió a mirarlo a la cara al tiempo que inspiraba lentamente para que la temperatura interna le fuera descendiendo.

—Tenemos que hablar del desfile de la semana que viene —prosiguió él.

—Muy bien.

Nigel la había enviado varias veces a hablar con el señor Franklin, por lo que sabía que todo iba bien y que se estaban cumpliendo los plazos.

—Ya sabe que el desfile es en Miami.

Lo sabía, pero no le había prestado atención.

—Tengo que estar allí, por supuesto —afirmó él con calma.

Ella pensó que estaba tardando en decirle lo que quería.

—Aunque el desfile en sí tiene fines solidarios, acudirán muchos de nuestros mejores clientes, por lo que estaremos tomando pedidos durante todo el evento.

Ella asintió.

—Esperaba que usted también pudiera venir.

Lily lo miró con los ojos como platos y se recostó en el asiento. En ningún momento, al hablar del tema, le había dado a entender que quisiera que lo acompañara.

—¿Su secretaria viaja normalmente con usted para una cosa así? —quiso saber ella.

—Sí, con frecuencia.

—Entonces me está ordenando que vaya, no preguntándome si me gustaría ir.

—En absoluto. Me gustaría mucho que me acompañara, y sería por motivos de trabajo, pero entiendo que tenga otros planes.

Ella reflexionó sobre los pros y los contras de aquel viaje con respecto al verdadero propósito de su trabajo en Ashdown Abbey.

Por un lado, si se quedaba, era probable que avanzara en su investigación al tener más tiempo para dedicarse a ella; por otro, deseaba ir. La idea de viajar con Nigel, sin duda en primera clase, la atraía. Pero lo que más la emocionaba era la posibilidad de vivir de cerca un desfile al que acudirían diseñadores famosos con sus últimas creaciones, personas que tal vez un día se interesaran por sus diseños y que ayudaran a Modas Zaccaro a triunfar tanto en el plano nacional como en el internacional.

Por descontado que no podría revelar su verdadera identidad a ninguno ni hablarles de su trabajo, pero de todos modos… Los contactos que estableciera, aunque fuese como la secretaria de Nigel, podrían servirle en el futuro.

–Tendremos que quedarnos todo el fin de semana. Saldremos el jueves y volveremos el domingo por la noche –añadió él interrumpiendo sus pensamientos.

Era mucho tiempo para estar alejada de la empresa y para fingir en público que era lo que no era, pero ¿iba a negarse? No se lo perdonaría nunca, a pesar de que retrasara sus investigaciones.

–Me encantaría ir –afirmó tras un minuto de reflexión.

–¡Estupendo! –exclamó él dándose una palmada en los muslos. Después se puso de pie y se dirigió al despacho–. Mire en mi agenda el itinerario específico y los materiales de promoción para el desfile, y así podrá hacerse una idea de lo que tiene que meter en la maleta. Hablaremos de los detalles más adelante.

Cuado se quedó sola, Lily decidió no seguir curioseando, con su jefe allí, que podía salir en cualquier momento.

Aunque hubiera debido enfadarse, en realidad estaba emocionada y ansiosa por ir a Miami.

Tendría que posponer su plan de encontrar al ladrón y volver a Nueva York lo antes posible, pero… ¡se trataba de Miami!

No de la ciudad, que ya conocía, sino del desfile

de moda anual en Miami, donde numerosas firmas, no solo Ashdown Abbey, presentarían sus últimos modelos.

El desfile recaudaba dinero cada año con fines solidarios o caritativos. Aquel año lo haría para un hospital infantil. Los diseños que se presentaban en él se producían en serie posteriormente y se vendían en todo el país y en el extranjero.

Lily y sus hermanas no habían alcanzado un nivel suficiente para participar en este tipo de evento. Ella ni siquiera había estado, aunque era algo con lo que soñaba.

Y tenía la oportunidad de cumplir su sueño, y no como una espectadora más, sino como la secretaria de Nigel Stratham.

Un sueño que podía transformarse en una pesadilla si se descubría su verdadera identidad, pero merecía la pena correr el riesgo. Incluso después de haberse topado con Bella Landry seguía sintiéndose segura.

Había investigado un poco sobre ella y había descubierto que la joven acababa de pedir un tiempo de descanso por motivos personales. Lily quería examinarlo más a fondo, pero aún no había tenido la ocasión.

Así que, definitivamente, se arriesgaría. Se pondría unas enormes gafas de sol y esperaría que todo saliera bien.

Muy nerviosa para estar sin hacer nada, miró la agenda de Nigel y buscó las fechas del viaje. Estarían fuera cuatro días y tres noches, viajarían en el jet de la empresa y se alojarían en la suite de un hotel de lujo.

Lily se preguntó si tendría tiempo de ir al spa y darse un masaje.

Tenía que empezar a hacer una lista de todo lo que necesitaría llevarse. Debería llevar solo ropa de Ashdown Abbey, aunque nada de lo que había visto le pareciera tan adecuado para el sol de Miami como sus propios diseños. Sus tejidos ligeros, colores brillantes y diseños florales eran ideales para ese viaje. Y tenía algunos modelos en el armario.

Ahora bien, ¿se atrevería a llevárselos y a ponérselos delante de Nigel? ¿Se daría cuenta él de que no eran de la colección de Ashdown Abbey y se preguntaría por qué había cambiado de repente? ¿O no le daría importancia porque sabía que una mujer compraba una prenda cuando le sentaba bien y si, además, estaba de rebajas?

Suspiró. No era fácil fingir ser una secretaria seria, cuando lo único que le apetecía era correr a casa, quitarse la ropa y los zapatos que llevaba puestos, soltarse el pelo y dedicarse a meter en la maleta vestidos veraniegos y sandalias, como si se fuera de vacaciones a la playa en vez de irse en viaje de negocios.

Capítulo Siete

El jet de Ashdown Abbey era increíble. Aunque ella había viajado con sus padres en magníficos aviones, viajar como secretaria de Nigel era totalmente distinto, sobre todo porque los viajes familiares habían tenido lugar muchos años antes, cuando era una niña incapaz de permanecer sentada ni un minuto.

Cuando aterrizaron, un coche los esperaba. El chófer metió las maletas en el portaequipajes y les abrió la puerta trasera para que se montaran en el vehículo.

A pesar de las dudas, Lily había optado por llevarse muchas prendas suyas. Había agarrado dos trajes de chaqueta, por si acaso, pero su equipaje iba lleno de sus creaciones veraniegas.

A Nigel no parecía importarle el cambio de atuendo. Lily se había puesto un corto vestido amarillo y unas alpargatas.

Cuando llegaron al hotel, el chófer se apresuró a abrir la puerta del coche a Nigel, que se bajó y le tendió la mano a Lily. Ella la tomó para salir mientras tenía cuidado de no enseñar demasiado los muslos.

Cuando sus manos se tocaron, Lily sintió una oleada de calor, y se dijo que era producto de la humedad del ambiente al bajarse del coche con aire acondicionado, aunque ni ella misma se lo creyó.

Ya le había sucedido lo mismo demasiadas veces en presencia de Nigel como para creer que se debía a causas meteorológicas. En el despacho no había humedad ni sol directo.

Sin mirar a Nigel a la cara, se apartó del coche mientras el chófer y un botones descargaban el equipaje y lo colocaban en un carrito.

Nigel dio una propina al chófer y le puso la mano en la espalda a Lily al tiempo que seguían al botones al interior del hotel. Este recogió las llaves en la recepción y los condujo hasta los ascensores.

Antes de salir de Los Ángeles, Lily había dicho a Nigel que no era necesario alojarla en una suite, que le serviría una habitación estándar.

Nigel se negó en redondo y afirmó que le era mucho más conveniente tenerla en la suite de al lado y que las reservas ya estaban hechas.

Aunque Lily creyera que era un gasto innecesario, se moría de ganas de tener una suite para ella sola.

Cuando llegaron a la suite de Nigel, el botones, que empujaba el carrito con el equipaje, les abrió la puerta.

La moqueta era mullida y hacía juego con el mobiliario. Una de las paredes era una puerta cristalera con una magnífica vista al mar. Lily deseó llegar a su suite para salir a la terraza.

Al ver que el botones iba a descargar sus maletas, ella se lo impidió.

–Esas son mías y van a mi habitación. Creo que es la suite de al lado.

El botones dejó la maleta.

–Lo siento, señorita, pero solo me han dado una llave. ¿No estará su habitación a otro nombre?

Lily se volvió hacia Nigel, que estaba pálido como un muerto.

El joven botones, al percibir la confusión que reinaba en el ambiente, carraspeó.

–Voy a llamar a recepción. Estoy seguro de que ha habido un error. Lo solucionaremos inmediatamente.

Cruzó la habitación y descolgó el teléfono que había en una mesa y habló en voz baja con quien estaba al otro lado de la línea.

Unos instantes después colgó y se volvió hacia ellos, con una expresión que indicaba claramente que no iba a gustarles lo que les tenía que decir.

–Lo siento, pero en recepción solo hay una reserva a nombre del señor Stratham y ninguna para usted.

Lily volvió a mirar a Nigel, llena de confusión. Él se encogió de hombros.

–Pues tomaremos otra habitación ahora, no hay problema.

El botones hizo una mueca, y Lily supo lo que iba a decir.

–Por desgracia, el hotel está lleno. Debido al desfile de moda, casi todos los hoteles de lujo lo están.

Nadie habló durante unos segundos.

El botones parecía nervioso, pero el error cometido no era culpa suya.

Lily suspiró y dijo:

—No pasa nada. En esta suite cabe una familia de doce miembros. Estoy segura de que nosotros dos nos las arreglaremos —y dirigió al botones una sonrisa, que esperaba que pareciera tranquilizadora.

El botones se lo agradeció y terminó de descargar el equipaje. Nigel le dio una propina y lo despidió.

—Lo siento —dijo dirigiéndose a ella—. Ha habido un malentendido.

—Eso parece.

—Es mi secretaria la que hace las reservas.

Ella enarcó una ceja preguntándole en silencio si de verdad pretendía culparla de la situación.

Él estuvo a punto de sonreír.

—No suelo invitar a mis secretaria a acompañarme, Lillian, y permíteme que te tutee, así que cuando te lo pedí me olvidé de decirte que necesitábamos otra habitación.

—Eso parece —replicó ella con sequedad.

Sin añadir nada más, se dirigió al escritorio, abrió los cajones, sacó la guía telefónica y comenzó a hojearla.

—¿Qué haces? —pregunto Nigel acercándosele.

—Buscar otro hotel.

—¿Por qué?

Ella lo fulminó con la mirada.

—Porque tengo que dormir en algún sitio, y este hotel está lleno.

—Has dicho que la suite era lo bastante grande para los dos.

—Era mentira.

—No seas tonta —dijo él tras unos segundos de tenso silencio.

Ella no había despegado los ojos de las páginas amarillas, pero los dedos de él aparecieron de repente en su campo de visión mientras le quitaba la guía, que dejó en el escritorio.

—No hace falta que te vayas a otro hotel, ya que aquí hay sitio de sobra. Además, como ya te dije, que te alojes en otro hotel, probablemente en la otra punta de la ciudad, no favorecerá mi trabajo. ¿Y si te necesito?

—Me llamas y vengo. Estoy segura de que en todos los hoteles de los alrededores funcionan las líneas telefónicas y de que en esta ciudad hay taxis para ir de uno a otro.

—Me temo que no podrá ser. No te pago para que te presentes cuando puedas, sino para estar presente cuando te necesite.

Ella se pasó la lengua por los labios y preguntó, en este caso sin sarcasmo:

—¿Cuánto vas a necesitarme? Creía que en este viaje no íbamos a trabajar mucho.

—Aun así, sería mejor que estuviéramos cerca el uno del otro, por si acaso. Me hubiera conformado con que estuvieras en la habitación de al lado, pero no más lejos.

Se apartó del escritorio y le sonrió.

—No te preocupes, nos arreglaremos.

Volvió al centro del salón, donde estaban las maletas. Agarró con una mano la cartera y con la otra el portátil y se sentó en el sofá, frente a la mesa.

–Supongo que la suite no tiene dos dormitorios –comentó ella dando unos pasos hacia él.

Una cosa era resignarse a alojarse en la misma suite que su jefe, y otra muy distinta quedarse en la misma suite que aquel hombre que le secaba la boca y le humedecía otras partes del cuerpo.

–Creo que no, pero puedes comprobarlo.

Ella fue a hacerlo, sobre todo para alejarse unos metros de él.

En la suite había de todo: una pequeña cocina; salón; comedor; una zona con televisión; reproductor de DVD y un aparato de música; una zona para trabajar, similar a un despacho; y la terraza. También había un pequeño cuarto de baño, pero Lily supuso que habría otro en el dormitorio.

El dormitorio, el único que había, era grande y hermoso, con una enorme cama con cabecero de bambú, una cómoda con un espejo oval y una mesa y una silla al lado de la terraza. Otra puerta conducía al cuarto de baño, todo de mármol y con bañera y ducha separadas.

Era indudable que Nigel pagaría miles de dólares por dormir allí una noche. Pero la pregunta seguía siendo la misma:

¿Dónde dormiría ella?

***

71

Nigel observó a Lily mientras recorría la suite. Al llegar al dormitorio se quedó parada en la entrada. Él trató de descifrar lo que pensaba por su lenguaje corporal, pero ella no le reveló nada.

Al cabo de unos minutos, Lily se dio la vuelta y lo miró durante un instante. No parecía muy contenta.

—Puedo dormir en el sofá —dijo mientras pasaba a su lado—. Con un poco de suerte, puede que hasta se abra.

La longitud del sofá era suficiente para acoger un cuerpo, pero no parecía muy cómodo. De todos modos, Lily quitó los cojines y buscó un tirador que permitiera abrirlo.

Nigel fue a decirle que se detuviera, pero le distrajo la vista de sus nalgas al inclinarse. Al recogerla aquella mañana, había observado que había cambiado de estilo de vestir, pero, hasta aquel momento, no le había gustado mucho el vestido que llevaba.

Al no encontrar lo que buscaba, Lily se enderezó y lanzó un bufido. Él, que hubiera seguido contemplándola toda la tarde, se apiadó de ella.

—De ninguna manera —dijo, lo cual hizo que ella se volviera—. No hay necesidad de que duermas en el sofá.

—Entonces, ¿quieres que duerma en el suelo?

Él se echó a reír.

—Claro que no.

—Si me dices que la cama es lo bastante grande para los dos, no respondo de mis actos —le previno ella, muy irritada.

Frunció el ceño cuando él rio ante su enfado.

–¿Qué clase de jefe crees que soy? –preguntó él en tono burlón, sin poder evitarlo.

Ella no respondió y se limitó a esperar con expresión agria.

Nigel salvó la distancia que los separaba, le puso las manos en los hombros y se los sacudió para animarla, antes de deslizarlas hasta sus brazos desnudos.

–La suite es lo suficientemente grande para que estemos los dos sin molestarnos. Podemos pedir que traigan una cama supletoria y ponerla aquí. La usaré yo. Tú puedes quedarte con la habitación.

La expresión de enfado de Lily se dulcificó.

–No consentiré que hagas eso. Es tu suite y, por tanto, deberías dormir tú en la cama.

Nigel estuvo a punto de decirle que la disfrutaría más si se acostaba con él. Aún no la había visto, pero su amplia experiencia en hoteles de lujo le permitía hacerse una idea de lo grande que sería.

Habría espacio de sobra para dormir los dos, y más que de sobra para hacer algo más que dormir.

Se permitió fantasear unos segundos con ella desnuda y en sus brazos rodando sobre sábanas de satén; con ella debajo de él, encima de él, pegada a él por la transpiración y la pasión mutuas.

Solo de pensarlo comenzaron a sudarle la frente y el labio superior. Se imaginó cuál sería su respuesta fisiológica si tuviera contacto carnal con ella.

Lo que era un problema, un problema grande y obvio, si ella mirara hacia abajo y se diera cuenta de lo que le pasaba. Por suerte, no lo hizo.

Se preguntó si no había aprendido la lección con Caroline.

Debido a su desgraciada relación con ella, había aprendido a no tener relaciones con mujeres que tuvieran la más mínima conexión con el mundo de la moda, ni desde luego con las que trabajaran en él. Que además fuera su secretaria solo empeoraba las cosas.

También había aprendido que lo más sensato era no tener relaciones sentimentales con mujeres americanas, sobre todo en aquellos momentos, cuando trataba de establecer la empresa en Estados Unidos y cuando su padre no dejaba de reprocharle que aún no hubiera tenido éxito.

Por todas esas razones, y muchas más, Lillian estaba fuera de su alcance. No negaba que le gustaría darse un revolcón con ella, como a cualquier hombre con sangre en las venas.

Sin embargo, era mejor dormir en la cama supletoria que cometer uno de los mayores errores de su vida.

—No me supone problema alguno, de verdad.

Sin darle ocasión a que protestara de nuevo, agarró las maletas de Lillian, las llevó a la habitación y las dejó a los pies de la cama. Al darse la vuelta vio que ella lo observaba desde la puerta.

—Deshaz las maletas e instálate. Llamaré a recepción para que suban la cama supletoria. Tengo una cena a las siete con uno de nuestros mejores clientes y me gustaría que me acompañaras.

Ella no respondió, por lo que él añadió:

–Entenderé que prefieras quedarte si estás cansada del viaje.

–No, me encantaría ir.

–Estupendo. Te dejo para que te prepares. Saldremos dentro de una hora, si te parece bien.

–Muy bien.

Los dos echaron a andar a la vez, ella hacia su equipaje y él hacia la puerta. Sus brazos se rozaron al pasar, y él sintió una descarga eléctrica y un calor intenso. Contuvo la respiración, tragó saliva y se preguntó si a ella le habría pasado lo mismo, o si él era el único condenado a pasar el fin de semana sexualmente frustrado.

Capítulo Ocho

Cena la primera noche en Miami. Desayuno en la habitación, servido con tanta elegancia como si estuvieran en un restaurante de cinco tenedores. Comida de negocios. Y el viernes por la noche una fiesta para los que participarían a la mañana siguiente en el desfile: diseñadores, compradores, planificadores, ejecutivos...

Aunque Lily ya conocía la agenda, no se había imaginado lo ocupados que estarían.

Nigel cumplió su palabra y durmió en el salón en una cama supletoria. Lily se sentía culpable por haberlo echado de su cama, pero no se le había ocurrido una solución mejor.

También tenía que reconocer que experimentaba un gran alivio al disponer de una habitación en la que encerrarse tras cada reunión de negocios. No temía por su seguridad, sino por su cordura.

Cuanto más tiempo pasaba con Nigel más lo admiraba y más atractivo le resultaba.

También se refugiaba con tanta frecuencia en la habitación porque tenía problemas para regular su temperatura. Se sofocaba en los momentos menos convenientes y en estancias con un perfecto aire acondicionado.

La conclusión era aterradora: quien le provocaba aquellos cambios de temperatura era Nigel, y Nigel quien despertaba su cuerpo y le disparaba las hormonas y la libido, largo tiempo en estado de hibernación.

¿Por qué no se le había reavivado el impulso sexual en Nueva York? Allí había hombres guapos, divertidos y disponibles. Al menos eso era lo que le decía Zoe, que encontraba uno distinto cada noche para irse con él.

Bromas aparte, ¿qué le hubiera costado acostarse con alguien en Nueva York, antes de ir a Los Ángeles, donde tenía que fingir que era otra persona? ¿Por qué llevaba meses viviendo como una monja y le había bastado con conocer a Nigel para querer dejar de serlo?

Estaba en un buen lío. Durante el día fingía ser una educada secretaria; por la noche daba vueltas en la cama reprimiendo el deseo de abrir la puerta e invitar a Nigel a compartir aquella enorme cama.

Por eso cerraba con llave todas las noches: no para evitar que él entrara, sino para impedirse salir.

Pero cada hora insomne que pasaba perdía un poco más la batalla. Sus pensamientos la inquietaban y frustraban.

Se levantaba cansada y trataba de controlar sus emociones mientras se vestía. Creía haber vuelto a la normalidad, pero abría la puerta y lo veía frente a ella, como si fuera la respuesta a las oraciones de cualquier mujer. El corazón le dejaba de latir y le ardía la garganta.

Le asombraba ser capaz de pasar el día sin hacer algo embarazoso como babear, llorar o caer a los pies de Nigel.

Este no daba muestras de sospechar lo que le sucedía, por lo que debía de estar ocultándolo muy bien.

Y allí estaba ella de nuevo, encerrada en el dormitorio. Y Nigel estaba fuera, una vez más, esperándola.

Todavía tenían tiempo antes de salir para la fiesta, pero ella no quería pasarlo en el salón con él.

Lo había intentado antes. Habían hablado de negocios y él le había informado de los diversos eventos a los que acudirían. Pero cuanto más hablaban, menos temas de conversación tenían y más incómodas resultaban las largas pausas.

Incómodas y tensas. Lily sentía opresión en el pecho y se le ponía la carne de gallina.

Así que prefería quedarse en su habitación, donde se sentía relativamente a salvo.

Se preguntaba si Nigel habría comenzado a sospechar algo. Pero se preguntaba sobre todo si él sentiría el mismo deseo y la misma atracción que ella cuando estaban juntos.

Una parte de ella esperaba que así fuera. Sin embargo, no podía tener una aventura apasionada con el hombre que era su jefe y, probablemente, su perdición.

Sería mucho mejor sufrir en silencio.

Al menos, esa noche estarían rodeados de gente y ocupados hablando y estrechando manos, bebiendo y picando canapés. Cuando acabara la fiesta, estarían agotados y deseando acostarse. Acababa de salir de la ducha y llevaba puesto el albornoz del hotel mientras elegía la ropa interior y empezaba a vestirse. Llamaron suavemente a la puerta. El corazón le dio un vuelco; sabía que solo podía ser Nigel.

Se miró al espejo para asegurarse de que no enseñaba demasiado y abrió la puerta, pero solo una rendija.

Nigel aún no se había cambiado de ropa, pero se había quitado la chaqueta y la corbata y se había desabrochado los botones superiores de la camisa, por lo que ella pudo verle parte del torso.

Él se fijó en su pelo mojado y la recorrió de arriba abajo con la mirada. Sus ojos brillaban al posarse en los de ella. Lily vio en ellos oleadas de deseo que la penetraron hasta el último rincón de su ser.

Se le aceleró el pulso y trató de tragar saliva, pero no pudo.

Por suerte, él habló primero, ahorrándole la vergüenza de ahogarse al intentar hacerlo ella.

—Siento molestarte, Lillian, pero debo pedirte un favor.

Estaba tan serio que ella pasó en un segundo de mujer vulnerable a eficaz secretaria.

—Por supuesto. ¿Qué deseas?

—¿Sería excesivo pedirte que te pusieras algo especial esta noche?

Ella frunció el ceño al pensar en braguitas de encaje y medias de seda con ligas, pero era evidente que Nigel no se refería a eso.

De repente, él le mostró una bolsa verde con el logo de Ashdown Abbey.

—Es uno de los modelos que mostraremos mañana en el desfile. Desearía que lo llevaras esta noche para que la competencia se haga una idea de lo que presentaremos.

Le sonrió y le guiñó el ojo, y ella no pudo evitar sonreír a su vez.

—Me lo probaré con mucho gusto —afirmó ella agarrando la percha del vestido— pero no soy modelo y puede que no me quede bien.

—Creo que te quedará muy bien. No diseñamos para mujeres delgadísimas y, además, este vestido tiene un diseño cómodo.

—De acuerdo.

Ella tenía un vestido largo que hubiera sido perfecto para el cóctel, pero sentía curiosidad por ver lo que Nigel quería que se pusiera. Y era muy halagador que le hubiera pedido que luciera uno de los modelos de la empresa, que aún no se había mostrado en público.

Preferiría llevar sus propias creaciones, desde luego. Pero como tampoco podría decir que eran suyas, tendría que conformarse.

No supo qué más decir. No le parecía bien dar a Nigel con la puerta en las narices, sin más. Fue él quien dijo:

—Pruébatelo y dime si hay algún problema.

Dio un paso atrás, pero no pareció dispuesto a marcharse, y ella tampoco a cerrar la puerta.

—Solo tardaré unos minutos —murmuró ella.

Cerró la puerta, colgó el vestido en la puerta del armario y bajó la cremallera de la bolsa.

Contuvo la respiración al contemplar la prenda. Era un vestido asombroso, muy bello, y sintió un poco de envidia.

Era de *chiffon*, de color champán. Solo tenía una hombrera, cubierta de perlas, por lo que el otro hombro iba desnudo. Una banda con las misma perlas que la hombrera hacía las veces de cinturón.

Lily se sintió nerviosa y emocionada a la vez ante la perspectiva de ponérselo. Hacía mucho tiempo que no llevaba algo tan hermoso. Y resultaba que tenía que ir vestida como si fuera a una boda real y, además, vender el trabajo de otro diseñador.

Como no le quedaba más remedio que hacerlo, corrió al cuarto de baño para peinarse y maquillarse y volvió al dormitorio.

La ropa interior que tenía no estaba a la altura de semejante vestido. Si Nigel se lo hubiera enseñado antes, hubiera ido a comprar algo más sexy.

Por suerte, tenía sujetadores y braguitas muy claros que no se le transparentarían debajo del vestido. Y aunque el sujetador tuviera hombreras, podía quitárselas fácilmente.

Unos segundos después, tomó el vestido y buscó la cremallera oculta de la espalda. Se lo puso y, llevando los brazos hacia atrás, agarró los dos lados y los unió. Le estaba un poco justo, pero podría valer si contraía el estómago.

Se miró al espejo y le gustó lo que vio. Solo esperaba que no le sucediera nada a la prenda al subirse la cremallera, cosa que no consiguió hacer por sí misma.

Muy nerviosa, abrió la puerta del dormitorio sin hacer ruido y salió a buscar a Nigel. Aunque no le hiciera gracia pedirle ayuda, la necesitaba.

El salón estaba vacío.

Con el vestido agarrado por detrás con una mano, miró en la terraza al tiempo que se preguntaba si Nigel habría salido por algún motivo.

Entonces oyó un ruido y se volvió justo en el momento en que él salía del cuarto de baño. Estaba imponente.

Llevaba un esmoquin normal pero Lily hubiera jurado que le sentaba mejor que a cualquier otro hombre que lo hubiera llevado a lo largo de la historia. La chaqueta y los pantalones le sentaban como un guante. Estaba para comérselo.

Se había peinado echándose el pelo hacia atrás.

Lily tuvo ganas de levantar el brazo con que sujetaba el vestido, dejar que cayera al suelo y aproximarse a él para quitarle aquella ropa de fiesta.

La idea la dejó petrificada, y recordó que no estaba nada bien desear al jefe de una. Al mismo tiempo pensó que no le importaría portarse mal durante un rato, y solo con Nigel. Él debía de estar pensando lo mismo, ya que los ojos le brillaron en cuanto la vio. La observó de arriba abajo.

Ella respiró hondo, lo que hizo que el canesú del vestido descendiera levemente. Se lo colocó bien con la mano que tenía libre, carraspeó y sonrió débilmente.

–Necesito ayuda –murmuró.

Él enarcó una ceja. No había dejado de mirarle el escote.

Lily se dio la vuelta y le mostró la larga abertura de la espalda. Él se le acercó y comenzó a subirle la cremallera. Ella levantó la mano con que agarraba el vestido y se la llevó a la nuca para recogerse el pelo.

Cuando Nigel terminó de subírsela, le rozó la piel con los nudillos. Ella se estremeció, aunque trató de disimularlo.

Se quedó inmóvil, sin atreverse a respirar. Al cabo de unos segundos, Nigel retrocedió y bajó las manos.

Ella se sintió aliviada, pero al mismo tiempo lo lamentó.

–Ya está –dijo él con voz ronca.

Lily se soltó el pelo y se dio la vuelta para mirarlo. Él contempló el vestido.

–Estás preciosa –afirmó–. Tal y como me esperaba. ¿Qué te parece?

–Es muy bonito –respondió ella con sinceridad.

–¿Te sientes cómoda en él para llevarlo esta noche?

–Creo que sí –le agradeció que se lo hubiera preguntado–. Necesito joyas y unos zapatos que vayan a juego, pero me sienta mejor de lo que esperaba.

–Creo que puedo ayudarte –afirmó él sonriendo.

La condujo al sofá y comenzó a abrir unas cajas que había encima.

–He pedido que me trajeran algunos de los zapatos del desfile. Son todos del mismo estilo, pero no sabía qué número calzas.

Le indicó que echara un vistazo y eligiera lo que necesitara. Ella contempló un despliegue de calzado hermoso y caro.

En efecto, eran zapatos muy similares. Comprobó el número y eligió unos sin punta de color dorado y tacón alto. Se apoyó en el brazo del sofá para probárselos. Cuando vio cómo le quedaban con el vestido, con los dedos asomando con las uñas pintadas, supo que eran perfectos.

Al levantar la cabeza se topó con la intensa mirada de Nigel. El aire retenido en sus pulmones se negó a salir. Pasaron varios segundos. Por fin, él carraspeó y buscó algo entre las cajas.

–Esto será el toque final perfecto –afirmó mientras abría una caja alargada y plana.

En su interior había un collar y unos pendientes de diamantes que debían valer una fortuna.

Nigel sacó los pendientes y los depositó en la palma de la mano de ella. Después tomó el collar y se situó detrás de Lily.

Ella se levantó el cabello para que le pusiera el collar, y cuando lo hubo hecho, se llevó la mano al cuello para tocarlo.

–Esto es muy caro. ¿Confías en mí tanto como para dejarme que salga con él de la habitación? –preguntó ella medio en broma.

–Supongo que no vas a huir cuando den las doce de la noche, como Cenicienta –bromeó él a su vez.

Ella se sentía como Cenicienta. Una joven fingiendo ser otra persona, vestida de punta en blanco para acudir al baile con un hombre al que sin duda podía considerársele el príncipe azul.

Solo esperaba que su verdadera identidad no quedara al descubierto al dar las doce.

–No soy Cenicienta.

–No –contestó él–. Cenicienta nunca estaría tan guapa con ese vestido y esas joyas.

A Lily se le aceleró el corazón. Aquello era más que un mero cumplido: era una invitación, una promesa de cosas por venir.

Supo en aquel momento con total certeza que Nigel se sentía atraído por ella, que no era la única que sentía deseo.

Eso estaba bien, ya que era agradable saber que no estaba perdiendo el juicio ni alimentando un capricho de colegiala.

Pero también estaba mal, porque ya no estaba segura de poder controlarse si él decidía no seguir reprimiendo su pasión y olvidarse de la prudencia.

Se le había secado la boca y tenía las manos húmedas. El pulso se le había acelerado y todo su cuerpo se calentaba a velocidad de vértigo.

Si Nigel notó algo, no hizo ningún comentario, sino que le ofreció el brazo.

–¿Vamos?

–Sí –dijo ella tomándoselo.

Se dirigieron a la puerta con tanta gracia y sincronía que se diría que sus movimientos se hubieran coreografiado.

Capítulo Nueve

Horas después, con el ruido de la fiesta de fondo, Lily se sentó al lado de Nigel en la limusina que los llevaría de vuelta al hotel. Cerró los ojos y apoyó la cabeza en el respaldo. Decir que estaba cansada era quedarse corto.

—Como si le hubiera leído el pensamiento, Nigel le acarició la mejilla con los nudillos.

—¿Cansada?

La caricia había sido muy leve e inocente, pero ella se quedó sin respiración.

Giró la cabeza en dirección a él y abrió los ojos preparándose para el impacto de su mirada, que, de todos modos, la arrolló.

Como era incapaz de decir algo coherente, se limitó a asentir.

Él sonrió.

—Has estado increíble esta noche —le dijo con una voz tan dulce como la miel—. Estás preciosa, mejor que cualquier modelo que hubiéramos contratado. Y tienes un talento innato para relacionarte con los demás. Los has tenido a todos comiendo de tu mano, sobre todo a los hombres.

Ella sintió, a pesar del cansancio.

—Me alegro de que te haya gustado. Debo reconocer que estaba nerviosa. No quería ponerte en evidencia ni hacer nada llevando este hermoso vestido que pudiera estropear el desfile de mañana.

–Eso era imposible. Has estado extraordinaria.

Lily se ruborizó y experimentó un placer inesperado ante sus cumplidos. No debiera estar contenta de que a él le hubiera gustado su actuación, sino molesta por haber mejorado la reputación de Ashdown Abbey.

Pero estaba contenta, por haber desempeñado el papel de secretaria y por hacerlo tan bien que se había ganado los elogios de Nigel, no como jefe, sino como hombre.

–Gracias –murmuró.

–No –respondió él al tiempo que le acariciaba la mejilla–. Gracias a ti.

Y entonces, antes de que ella se diera cuenta de lo que estaba a punto de hacer, se inclinó y la besó en los labios.

Durante unos segundos, la sorpresa le impidió a Lily moverse o responder. Pero los labios masculinos eran suaves y tentadores, y ella llevaba tanto tiempo imaginándose cómo sería besarlo...

Lanzando un suspiro de deseo se refugió en sus brazos al tiempo que le ponía las manos en los hombros. Abrió los labios y sintió que su cuerpo se derretía en contacto con el de Nigel.

Este gimió y la atrajo hacia sí con fuerza poniéndole la mano en la espalda mientras su lengua le recorría los labios para después introducirla en su boca, ante su clara invitación.

El mundo desapareció mientras se devoraban y se metían mano como dos adolescentes.

A ella se le ocurrieron miles de razones para no hacerlo, pero sus dudas y miedos no pudieron nada contra la fuerza del deseo.

A pesar de que más tarde lo lamentara, en aquel momento no le importaba. No recordaba que la hubieran besado así antes ni haber deseado tanto a un hombre.

Era sorprendente que él se sintiera atraído por ella, que la deseara.

Tal vez se insinuara a todas sus secretarias; tal vez uno de sus objetivos en Estados Unidos fuera acostarse con el mayor número posible de americanas.

Si era así, después se enfadaría mucho. Pero, en aquel momento, estaba más que dispuesta a ser una más en la lista.

Mientras Nigel mantenía una mano en su espalda, con la otra le acarició los senos por encima de la tela del vestido. Los pezones se le endurecieron mientras gemía de deseo.

Nigel gimió a su vez e incrementó la presión de su boca en los labios de ella al tiempo que le recorría sin cesar la lengua con la suya. Ella le respondió con la misma fiereza, lamiendo, chupando y bebiendo de él.

El olor de su colonia era delicioso. Quería lamerlo de arriba abajo, olerlo y absorberlo por la piel como el sol en un día de verano.

La mano de Nigel descendió por su costado hasta la cintura y la cadera, y comenzaba a levantarle lentamente la falda del vestido cuando la limusina se detuvo.

Unos segundos después, la puerta del chófer se abrió y Nigel se apartó de ella con brusquedad.

Rápidamente, antes de que la niebla de la pasión se hubiera dispersado del cerebro de Lily, él le estiró el vestido y se colocó el esmoquin, limpió el carmín de los labios de ambos justo en el momento en que la puerta trasera se abría.

Cuando apareció el chófer, Lily y Nigel estaban sentados con un buen espacio entre ambos, como si ni siquiera se hubieran dirigido la palabra durante el trayecto.

Sin decir nada, Nigel se bajó del vehículo y ayudó a Lily a desmontar.

A continuación dio las gracias al chófer, además de una generosa propina, y entraron en el hotel.

En el ascensor estuvieron callados. Al llegar a su planta, él le ofreció el brazo como un perfecto caballero que no albergara pensamientos lascivos sobre la secretaria con la que compartía habitación.

Lily no sabía qué pensar o sentir.

¿Querría él continuar donde lo habían dejado en cuanto entraran en la suite? Se estremeció al pensarlo.

¿O querría olvidar lo ocurrido y que cada uno fuera por su lado? Pensarlo la entristeció un poco.

Al llegar a la puerta esperó a que Nigel la abriera y decidió que actuaría sobre la marcha.

Si él la besaba, le dejaría hacerlo y disfrutaría de cada momento; si volvía a ser el hombre tranquilo y reservado que conocía y no se le acercaba, ella haría lo mismo. Tal vez fuera lo mejor, a pesar de lo mucho que lamentaría la pérdida de sus labios y de su sabor.

Ella entró primero, con el corazón latiéndole con fuerza. Sin embargo, él no la abrazó después de cerrar la puerta ni la empujó contra la pared. Llegaron al salón como dos personas educadas y civilizadas.

Él carraspeó y Lily, sobresaltada, se volvió lentamente. Se llevó una decepción al ver que él no se le aproximaba, a pesar de que los ojos le ardían de deseo.

—Creo que debo disculparme por lo ocurrido en el coche —murmuró él.

A Lily se le cayó el alma a los pies. Trató de no sentirse ofendida, pues sabía que tontear con su jefe, y posible enemigo, no era buena idea. Sin embargo, se sintió dolida.

Al ver que ella no respondía, él añadió:

—Pero, francamente, no puedo decir que lo sienta.

Ella lo miró fijamente a los ojos y contempló la misma pasión de la que había sido testigo en la limusina; la misma necesidad, el mismo deseo... pero ardiendo lentamente, y no de forma desatada.

—Eso hace que me resulte violento lo que voy a pedirte.

Lily tragó saliva.

—¿Te importaría quitarte el vestido?

Ella parpadeó. Era un poco extraño, ya que esperaba que estuviera más cerca al pedírselo, que se lo susurrara al oído o que él mismo quisiera quitárselo.

Pero si él quería que ver cómo se desnudaba, estaba dispuesta a complacerlo.

Entonces, Nigel destruyó cualquier tipo de fantasía que ella hubiera concebido.

–Tengo que devolver el vestido y los zapatos para el desfile.

–Sí, claro –replicó ella tratando de encontrar las palabras adecuadas y de pensar con claridad–. Un momento, por favor.

Se dirigió al dormitorio con toda la dignidad que pudo mostrar al tiempo que se reprochaba su estupidez.

Cerró la puerta y, con movimientos automáticos, se quitó el collar, los pendientes y los zapatos, y estuvo a punto de dislocarse el hombro al bajarse la cremallera del vestido. Cuando se lo hubo quitado lo colgó de la percha, lo introdujo en la bolsa y la cerró.

Se volvió a poner el albornoz que se había quitado antes y que había dejado a los pies de la cama.

Recogió todo lo que Nigel le había prestado y volvió al salón. Nigel estaba exactamente donde lo había dejado, pero no lo miró a la cara. Ya se había sentido suficientemente humillada por una noche.

Dejó el vestido en el sofá, metió los zapatos en su caja y dejó las joyas en la mesa de centro.

–Ahí tienes –dijo con voz seca y también sin mirarlo–. Gracias por prestármelo esta noche. Ha sido un honor.

Volvió al dormitorio con la cabeza muy alta. Y así se mantuvo mientras se desnudaba y se metía en la ducha.

Las cosas no habían salido según lo previsto, y Nigel se sentía como un perfecto imbécil.

El beso en la limusina era inolvidable. Había habido momentos en que creyó que iba a estallar por las sensaciones que experimentaba en contacto con los labios de Lillian. Había tenido que recurrir a toda su fuerza de voluntad para separarse de ella al detenerse el coche.

El control de sí mismo había sufrido otra dura prueba mientras entraban en el hotel y subían en el ascensor, ya que lo único que deseaba era continuar donde lo habían dejado.

Mientras recorrían el pasillo hacia la suite había imaginado lo que le haría a Lillian en cuanto entraran y estuvieran solos.

Pero no podía abalanzarse sobre ella nada más cerrar la puerta, porque Lillian pensaría que era un maniaco sexual o, peor aún, que, si no consentía, su puesto de trabajo se vería afectado.

Nigel masculló un juramento. Lo último que le faltaba era una denuncia por acoso sexual contra él o la empresa.

Pero, sobre todo, no quería ser el tipo que flirtea con su secretaria y la hace creer que la recompensará si le sigue el juego y que se verá en el paro si no lo hace.

No quería que Lillian pensara eso. Sentía genuina atracción por ella, y quería que ella lo supiera y que se sintiera verdaderamente atraída por él.

Creyó haber estado ingenioso al pedirle que se quitara el vestido para devolverlo. Pero se había imaginado que ella se desnudaría allí mismo y que entonces él le susurraría que lo retomaran donde lo habían dejado.

Pero le había salido el tiro por la culata. Había dicho o hecho algo mal.

La expresión de Lillian había pasado de la dulzura y la alegría a la sorpresa y el dolor.

Él había perdido la oportunidad de disculparse y aclarar las cosas antes de que ella se fuera al dormitorio. Y después se había sentido desconcertado e incapaz de articular palabra por su propia estupidez, y ella había vuelto a marcharse.

¿Qué tenía Lillian que lo volvía imbécil?

Fuera lo que fuera, tenía que solucionarlo. Aunque la noche no hubiera resultado como esperaba, no podía consentir que ella pensara que era un estúpido para quien no significaba nada el beso que se habían dado o a quien le importaba más devolver el vestido que lo que estaba naciendo entre ambos.

Pasó un rato pensando en cómo deshacer el embrollo en que se había metido. Se acercó a la puerta del dormitorio y oyó el sonido del agua, por lo que dedujo que Lillian se estaba duchando.

La idea de ella totalmente desnuda bajo el agua le hizo difícil concentrarse. Y le endureció cierta parte del cuerpo, sobre todo al pensar en ella enjabonándose los brazos, los senos, el torso y… más abajo.

Se le formaron gotitas de sudor en el labio superior y tensó los músculos. Tuvo ganas de entrar en el cuarto de baño para ayudarla. Lo más probable era, sin embargo, que lo recibiera una bofetada. Primero tenía que hablar con ella; después, seducirla para que volviera a la ducha.

De repente, cesó el sonido del agua.

No quería asustarla, y lo más probable era que ella no quisiera verlo, pero debía hablarle.

Esperó unos minutos hasta que consideró que ya habría salido del cuarto de baño y llamó suavemente a la puerta.

Tenía las manos húmedas y sentía una opresión en el pecho.

Eso no era propio de él. No se había sentido nervioso por tener que hablar con una chica desde... ¿se había sentido así alguna vez? En la universidad había sido un mujeriego.

Y en aquel momento sudaba por tener que enfrentarse a ella para disculparse y rogarle que no creyera que era un imbécil.

Al ver que no le abría, pensó que no quería verlo. No la culpaba por ello, pero sabía que estaba allí, que lo había oído llamar y que aún no estaría dormida.

Se estaba comenzando a enfadar.

Volvió a llamar, esa vez con más fuerza. Entraría con o sin invitación, si fuera necesario. Al fin y al cabo, la suite era suya, y había sido muy generoso dejando a Lillian ocupar el dormitorio.

Aunque prefería que le abriera voluntariamente, para no tener que añadir la intimidación a la lista de delitos de aquella noche.

La puerta se abrió, pero solo una rendija. La luz del salón iluminó un ojo y parte de la cara de Lillian, y el resto quedó en sombras debido a la oscuridad del dormitorio.

—¿Sí?

—Siento molestarte —dijo él.

Se aproximaba bastante a decir lo siento, pero se las arregló para evitar disculparse de modo directo.

—¿Podemos hablar un momento? —lo intentó de nuevo, pero con la misma cobardía que antes.

—Es tarde —afirmó ella sin abrir ni un milímetro más la puerta—. Estoy cansada. Hablaremos mañana.

Dicho lo cual, cerró la puerta y echó el pestillo.

Vaya, lo había echado todo a perder. Nigel lanzó una maldición. El maldito vestido ya había vuelto con el resto de la colección y esperaba el desfile del día siguiente mientras él seguía tratando de hallar el modo de solucionar aquel embrollo.

Respiró hondo. Ya estaba bien. Iba a acabar con aquello en ese mismo momento.

Volvió a llamar a la puerta con fuerza.

—Váyase, señor Stratham.

Así que volvía a tratarlo de usted, cuando acababa de empezar a llamarlo Nigel.

En voz baja le ordenó:

—Abre la puerta, Lillian.

—No.

Apretó la mandíbula y los dientes le rechinaron.

—Abre ahora mismo.

Aguzó el oído, pero no oyó nada.

–Voy a contar hasta tres –afirmó–. Si no me abres, echaré la puerta abajo.

En realidad, no sabía si podría hacerlo. Creía estar en forma, ya que jugaba uno o dos partidos de squash a la semana, además de realizar una rutina gimnástica diaria. Pero no sabía si tendría fuerza y coordinación suficientes para echar la puerta abajo, una puerta muy sólida, por otro lado.

Esperaba no tener que comprobarlo.

Retrocedió unos pasos y se preparó para cumplir la amenaza.

En ese momento se oyó un clic y el pomo de la puerta que giraba.

Nigel soltó el aire muy lentamente y la tensión muscular desapareció.

Ella volvió a abrir solo una rendija y sacó la cabeza. Tenía el pelo todavía húmedo de la ducha. Lo fulminó con la mirada.

–¿Me estás amenazando? Porque es lo que parece. O tal vez sea acoso. Aquí dentro hay un teléfono y no dudaré en utilizarlo.

Nigel suspiró.

–Por favor, solo será un momento.

Como ella no le dio con la puerta en las narices, añadió:

–Quiero disculparme por lo de antes. No pretendía ofenderte al pedirte que te quitaras el vestido para devolverlo. Tenía que habértelo dicho de otro modo.

Vio que ella fruncía el ceño y que aflojaba un poco la mano con la que agarraba la puerta, que incluso abrió unos milímetros más.

–Por ejemplo, debiera haberte dicho que cuanto antes te quitaras el vestido antes retomaríamos lo que estábamos haciendo en el coche. O mejor aún, debiera habértelo quitado yo mismo al entrar en la suite, sin pensar en el desfile. No lo hubiéramos mostrado mañana, y una modelo se hubiera quedado sin desfilar, pero hubiera merecido la pena si no hubiera herido tus sentimientos, como he hecho. Y ahora mismo te estaría haciendo el amor en vez de estar hablando contigo, con la esperanza de que no vuelvas a darme con la puerta en las narices.

Ya estaba, ya lo había dicho. Le había costado, por una cuestión de orgullo.

Observó a Lillian detenidamente intentando juzgar su reacción por el ojo, la mejilla y la mitad de la boca que veía.

Ella, nerviosa, se pasó la lengua por los labios.

Y entonces la puerta comenzó a abrirse lentamente y ella salió. Llevaba puesto el albornoz del hotel, que la cubría por entero. Aunque debiera haberle resultado poco atractiva, le pareció adorable, con le pelo húmedo que le llegaba por debajo de los hombros y la piel del rostro enrojecida de frotarse.

Como ella se había apretado el cinturón, distinguió fácilmente las curvas de su cuerpo. El albornoz apenas dejaba entrever el escote, y quiso abrirle el albornoz para ver más.

Ella se cruzó de brazos y lo miró con recelo.

–Entonces, ¿no lamentas lo que sucedió en la limusina?

Nigel sintió que se le levantaba el ánimo. Si se lo

preguntaba era porque había estado pensando en ello.

Avanzó un paso con precaución, pero le respondió con claridad y sinceridad, sin importarle las consecuencias.

–No lo lamentaría aunque llamases a la policía, como has amenazado con hacer, ni aunque me denunciaras por acoso sexual, como estarías en tu derecho.

Ella pareció reflexionar durante unos segundos y, después, la rigidez comenzó a desaparecerle del rostro. Bajó los brazos y respiró hondo.

–No es buena idea –murmuró al tiempo que miraba hacia un lado, por lo que él no supo si se lo decía a él o a sí misma.

–Trabajo para ti. Podrías despedirme o utilizarme. Las cosas podrían ponerse feas.

Nigel hundió los hombros de forma imperceptible. Ella tenía razón, desde luego, pero no era esa la reacción que esperaba.

–Es cierto –reconoció contra su voluntad–. Pero no te estoy utilizando ni te despediría por algo personal, por lo que, además, sería igualmente responsable.

Ella lo miró a los ojos.

–¿Tan noble eres?

Nigel alzó la barbilla con todo el orgullo y la dignidad que le había conferido su nacimiento.

–Sí.

–Eso creía –replicó ella, casi con resignación. Y luego bajó la voz al decir–: Yo tampoco lamento lo que pasó en la limusina.

Capítulo Diez

Lily sabía que debía lamentar lo sucedido en la limusina y que debiera haber aceptado las disculpas de Nigel sin decir nada más, para después encerrarse en el dormitorio.

Eso hubiera sido actuar con inteligencia.

Cómo le gustaría haber tenido esa fuerza de voluntad.

Pero, a pesar de lo dolida y ofendida que estaba por lo que había sucedido, no había podido dejar de pensar en el beso mientras estaba en la ducha. A pesar de las lágrimas y de la respiración entrecortada, su cuerpo temblaba de necesidad y de deseo.

Comenzó a pensar en lo que hubiera pasado si... ¿Y si no se hubieran visto interrumpidos por la llegada al hotel? ¿Y si ella no llevara puesto uno de los modelos del desfile del día siguiente? ¿Y si él la hubiera besado en el ascensor y se hubiera abalanzado sobre ella al entrar en la suite?

¿Y si todo lo sucedido en los cuarenta minutos anteriores hubiera sido distinto y en aquel momento estuvieran en la cama haciendo el amor, explorándose mutuamente, satisfaciendo el deseo que había sentido desde el momento de conocer a Nigel?

No debería querer nada de eso. Debería ser más inteligente y estar enfadada con él por su posible intervención en el robo de sus diseños. Debería evitar que las hormonas pensaran por ella.

Pero no podía o, al menos, sus intentos habían sido inútiles.

Así que se dio por vencida.

Ya sabía que Nigel se sentía atraído por ella. Quería liarse la manta a la cabeza y estar con el hombre por el que se derretía.

¿Y si lo hiciera? Nigel no conocía su verdadera identidad y ella no se quedaría mucho más tiempo, tal vez un mes, hasta que resolviera el misterio y pudiera volver a Nueva York con la información que salvaría su empresa.

Ni siquiera era necesario que él supiera quién era. Hasta el momento había hecho un buen trabajo como su secretaria. Y saber que no era un trabajo permanente, que él no sería su jefe para siempre, facilitaba la justificación de una aventura pasional. Podía soltarse el pelo, pasárselo bien y marcharse sin consecuencias. Con una breve carta de dimisión y la excusa de un nuevo empleo en otro sitio, preferiblemente lejano, pero sin dejar entrever que vivía en Nueva York, bastaría para hacer borrón y cuenta nueva.

Así que aquello era prácticamente un regalo: sexo en vacaciones, sin compromiso.

Teniendo en cuenta el tiempo que hacía que no había salido ni tenido sexo con nadie, lo único que se le ocurría era: «Sí, por favor».

Por eso le había dicho que ella tampoco lamentaba lo que había sucedido entre ambos después de la fiesta. Había deseado que, al entrar en la suite, le arrancara el vestido y la poseyera contra la pared más cercana.

Bueno, tal vez no ese vestido, pero un vestido.

Y no quería pasarse el resto de la noche sola en aquella inmensa cama, dando vueltas, insatisfecha.

Observó que los ojos de Nigel se oscurecían y brillaban ante lo que ella acababa de reconocer. Respiró hondo y decidió explicarle exactamente a lo que se refería.

–A pesar de lo mucho que me ha gustado hacer de modelo para Ashdown Abbey, desearía no haberme puesto el vestido esta noche, porque me hubiera gustado que me arrancaras la ropa en cuanto entráramos por la puerta.

Nigel apretó la mandíbula.

–Procura estar muy segura de los que dices –le recomendó él con palabras que parecían salirle del fondo del alma– porque cuando empecemos no me detendré. Dejaré de ser un caballero y de tener buenos modales.

Ella se estremeció. Tragó saliva con fuerza y dio un paso hacia delante, resuelta y dispuesta.

–Entiendo. Y no voy a darte con la puerta en las narices.

El deseo estalló en el rostro de Nigel iluminándole los ojos. Salvó la distancia que los separaba sin decir palabra, la agarró de los brazos y la atrajo hacia él con tanta fuerza que casi la levantó del suelo.

Su boca chocó con la de ella, y la devoró. Ella le devolvió cada beso, cada embestida.

Lo agarró por los hombros, anchos y fuertes. Después llevó las manos a la parte delantera de la camisa.

No tuvo que abrir los ojos ni mirar para aflojarle el nudo de la corbata, desabotonarle el cuello y el resto de la camisa. Él gimió cuando le tocó el pecho desnudo, y ella estuvo a punto de gemir también.

Con la punta de los dedos le rozó los duros pectorales, salpicados de vello. Su piel irradiaba un calor como el de un horno, un calor que penetró en la piel de ella.

Le abrió la camisa y el esmoquin y continuó explorando los contornos de su cuerpo. Después descendió a la cintura de los pantalones.

Le arañó levemente el estómago y él contuvo la respiración. Lily sonrió al notar que el abdomen se endurecía ante la caricia. Deslizó los dedos por el vello que descendía desde el centro y se los introdujo en los pantalones.

Él gimió y volvió a besarla en la boca mientras le agarraba la cabeza con las manos.

Ella estaba feliz al ver que la deseaba con desesperación, que había perdido el control. Lo único que lamentaba era no haber comenzado antes y haber perdido tanto tiempo en discusiones, sentimientos heridos, incertidumbre y explicaciones.

Le desabrochó el cinturón y se lo sacó de un tirón. Cayó al suelo con un golpe seco.

Lily sintió su deseo, su masculinidad dura e hinchada a través de la bragueta, donde ella había colocado la mano. Dedicó unos segundos a acariciar el prominente bulto arriba y abajo con los nudillos, lo que hizo que él gimiera y le mordiera el labio inferior.

Ella sonrió y soltó un leve gemido cuando le recorrió la espalda con las manos hasta llegar a las nalgas, que apretó para presionarla aún más contra su evidente excitación.

Ella se frotó retorciéndose contra él mientras le bajaba la cremallera.

Él la dejó hacer. Dejó que le metiera los dedos por la cintura de los calzoncillos antes de levantar los labios de su garganta, separarla un poco y tirarle del cinturón del albornoz. Tardó unos segundos en deshacerle el nudo, que estaba muy apretado debido a los tirones. Le abrió el albornoz y se lo echó hacia atrás.

Debajo, estaba desnuda. Lily se estremeció cuando el aire frío de la habitación le tocó la piel, pero no intentó volver a ponerse el albornoz ni cubrir su desnudez mientras Nigel la miraba como si fuera el ser más delicioso jamás creado.

Ella llevaba mucho tiempo soñando con ese momento, y no iba a esconderse.

Así que se quedó allí, medio desnuda y medio tiritando, tanto por la temperatura de la habitación como por el deseo que experimentaba. Y dejó que la mirara todo lo que quisiera.

Y mientras él la miraba, ella hizo lo mismo. Observó su piel sorprendentemente bronceada y su cuerpo musculoso y bien formado. Podía haber sido el de un modelo anunciando una colonia sexy. Y se haría millonario, ya que todas las mujeres comprarían lo que anunciara.

Se observaron mutuamente durante unos segundos, que a ella le parecieron minutos. Los verdes ojos de Nigel centellearon al reflejar el mismo deseo que había en los de ella.

Él agachó la cabeza, bajó los párpados y emitió un sonido ronco y salvaje antes de acercársele. Le pasó un brazo en torno a la espalda y le puso el otro debajo de las rodillas.

La levantó sin aparente esfuerzo. Ella soltó una carcajada y se le agarró al cuello.

Él le sonrió y, sin dejar de besarla, la llevó a la cama.

La sostuvo con un brazo mientras que con la mano del otro apartaba la ropa de cama. Después la dejó en el centro del lecho y descendió con ella hasta cubrirla como una manta humana, cálida y pesada.

La tela del esmoquin rozó la piel desnuda de ella, salvo por la parte delantera. El pecho masculino presionó el suyo.

Ella enroscó las piernas en su cintura y le empujó las mangas de la camisa y el esmoquin. Él la ayudó hasta conseguir quitarse ambas prendas y echarlas a un lado.

Después, él le acarició la cintura y la parte inferior de los senos, sin detenerse en ningún sitio, a pesar de que ella se retorcía por sus caricias. Sin hacer caso de sus gemidos de deseo, le acabó de quitar el albornoz y la levantó para sacárselo de debajo del cuerpo y lanzarlo sobre la cómoda.

La miró desde la cabeza hasta donde sus piernas estaban entrelazadas en sus muslos. Se fijó en sus senos desnudos, en la curva del vientre y en el triángulo de rizos femeninos.

A Lily se le puso la carne de gallina. Él resopló mientras los ojos le brillaban como los de un lobo.

Sin dejar de mirarla, se quitó los zapatos y el resto de la ropa. Unos segundos después, Lily lo contempló en su gloriosa desnudez. Era tan hermoso que se le hizo un nudo en la garganta de la emoción. Tragó saliva mientras él se colocaba sobre ella, y se dijo que aquello solo era una aventura, nada más.

Alzó los brazos y entrelazó las manos en su cuello atrayéndolo hacia sí. Se besaron lentamente y se exploraron mutuamente la boca sin prisas.

Él le metió los dedos en el cabello mientras ella le acariciaba la espalda y se deleitaba en sus músculos y en deliciosa elevación de sus nalgas.

Él gimió y la abrazó con más fuerza. Ella arqueó la espalda intentando acercarse aún más, aunque ya estaban tan cerca como podían estarlo dos personas.

Nigel le recorrió las mejilla con los labios, le mordisqueó el lóbulo de la oreja, bajó por el cuello hasta la clavícula y, de allí, a los senos, hinchados y arqueados.

Ella jadeaba y pensaba progresivamente con menos claridad mientras la temperatura de su cuerpo se elevaba. Pero había cosas que tener en cuenta antes de llegar más lejos, antes de que perdiera toda noción del tiempo o del espacio y olvidara hasta su nombre.

Nigel –murmuró apretando las piernas contras sus caderas y poniéndole las manos en los antebrazos mientras él le acariciaba los senos con la boca.

–Nigel –repitió al ver que no respondía. Le tiró del pelo–. No tengo preservativos. ¿Y tú?

Él tardó unos segundos en procesar sus palabras y en detener su boca a unos centímetros del centro de uno de sus senos.

Ladeó la cabeza y gimió. Después lanzó una maldición, se alzó sobre los antebrazos y la miró.

Se separó de ella y se levantó. Lily contempló sus atractivas nalgas antes de que saliera de la habitación a buscar un preservativo.

Él volvió con dos envoltorios de plástico en la mano. Dejó uno en la mesilla y abrió el otro.

Lily observó cómo se ponía el condón con movimientos rápidos y precisos.

–Te he dicho que no te movieras.

Ella enarcó las cejas y le sonrió con malicia y sin disculparse.

–He sido una niña mala. Tendrás que darme un azote.

–Voy a hacer mucho más que eso –afirmó él con la voz ronca de deseo.

***

No recordaba haber visto nada más bonito en su vida que Lillian George tumbada desnuda en la cama esperándolo. Y pensó que nunca lo olvidaría.

A pesar de lo excitado que estaba y de lo desesperado que se encontraba por estar dentro de ella, no podía dejar de mirarla. El pelo le caía alrededor de los hombros y su pálida piel estaba sonrojada por el deseo.

Tenía los pechos pequeños, pero perfectos, con los pezones endurecidos por la excitación. Y el resto de ella le causaba la misma admiración: la curva de la cintura, el triángulo de rizos rubios en el vértice de sus muslos, las piernas largas y delgadas…

Pero lo que más le gustaba era su falta de inhibiciones. No trataba de ocultarse ni de tapar su desnudez con las manos o la sábana. Se sentía cómoda estando desnuda. Y, además, se sentía a gusto con él y con lo que estaban a punto de hacer.

Fingiendo una paciencia y un control que distaba mucho de tener, se puso a su lado y la abrazó. Ella se volvió hacia él, y sus senos se aplastaron contra su pecho mientras le acariciaba la pantorrilla con la planta del pie.

Él le apartó un mechón de pelo de la cara y se lo colocó detrás de la oreja.

–Estoy contentísimo de que hayas venido conmigo este fin de semana.

Ella sonrió.

–Yo también.

–Y aunque no me importa dormir en el salón, estaría bien pasar la noche en esta cama, para variar.

—No he dicho que pudieras dormir aquí.

Él entrecerró los ojos y reprimió una sonrisa.

—¿Piensas utilizarme y después mandarme a esa horrible cama supletoria? Veremos si te hago cambiar de idea.

La boca de ella esbozó una sonrisa antes de que él la besara. Le rodeó el cuello con las manos y él se puso encima de ella.

Lo que le había dicho era verdad: llevarla en aquel viaje había sido una de sus mejores ideas, aunque al decidirlo no supiera que acabarían así. Sin embargo, no podía negar que lo deseaba.

Casi desde el momento en que ella entró por primera vez en el despacho, había comenzado a imaginar situaciones en las que acababan como estaban en aquellos momentos. Sabía que era peligroso y que no debía ocurrir.

Pero había ocurrido, y no lo lamentaba ni le preocupaban las consecuencias. Lo único que deseaba era continuar besándola y acariciándola y hacerle el amor toda la noche.

Y si ella tenía la intención de enviarlo de vuelta a la otra cama después de haber quedado satisfecha, lo único que tenía que hacer era tenerla ocupada y cegada por la pasión de modo que perdiera la noción del tiempo. Se quedaría a dormir con ella.

Le acarició los hombros, los brazos y la espalda mientras sus lenguas seguían unidas. Podría pasarse la vida besándola sin aburrirse. Pero había mucho más que deseaba hacerle.

Separó su boca de la de ella lo justo para mordisquearle la comisura de los labios. Después siguió la línea de la barbilla hasta llegar a la garganta. Ella echó la cabeza hacia atrás y él le lamió el cuello.

Se volvió a situar encima de ella. Lily volvió a enlazar las piernas en sus caderas. Él gimió de deseo.

Ella le acarició los bíceps mientras él se concentraba en sus hermosos senos. Le atraían los pezones: eran como pequeñas cerezas prietas sobre la blanda carne. Los pellizcó y acarició mientras con los labios trazaba un círculo en cada uno de ellos.

Debajo de él, Lily se retorcía de impaciencia y gemía. Él le besó y lamió los senos tratando de hacerlo por igual con los dos hasta que la presión húmeda de ella contra su casi dolorosa excitación aumentó hasta tal punto que tuvo que prestarle atención.

Alzó la cabeza y le dio un rápido beso en la boca.

–Hay tantas cosa que quiero hacerte… –murmuró mientras le acariciaba la cara–. Querría estarme mucho tiempo acariciándote, aprendiéndome cada centímetro de tu cuerpo. Pero eso tendrá que esperar, porque ahora te deseo demasiado.

La agarró por las caderas y la rozó con la punta de su erección para hacer hincapié en lo que le había dicho. Ella se arqueó para aumentar el contacto. Él suspiró mientras cerraba los ojos y rogaba no terminar deprisa y satisfacerla.

Le encantó que ella le agarrara de las nalgas y levantara el torso para morderle la barbilla.

–Me gusta la rapidez cuando es la primera vez. La lentitud está sobrevalorada.

Él rio al tiempo que se felicitaba por su suerte.

La abrazó y la volvió a besar, y sus bocas se fundieron como pretendía que se fundieran sus cuerpos.

La agarró por la parte exterior del muslo y le subió más la pierna que tenía sobre la cadera para que ella se abriera más. A continuación situó su excitada masculinidad justo enfrente de la hendidura. Contuvo la respiración al notar que la humedad femenina lo envolvía como si no tuviera la fina capa de látex del condón.

Si se sentía así, tan cerca del final, simplemente apoyándose en ella de forma tan íntima, ¿qué pasaría cuando la penetrara?, ¿cuando estuviera completamente dentro y las paredes femeninas se apretaran en torno a él? Casi le daba miedo averiguarlo, pero se imaginó que perdería la conciencia.

Lillian le metió los dedos en el pelo y le obligó a acercar la boca a la suya. Se retorció con impaciencia contra él, invitándolo, demostrándole claramente lo que deseaba.

Le mordisqueó los labios y murmuró:

—Deja de provocarme, Nigel, y hazlo.

Él se hubiera echado a reír si no estuviera tan desesperado como ella. Deslizó la mano entre sus cuerpos y la excitó hasta hacerla gemir, pero solo para comprobar que estaba lista.

Apretó los dientes, buscó el centro femenino y empujó.

Ella estaba tensa y caliente, pero lo acogió de buena gana, centímetro a centímetro. La respiración jadeante de ambos y sus gemidos resonaron en la habitación mientras él se hundía en ella.

Se adaptó a él como un cálido guante de seda. Nigel pensó que podría pasarse así toda la noche, si no estuviera desesperado por moverse impulsado por el deseo. Lillian le mordisqueó el lóbulo de la oreja, y la forma en que dijo su nombre suspirando le indicó que ella sentía lo mismo.

Se echó hacia atrás y luego hacia delante con movimientos lentos y regulares que le produjeron un placer exquisito a pesar de que sentía crecer el impulso a embestirla más deprisa y con más fuerza.

Gimiendo en su oído, ella cerró los brazos en torno a su cuello y las piernas en torno a sus caderas. Los senos femeninos se frotaron contra su pecho, animándolo a seguir.

–Nigel –murmuró.

El sonido de su nombre en los labios de ella lo llenó de placer.

–Por favor –le rogó mientras inclinaba las caderas para que la penetrara aún más.

Él gimió y la agarró por las caderas y comenzó a moverse deprisa, con embestidas largas y lentas, seguidas de otras cortas y rápidas; y después al contrario: largas y rápidas, y cortas y lentas.

Con suerte, conseguiría controlar su orgasmo hasta que Lillian estuviera satisfecha.

Y entonces ella comenzó a dar sacudidas debajo de él y a arañarle la espalda mientras gritaba su nombre y una letanía de síes.

A punto de explotar, él se unió en silencio al coro de sus exclamaciones. Sus músculos se tensaron y se puso rígido. Deslizó una mano entre los cuerpos de ambos y buscó con los dedos entre los rizos femeninos hasta hallar el pequeño capullo de placer allí escondido.

Cuando lo tocó, Lillian echó la cabeza hacia atrás y gritó. Nigel se hundió más en ella, una y otra vez, queriendo prolongar el éxtasis.

Lanzando un gemido, se puso rígido dentro de ella y la embistió una última vez mientras el éxtasis explotaba en su cabeza y se extendía por todo su ser.

Pasaron unos largos y silenciosos instantes mientras ambos trataban de recuperar el ritmo de la respiración. Cubiertos de sudor, sus cuerpos unidos rodaron hacia un lado.

Él tenía un brazo alrededor de ella, y ella, una pierna en su cadera. Él sonrió y le apartó un mechón de pelo que tenía en los labios.

Al sentirlo, ella abrió los ojos y lo miró.

—Mmm... —ronroneó.

Nigel rio.

—Te he dejado sin habla.

Ella sonrió a su vez mientras volvía a cerrar los ojos.

Nigel supuso que se había quedado dormida, por lo que se apartó de ella y fue al servicio para tirar el preservativo y limpiarse. Volvió a la cama, se tumbó al lado de ella y la tomó en sus brazos.

Lily se acurrucó, apoyó la cabeza en su hombro y le puso la pierna encima del muslo. Él sintió que, sorprendentemente, volvía a excitarse. Pero más que el mero deseo, se sintió invadido de una satisfacción como nunca había experimentado tras una relación sexual ocasional y apresurada.

Desde el momento que la había conocido supo que Lillian era especial, pero hasta ese momento no se había dado cuenta de hasta qué punto. Le despertaba emociones que no recordaba haber sentido y le sugería ideas que nunca se había sentido inclinado a analizar.

Lillian se removió y entreabrió los ojos.

–He cambiado de opinión –dijo con voz soñolienta–. Puedes dormir conmigo.

Teniendo en cuenta que estaba a punto de hacerlo, Nigel no pudo evitar reírse.

–Vaya, gracias. Eres muy generosa.

–Lo soy –farfulló ella, y él notó que esa vez sí se estaba quedando dormida.

La besó en la frente y esperó a oírla respirar de forma regular.

–Eso espero –murmuró–. De verdad que lo espero.

Capítulo Once

A la mañana siguiente se despertaron justo a tiempo.

Habían hecho el amor una, dos veces... había perdido la cuenta a la tercera. Y eso no incluía el tiempo que él la había despertado lamiéndola y dándole placer con la boca; ni el que ella lo había despertado para devolverle el favor.

Por eso era un milagro que se hubieran levantado y estuvieran de camino hacia el desfile, que comenzaría en menos de dos horas, y que no parecieran muertos vivientes.

Él llevaba un traje marrón con camisa y sin corbata. Había tardado veinte minutos en ducharse y prepararse.

Lillian había tardado algo más, pero, a juzgar por los resultados, había empleado bien el tiempo. Se había recogido el pelo en una cola de caballo; se había maquillado un poco, pero no se notaba que no había descansado; y se había puesto un vestido corto con flores que, desde luego, no procedía de Ashdown Abbey, pero que se adecuaba a la perfección al sol de Miami. Estaba para comérsela.

Nigel deseó poder saltarse el desfile, volver al hotel y hacer justamente eso: comérsela. Tuvo que sermonearse y regañarse para no decirle al chófer que diera media vuelta.

Al fin y al cabo era el presidente de Ashdown Abbey y debía estar allí. Y teniendo en cuenta lo disgustado que estaba su padre con el rendimiento de la empresa en Estados Unidos, Nigel dudaba que se pusiera muy contento al saber que su hijo había desperdiciado una gran ocasión para pasar el día con su nueva y encantadora secretaria.

Pero, a pesar de todo, era lo que quería hacer. La había tomado de la mano al bajar en el ascensor y ella no lo había rechazado. Habían seguido agarrados hasta llegar a la limusina y también dentro de ella. Y ella se había sentado mucho más cerca de él que la noche anterior.

Llegaron al lugar donde se celebraría el desfile y se pusieron en la cola de vehículos que dejaban a los pasajeros. Se veía a mucha gente entrando en la gigantesca carpa en la que tendría lugar el desfile. La limusina fue avanzando lentamente hasta llegar a la cabeza de la cola. Entonces, el chófer se bajó y les abrió la puerta para que desmontaran.

Nigel lo hizo primero y ayudó a Lillian a bajar, sin dejar que se alejase cuando las cámaras comenzaron a disparar a su alrededor. El desfile de ese día no era un evento de alfombra roja, pero había un número suficiente de diseñadores conocidos y personas famosas para atraer a los *paparazzi* y los medios de comunicación.

Nigel sonrió, asintió y desempeñó su papel mientras guiaba a Lillian entre la multitud con una mano en la espalda. Tuvo cuidado de no tocarla en ningún otro sitio ni de dar indicios al público de la verdadera naturaleza de su relación.

Tardaron un siglo en llegar a la carpa, pues tuvieron que detenerse cada poco para saludar o hablar con gente que Nigel conocía o con gente que quería conocerlo. Por fin llegaron a sus asientos, cerca de la pasarela.

Antes de sentarse, Nigel le tomó la mano a Lillian y se inclinó para susurrarle:

—Tengo que ir entre bastidores a ver cómo van los preparativos. ¿Quieres venir conmigo o prefieres quedarte?

Ella le apretó la mano con fuerza y se mostró más emocionada de lo que hubiera esperado. Le brillaban los ojos.

—Prefiero ir, si te parece bien.

Buscaron la entrada a la parte de atrás del escenario, que parecía un manicomio de gente corriendo de acá apara allá, chillando, llamando, tratando de oír y de ser oída por encima del sonido de las otras voces.

Nigel sabía más o menos dónde estaría el personal de Ashdown Abbey, y hacia allí se encaminó. Cuando llegaron, las modelos se hallaban en diferentes estadios de peinado, maquillaje y vestido.

En el centro se hallaba Michael Franklin, el jefe del equipo de diseñadores, que daba instrucciones, señalaba en una u otra dirección y controlaba que todos estuvieran trabajando. Aunque pareciera que la actividad era frenética, Nigel sabía por otros desfiles que se trataba de un caos controlado y que, cuando todo estuviera listo y comenzara el desfile, Michael y los demás se sentarían y afirmarían que todo había salido a la perfección.

Cuando el diseñador divisó a Nigel y Lillian, bajó los brazos, respiró hondo y sonrió.

«Es el momento de aparentar seguridad para que lo vea el jefe», pensó Nigel, divertido.

Aunque no se había alarmado por lo que contemplaba. Su experiencia le indicaba que lo que sucedía entre bastidores era normal, y Michael Franklin era capaz de coordinar las diferentes fases de la preparación.

—Señor Stratham —Franklin lo saludó y le estrechó la mano.

Nigel lo saludó a su vez y le volvió a presentar a Lillian antes de preguntarle cómo iba todo.

—Bien, muy bien —respondió Michael— aunque nos falta una modelo —añadió mirando alrededor por si estaba entre quienes los rodeaban—. Seguro que llegará, pero si no se presenta, aplazaremos la presentación del vestido color champán. Tenemos accesorios especiales para él, ya que es el último que desfilará.

Nigel hizo un mohín dudando si manifestar la idea que se le acababa de ocurrir, muy brillante en su opinión, aunque no tenía la certeza de que a Michael o a Lillian fuera a gustarles.

Al ver que fruncía el ceño, Michael creyó que estaba enojado y se apresuró a tranquilizarlo.

—No se preocupe, señor Stratham, todo está controlado. Si no viene la modelo, buscaremos a otra. Si hace falta, saldré yo mismo a lucir el vestido.

–En realidad –dijo Nigel, pensando que Lillian no se atrevería a darle una bofetada delante de todo el mundo– se me ha ocurrido una idea –se volvió hacia Lillian y la tomó del brazo–. ¿Por qué no sustituyes tú a la modelo?

Ella lo miró con los ojos como platos. Se había puesto muy pálida.

–¿Cómo? No seas ridículo.

–¿Qué tiene de ridículo? Eres hermosa, desenvuelta y muy capaz. Y los dos sabemos que estás preciosa con ese vestido. Me parece la solución ideal.

Antes de que ella pudiera replicarle, Nigel se dirigió a Michael.

–Mándala a que la peinen y la maquillen y vístela. Asegúrate de que tenga un aspecto magnífico para que sea el broche de oro del desfile.

–Nigel… –ella negó con la cabeza. Parecía al borde de un ataque de pánico.

Él se inclinó y la besó en la mejilla.

–Todo saldrá bien –le aseguró–. Estarás maravillosa.

Al ver que no parecía convencida añadió:

–Por favor, necesitamos que nos ayudes.

La oyó suspirar, supo que estaba a punto de acceder y no le dio tiempo a que cambiara de opinión.

–Ve –le ordenó empujándola hacia Franklin, que no tardó en agarrarla del brazo y llevársela para prepararla.

Con una sonrisa en el rostro, volvió a su asiento

a esperar lo que creía que sería el mejor desfile de su vida, y no desde el punto de vista profesional.

Horas después, Lily seguía temblando. En su vida había estado tan nerviosa, ni siquiera el primer día que trabajó como secretaria de Nigel.

¿En qué estaba pensando su jefe? No era modelo, sino diseñadora. Su lugar estaba al otro lado de la pasarela, fuera de los focos, no en la pasarela desfilando con cientos de ojos clavados en ella.

Nigel no lo sabía, por supuesto, pero eso no le daba derecho a vestirla y sacarla a desfilar sin habérselo consultado antes.

Había superado la prueba, incluso creía que había hecho un trabajo excepcional. Por lo menos no se había desmayado, sino que había recorrido la pasarela de un extremo al otro sin caerse encima de los espectadores.

Pero ¿y si alguien la había reconocido? Mucha gente la conocía como Lily Zaccaro. Aunque llevara el pelo más oscuro y se hubiera maquillado más de lo habitual para el desfile, era indudable que alguien se fijaría en ella y se preguntaría qué hacía desfilando para la competencia.

Si tenía suerte, la llamarían al móvil para preguntarle qué sucedía. Pero lo más probable era que la llamaran a su casa y hablaran con Juliet o Zoe. Sus hermanas no sabrían qué decir, pero sumarían dos y dos, la localizarían en Los Ángeles y se descubriría la estratagema.

Nigel se pondría furioso, y con motivo. Pero lo peor era que la echarían a patadas de Ashdown Abbey antes de haber averiguado quién le había robado los diseños.

¿Cómo se había metido en aquel lío?

Con las manos, trató de deshacer el peinado que había lucido en la pasarela para que el cabello le cayera de forma natural. Se había quitado el vestido del desfile y vuelto a poner el vestido veraniego que llevaba al llegar.

En cambio, el maquillaje tendría que dejárselo hasta que volviera al hotel y pudiera usar algodón y al menos un litro de leche desmaquilladora para quitárselo.

Estaba a punto de apartarse del espejo de cuerpo entero para salir de allí cuando unas manos la tomaron por la cintura y sintió que unos labios cálidos la besaban en el cuello. Por el espejo vio a Nigel detrás de ella.

—Has estado maravillosa —le susurró al oído—. Lo sabía.

Se separó de ella antes de que alguien se fijara en la familiaridad con que trataba a quien se suponía que simplemente era su secretaria y añadió:

—Al final, la modelo no se ha presentado, así que gracias por salvar el desfile.

—No hay de qué —contestó ella casi de mala gana. Después se volvió hacia él y cruzó los brazos con aire enfadado—. Podías haberme preguntado si quería jugar a las modelos antes de obligarme a salir contra mi voluntad. ¿Te haces una idea de lo aterrorizada que me sentía? Has tenido suerte de que no vomitara en uno de los vestidos ni me desmayara en medio de la pasarela y estropeara el espectáculo.

Para su sorpresa, él se echó a reír al verla enfadada.

–Tonterías. Has estado excepcional. Y no creo que nadie hubiera estado más hermosa que tú, ni siquiera una modelo profesional.

A pesar de que ella quería seguir enfadada, sus elogios estaban surtiendo efecto. Estaba contenta de haberle sido de ayuda cuando la había necesitado y de que a él le hubiera gustado su actuación.

Pero eso no alteraba el hecho de que estaba metida en un lío. No había sido muy acertado haber dormido juntos la noche anterior, pero deseaba volver a hacerlo.

Además debía preocuparse por si alguien la reconocía y se daba cuenta de que tenía una doble identidad, y por si Nigel se enteraba de lo que se proponía y la detestaba para siempre.

El corazón le dio un vuelco. Aunque le estuviera mintiendo, aunque lo que había entre ellos fuera ocasional y de escasa duración, la idea de que descubriera quién era ella en realidad, lo que había estado haciendo al fingir que era su secretaria, casi le llenó los ojos de lágrimas.

Podía soportar que su aventura romántica estuviera condenada al fracaso, pero ver en la mirada de Nigel que se sentía traicionado, y probablemente asqueado, después de lo que habían compartido… No, no quería que su relación acabara así.

Eso implicaba que debería extremar las precauciones a partir de ese momento y, para protegerse, no establecer más vínculos con él. No dejar que la afectara en el plano emocional.

De todos modos, lo más importante era volver a las oficinas de Ashdown Abbey en Los Ángeles y averiguar de una vez por todas quién le había robado sus diseños para la colección California.

Sin darse cuenta del rumbo que habían tomado sus pensamientos, Nigel le acarició los brazos desnudos y entrelazó sus dedos con los de ella.

–Si estás lista, podemos irnos. Tendremos que intercambiar cumplidos al abrirnos paso entre la multitud que hay fuera, pero el coche nos espera para llevarnos al hotel.

–¿No tienes que quedarte un rato a hablar con tus clientes?

–Ya lo he hecho. He hablado con algunos compradores al acabar el desfile, mientras te cambiabas, y he repartido tarjetas entre quienes pueden estar interesados en comprar nuestros diseños. Me llamarán al despacho el lunes.

–¡Qué rapidez! Creí que tendrías que quedarte el resto del día.

Él sonrió.

–A veces debo hacerlo. Pero, en la mayoría de los casos, estos eventos se prolongan para que disfrute el público. Quienes formamos parte de la industria ya nos conocemos, nos buscamos y vamos al grano. Además –susurró– no quiero quedarme a socializar con desconocidos cuando puedo pasar el resto del tiempo que nos queda en Miami a solas contigo.

Una oleada de deseo invadió a Lily. Contuvo la respiración y se pasó la lengua por los labios.

—Entonces, ¿volveremos pronto a Los Ángeles?

—Mañana, lo que nos deja el resto del día para disfrutar del sol y la arena.

Ella ladeó la cabeza y le dedicó una medio sonrisa.

—¿Para disfrutar del sol y la arena o de la suite en el hotel?

Él le devolvió la sonrisa y le guiño un ojo con malicia.

—Te dejo que elijas, pero ya sabes lo que deseo.

Ella negó con la cabeza mientras reía, incapaz de resistirse a su encanto.

Y aunque no fuera la decisión más acertada, dada la situación en que se hallaba, quería pasar la noche con él. Otra noche, los dos solos.

Era consciente de que eso contribuiría a aumentar el engaño y le haría más difícil separarse de Nigel, pero deseaba estar a solas con él el máximo tiempo posible. Serían minutos secretos, horas de intimidad y preciados recuerdos que guardaría toda la vida.

Aunque no tuviera futuro con Nigel, dado que le había mentido desde el principio, podía tener aquellos momentos, aquella noche. Y si solo podía aspirar a eso, iba a aferrarse a ello con ambas manos y a disfrutarlo.

—De acuerdo —afirmó ella lentamente—. Llévame a comer y después te diré lo que quiero hacer.

Él la miró dándole a entender que haría todo lo que estuviera en su mano para que tomara la decisión correcta, la de volver directamente al hotel para acabar desnudos, sudando y abrazados.

Ella se estremeció ante las imágenes que le desfilaban por la mente. Claro que acabarían así, pero a él no le vendría mal sufrir un poco ante la incertidumbre.

Nigel le ofreció el brazo y ella lo tomó. Cuando echaron a andar, él dijo:

—Me parece bien, pero recuerda que aún no he disfrutado de todo el tiempo que me corresponde en la cama grande de la suite. Sería una pena volver a casa sin haberle dado el uso adecuado.

Lily se mordió los labios para no soltar una carcajada. Parecía que ya había comenzado la campaña para pasar el resto del tiempo que les quedaba en Miami encerrados en la suite. Aunque no sabía por qué debían circunscribir sus actividades a la cama, por la que Nigel parecía tan preocupado. Al fin y al cabo, también estaban el sofá, el escritorio, la terraza, la ducha, el tocador…

Se apoyó en él sin importarle que alguien los viera y se diera cuenta de que entre ellos había algo más que una mera relación entre jefe y secretaria, y dijo:

—Lo tendré en cuenta.

El sofá, el escritorio, la cómoda, la ducha y la cama. Lo hicieron en todos lados, al menos en parte, salvo en la terraza, antes de dejar el hotel el domingo por la mañana para tomar el avión de vuelta a Los Ángeles.

Lily sabía lo peligroso que era dejarse llevar por Nigel y se lo había reprochado varias veces, mientras se hallaban recluidos en la suite, el estar haciendo lo que no debieran. Pero no podía evitarlo, por lo que decidió adoptar la actitud de no preguntarse por qué dejaba que las cosas continuaran de aquel modo, cuando sabía cómo acabarían, y de no reprocharse más tarde el haber sido una estúpida al consentir que se le fueran de las manos sus sentimientos por Nigel.

Por eso accedió finalmente a pedir al servicio de habitaciones que les subiera la comida, en vez de ir a un restaurante. Y por eso dejó que Nigel se sentara muy cerca de ella en el vuelo de vuelta y que mezclara el trabajo con murmullos sobre lo que más le había gustado de lo que habían hecho y lo que le gustaría que hicieran en el futuro, no en un futuro lejano, sino en cuanto aterrizaran.

Aunque Lily trató de resistirse, dejó que la convenciera de que lo acompañara a su casa desde el aeropuerto. Era una idea terrible, ya que así cavaría más hondo el agujero en que se había metido, un agujero de arenas movedizas que amenazaba con engullirla.

Pero había algo en los dedos de Nigel deslizándose por su muslo desnudo justo debajo del dobladillo de la falda, en su aliento rozándole la oreja. Revivía muchos recuerdos del tiempo que habían pasado encerrados en la suite del hotel y deseaba más.

Así que dejó que la convenciera, que la llevara del jet al Bentley que lo esperaba y que la condujera a su casa.

Se esperaba una mansión en Beverly Hills, con piscina, bolera y cosas por el estilo. En su lugar, un portero les abrió la puerta de un bonito edificio de ladrillo, no lejos de las oficinas de Ashdown Abbey. El piso de Nigel era el ático.

La vista era espectacular, al igual que la distribución y el mobiliario. Le explicó que lo había alquilado así y que era perfecto para él.

Le dio diez minutos para que observara lo que había a su alrededor mientras el chófer subía el equipaje y él servía unas copas de vino. Después la condujo al dormitorio, donde le ofreció una visita guiada a su enorme cama, las sábanas de seda y la pintura blanca del techo por encima de ellos.

Él la hubiera tenido allí durante horas, y a ella no le habría importado.

Cuando Lily comenzó a decir que debía irse a casa, él insistió en que se quedara a cenar. Ella se negó hasta que él se ofreció a cocinar. Era algo que tenía ganas de ver.

Por desgracia también tuvo que comerse lo que él cocinó con una sonrisa en los labios, ya que no tuvo el valor de decirle que sus habilidades culinarias necesitaban mejorar.

Después de cenar, él volvió a seducirla y, demasiado cansada para protestar, se quedó a dormir con él. Por la mañana tenían que ir a la oficina.

Por suerte, Lily tenía ropa de sobra en la maleta.

Nigel la dejó a dos manzanas antes de las oficinas de Ashdown Abbey para que pareciera que llegaba sola. La siguió unos minutos después.

A partir de aquel momento y en los días siguientes, tontearon en el despacho intercambiando miradas ardientes incluso cuando no estaban solos. Y ella acabó prácticamente mudándose a casa de Nigel. Era cómodo y le resultó más fácil de lo esperado. Pasaban mucho tiempo juntos y ella se quedaba a dormir en su casa.

Lily comenzó a fantasear con la posibilidad de pasar el resto de su vida con Nigel, y cada vez estaba más cerca de enamorarse. Pero no lo estaba de descubrir al ladrón de sus diseños. Todo el tiempo que pasaba con Nigel no podía dedicarlo a investigar los archivos de Ashdown Abbey.

Al cabo de una semana de representar los papeles de jefe y secretaria que tenían una relación profesional y de pasar las noches como una pareja de excitados adolescentes, Lily se dio cuenta de que tenía que volver al buen camino.

Había tenido la suerte de que su desfile por la pasarela no hubiera tenido consecuencias. Parecía que a los medios de comunicación les interesaban más los modelos que quienes los lucían. El peinado y el excesivo maquillaje habían contribuido asimismo a que no la reconocieran.

Pero a pesar de no ser capaz de romper con Nigel por completo, se aclaró las ideas lo suficiente como para insistir en pasar la noche sola, en su piso.

Lily no se había llevado el teléfono móvil a Florida, sino el que Ashdown Abbey le había proporcionado para hacer su trabajo. Y se hallaba tan distraída por su imprevista estancia en el ático de Nigel que se había olvidado de agarrarlo la única vez que había estado en su casa. Seguía en la mesilla de noche, al lado de la cama, exactamente donde lo había dejado.

Cuando por fin llegó al piso, sola, y fue capaz de tomar aliento, aclararse las ideas y centrarse, lo encendió y observó que el buzón de voz estaba lleno de mensajes.

Como sospechaba lo que oiría, y de quién serían la mayor parte de ellos, a punto estuvo de no escucharlos, pero sabía que tenía que hacerlo. Se quitó los zapatos y deambuló por el salón recogiendo papeles, carpetas y cuadernos mientras los mensajes iban sonando.

Como era de esperar, había varios de su hermana Juliet.

—¿Dónde estás? ¿Por qué no dices en la nota adónde vas? ¿Por qué no me devuelves las llamadas? Llámame, por favor. Nos tienes preocupadas.

Lily experimentó un gran sentimiento de culpa mientras la voz de su hermana se volvía más frenética.

Después había mensajes de Reid McCormack, el detective privado, que parecía furioso, aunque Lily no tenía idea de por qué. Al fin y al cabo trabajaba para ella. ¿No debiera ser ella la que estuviera enfadada por su falta de progresos, y no al revés?

Sus dos primeros mensajes eran educados; se limitaba a pedirle que lo pusiera al día o que lo informara de si había encontrado alguna relación entre Ashdown Abbey y el robo de sus diseños. Sin embargo, enseguida se transformaban en exigencias de que respondiera a sus llamadas y en amenazas de poner fin a su relación laboral si no les explicaba todo a sus hermanas.

Lily se frotó el entrecejo porque comenzaba a dolerle la cabeza. Se suponía que aquello debía haber sido muy sencillo, pero las cosas se habían complicado. Ella debía haber sido la única implicada, pero el asunto se había extendido y afectaba a otras personas, a las que quería y deseaba proteger.

Lanzó un suspiro y calculó la diferencia horaria entre la Costa Oeste y la Costa Este. Si esperaba un poco podría llamar a su casa en Nueva York y dejar un mensaje para sus hermanas cuando ninguna de las dos estuviera en casa, y así podría tranquilizarlas, sobre a todo a Juliet, decirles que estaba bien y que esperaba volver pronto, sin tener que explicarles dónde se hallaba ni lo que estaba haciendo.

Porque si Juliet o Zoe contestaban a su llamada, le harían innumerables preguntas, la someterían al tercer grado, sin que ella pudiera decirles la verdad. Aún no.

Eso la llevaba al siguiente y más importante elemento de la lista de cosas que debía hacer. Tenía que averiguar cómo Ashdown Abbey había copiado sus modelos para la colección California.

Dejó en la mesita frente al sofá toda la información que había recopilado hasta aquel momento de los anales de Ashdown Abbey, fue al dormitorio, se quitó el vestido que llevaba y se puso un cómodo pijama de algodón.

Volvió al salón, se preparó una cafetera, que supuso que sería la primera de varias, y se sentó en el suelo con las piernas cruzadas y la espalda apoyada en el sofá.

Teniendo en cuenta la investigación que había llevado a cabo y la información que había reunido, no entendía por qué no había conseguido averiguar quién era el ladrón. Tenía que estar allí, oculto y escondido de tal modo que se le escapaba. Creía tener la respuesta frente a ella. Si supiera dónde buscarla exactamente… o exactamente lo que buscaba.

Necesitaba otro par de ojos. A sus hermanas, al menos a Juliet, se les daría muy bien revisar todas aquellas páginas llenas de datos. Pero su intención era no implicarlas.

Otra excelente opción era el detective, pero Juliet se había puesto en contacto con él después que ella, por lo que el hombre se hallaba en un dilema, desde su punto de vista, aunque no desde el de Lily. De todos modos, explicaba la agresiva actitud de Reid McCormack.

Al pensar en él volvió a sentirse culpable.

«Vale, vale», se dijo para tranquilizar su conciencia. Agarró el móvil y marcó el número de la oficina del detective. Deseó que no estuviera, para dejarle un mensaje que escuchara cuando ella no se hallara al otro extremo de la línea y no pudiera descargar en ella su furia.

Por suerte, fue el buzón de voz el que recibió la llamada.

–Señor McCormack, soy Lily Zaccaro –dijo, y prosiguió rápidamente, sabiendo que no tenía mucho tiempo antes de que la comunicación se cortara–: Siento no haberme puesto en contacto con usted. He recibido sus mensajes y le prometo que estoy a punto de acabar aquí. No voy a comunicar a mi hermana Juliet mi paradero, pero voy a llamarla y a decirle que estoy bien y que le explicaré todo al volver a Nueva York. Siento haberle causado problemas, pero le ruego que no diga nada a mis hermanas. Gracias.

Colgó. El corazón le latía a toda prisa. Esperaba haber dicho lo correcto, haber conseguido algo más de tiempo y que el enfado del detective hubiera disminuido.

Pensó en llamar a su hermana seguidamente, pero era domingo por la tarde y, aunque la tienda estaba abierta, era el día en que las tres libraban, por lo que probablemente Juliet y Zoe estuvieran en casa. Esperaría al día siguiente, cuando ambas estuvieran en la tienda y no pudieran responder al teléfono. El mensaje las estaría esperando cuando volvieran a casa y haría que se sintieran menos preocupadas por ella.

Una vez decidido, volvió a los papeles y las notas, examinándolos detenidamente, como ya había hecho varias veces. Y, sin embargo, algo se le escapaba ya que, de lo contrario, el misterio se habría resuelto.

Siguió examinándolos unas horas mientras bebía café para mantenerse despierta, organizándolos y volviéndolos a organizar, suspirando y volviendo a suspirar.

Estaba repasando los detalles de la colección California, memorandos, instrucciones, listas de proveedores y bocetos, cuando algo atrajo su atención. Se enderezó con el papel en la mano para acercárselo a los ojos.

Al final, en el extremo izquierdo, escrito en una letra más pequeña que la de una nota a pie de página, había un número o, mejor dicho, un código, mezcla de números y letras: COL_CA–47N6BL924.

Carecía de significado para ella, salvo el de servir para identificar la colección California. Y tal vez no hubiera llegado a verlo a no ser porque el cansancio le desdibujaba las letras.

Tomó la página siguiente y encontró lo mismo en la parte inferior izquierda. Y en las siguientes.

Se le aceleró el pulso. Aquello podía querer decir algo. No sabía el qué, desde luego, ni estaba segura de cómo averiguarlo.

Tuvo una corazonada. Se levantó de un salto y corrió hacia el portátil. Gracias a su puesto de secretaria del presidente de Ashdown Abbey, podía acceder al sistema informático de la empresa desde casa.

Cuando entró, tardó veinte o veinticinco minutos en encontrar algo remotamente parecido al código, y otros quince en descodificarlo.

Descubrió que era un identificador de los bocetos y de otros datos relacionados con la colección California. Y, milagrosamente, la condujo a una recopilación de los bocetos originales de la colección.

Eran más básicos que los que ya había examinado, hechos a mano con carboncillo y pinturas. Los aumentó de tamaño y los pasó uno a uno como si fueran una galería de fotos.

Se puso furiosa. Si los modelos finales se parecían a su trabajo, los esbozos originales eran un calco. Alguien le había robado sus creaciones y las había transformado en prendas más adecuadas al estilo de Ashdown Abbey.

Trató de calmarse y volver a centrarse. Comenzó a escudriñar cada detalle de los diseños e inmediatamente se dio cuenta de que todos estaban firmados con las mismas iniciales: IOL.

Frunció el entrecejo. Normalmente, en los equipos de diseñadores, a nadie se le reconocía que hubiera tenido la idea inicial, precisamente porque se trabajaba en equipo. Había sospechado que alguien había utilizado sus diseños a modo de sugerencia para la colección California, no que ese alguien hubiera presentado bocetos completos, prácticamente idénticos a los suyos, que se habían incorporado a la colección.

Parecía que se había equivocado desde el principio a la hora de orientar la investigación. Tuvo ganas de darse de cabezazos contra la pared, aunque reconoció que tipos como McCormack eran dignos de admiración, ya que se dedicaban a aquello para ganarse la vida.

Era evidente que estaba mejor encerrada en el estudio entre tejidos e hilos de todos los colores que jugando a los detectives.

Sin embargo, ya era tarde para abandonar. Había llegado demasiado lejos y, por fin, estaba a punto de desentrañar aquel feo misterio.

Tecleó durante un par de minutos en el teclado del ordenador y halló la lista completa de empleados relacionados con la colección California, que comenzó a examinar, sin hallar a nadie con las iniciales IOL. Lanzó una maldición.

Los dientes le rechinaron debido a la frustración, tamborileó con los dedos en la mesita y pensó en cuál sería el paso siguiente.

¡Las nóminas!

Accedió a los archivos de Recursos Humanos y halló la nómina de todos los empleados de Ashdown Abbey, fuera cual fuera su puesto: desde Nigel, el presidente, hasta las personas que iban a limpiar las oficinas por la noche. Los examinó para ver si alguno coincidía con las tres iniciales que buscaba.

Había montones de apellidos que comenzaban por L y solo unos cuantos nombres que lo hacían por I. Pero siguió buscando al tiempo que contenía la respiración con la esperanza de que apareciera ante sus ojos el misterioso IOL.

Allí estaba. Soltó el aire mientras se le contraía el estómago y el corazón le latía a toda prisa.

Isabelle Olivia Landry: IOL.

Bella.

Lily se recostó en el borde del sofá. Estaba mortalmente pálida. ¿Bella? ¿La amiga de Zoe?

. Lo había pensado al encontrarse con ella, pero no creyó que fuera posible.

¿De verdad había hecho Bella aquello a su amiga, a las hermanas de su amiga, a la empresa de su amiga?

¿Qué motivo había tenido para hacerlo? ¿Y cómo se las había arreglado?

Pero tenía lógica, desde luego. Cuanto más pensaba en ello, cuanto más recordaba, más cosas encajaban.

Bella y Zoe eran amigas, y Bella había visitado a su hermana recientemente. Se había alojado en su casa, había recorrido el estudio donde trabajaban en casa y el espacio donde trabajaban en la parte de atrás de la tienda. Estaba segura.

No podía echar la culpa a Zoe por haberle enseñado a su amiga dónde trabajaban. Tanto Lily como Juliet lo hacían con sus amigos: les mostraban su lugar de trabajo y los diseños que estaban preparando. Ninguna de ellas pensaría que un amigo les fuera a robar las ideas para presentarlas como suyas ni que fuera a venderlas a otro diseñador.

La traición era obra exclusiva de Bella. Pero Lily quería saber cómo lo había hecho y por qué.

¿Solo con un vistazo había memorizado todos los detalles o había robado literalmente los bocetos a sus espaldas para copiarlos?

Los ojos se le llenaron de lágrimas y apretó los puños. Estaba triste y furiosa a al vez, aliviada por haber resuelto el enigma, pero temerosa de lo que iba a pasar.

Tenía que enfrentarse con Bella, desde luego.

O tal vez no, tal vez debiera entregar las pruebas

a la policía, o a Reid McCormack para que siguiera investigando y reuniera más pruebas contra Bella.

Y así podría llevar a juicio a alguien que había sido amiga íntima de su hermana. Solo de pensarlo le entraban ganas de vomitar.

Pero tenía que hacerlo. Había averiguado la verdad, pero la suya era una victoria hueca.

Sin embargo, era la razón por la que se había marchado de casa sin decir a sus hermanas adónde iba, y por eso Juliet se había preocupado tanto por su paradero; la razón por la que había ido a Los Ángeles y conseguido un empleo en una empresa de la competencia bajo nombre falso; por la que se había dejado llevar por sus sentimientos hacia Nigel y había iniciado una relación con él que acabaría mal, muy mal.

Si no tomaba medidas contra Bella por robarle los diseños, todo habría sido inútil.

¿No?

Capítulo Doce

Había cosas que el maquillaje no disimulaba, como las ojeras de Lily. No recordaba haber pasado una noche peor en su vida.

Se había pasado horas deambulado por el piso mordiéndose las uñas, pensando con desesperación qué debía hacer.

¿Enfrentarse a Bella ella sola?, ¿llamar a Reid McCormack para pedirla ayuda?, ¿volver a casa y contarle todo a sus hermanas? Tal vez hablarlo con ellas la ayudara a decidirse sobre qué hacer. Además, como Zoe era amiga de Bella merecía tener voz en aquel asunto.

Pero, con independencia de lo que hiciera con Bella y Modas Zaccaro, lo más difícil era decidir qué hacer con Nigel.

Le producía pánico pensarlo. A lo largo de la noche pensó muchas veces en volver a Nueva York sin decir nada ni a él ni a nadie de Ashdown Abbey. Y, de hecho, comenzó a hacer las maletas porque, hiciera lo que hiciera, volvería a casa muy pronto.

La idea de ver a Nigel de nuevo le producía miedo y emoción al mismo tiempo.

La odiaría, desde luego. Se pondría furioso antes de ordenar que la sacaran de allí como a una

137

vulgar criminal. Y a Lily le estaría muy bien empleado.

El pulso se le fue acelerando a medida que se acercaba a su escritorio y al despacho de Nigel. Antes de salir de casa había vuelto a llamar a Reid Mc-Cormack. Al principio, él se había mostrado lacónico y enfadado. Pero su enfado desapareció cuando ella le explicó lo que realmente hacía en Los Ángeles y lo que había descubierto. Concertaron una cita la semana siguiente para que ella le llevara todo lo que tuviera al despacho, de modo que el detective pudiera echarle un vistazo. Después decidirían qué harían a continuación.

Luego había llamado a sus hermanas. En vez de el mensaje que pensaba dejarles antes de haber descubierto quién estaba detrás de los robos, les dijo dónde estaba y que volvería a casa en el plazo de unos días. Les aseguró que estaba bien y que se lo explicaría todo a la vuelta. Acabó el mensaje diciéndoles que tenían que hablar de muchas cosas.

¡Vaya si tenían! Solo esperaba que aquella situación no acabara provocando una ruptura entre ellas.

Después tomó el bolso y la carta que había estado escribiendo casi toda la noche. Camino del despacho de Nigel, la tinta debía de estar corriéndose, debido al sudor de la palma de su mano, y volviéndose ilegible.

Tragó saliva con fuerza, dejó el bolso en su escritorio y se dirigió al despacho de Nigel con la carta en la mano.

Temblando de pies a cabeza, alzó el brazo de mala gana y llamó a la puerta. Nigel contestó de inmediato diciéndole que entrara. Al oír su voz, ella se estremeció.

Abrió la puerta y entró. Cuando él la vio se le iluminó el rostro.

A Lily se le cayó el alama a los pies. Qué guapo era, qué encantador, masculino y seguro de sí mismo. Y últimamente había comenzado a mirarla como si ella pudiera llegar a significar algo para él.

Él, desde luego, significaba para ella mucho más de lo que en un principio se hubiera imaginado, teniendo en cuenta que creía que podía estar implicado en el robo de sus diseños.

Le partía el corazón pensar en dejarlo, en decirle quién era en realidad y por qué había trabajado para él.

Se había enamorado de un hombre que en cuestión de segundos solo sentiría desprecio por ella.

–Lillian –dijo él, y el sonido de su nombre, en sus labios estuvo a punto de llenarle los ojos de lágrimas.

Echó hacia atrás la silla y se levantó. La abrazó antes de que ella se diera cuenta y pudiera impedirlo y la besó en la mejilla y después en la boca.

La invadió una oleada de calor que estuvo a punto de anularle el pensamiento y apartarla de su resolución de decirle la verdad. No pudo evitar besarlo, pero cerró los puños para no ponerle las manos en los hombros ni en el pelo.

No supo si él se había dado cuenta de su reticencia, ya que seguía sonriendo cuando se separaron, lo cual hizo que se sintiera aún más culpable.

Nigel le apartó un mechón del rostro y se lo colocó detrás de la oreja.

–¿Has venido temprano para jugar a ser una secretaria traviesa? No se me ocurre mejor forma de empezar la jornada, y con mucho gusto apartaré todos los papeles para que podamos utilizar el escritorio.

Lily se quedó sin aliento. Negó con la cabeza y se tragó las lágrimas.

Al ver su reacción, él entrecerró los ojos y se puso serio.

–Lillian –dijo mientras le tomaba la mano y se la apretaba ligeramente– no tienes buen aspecto. ¿Qué te pasa?

Ella carraspeó sin estar segura de ser capaz de decir lo que debía sin derrumbarse.

–¿Puedo hablar contigo? –preguntó con voz débil.

–Por supuesto.

Seguía agarrado a su mano y la condujo a una de las sillas que había frente al escritorio. Él se sentó en la otra después de haberla girado hacia ella.

–¿Qué te pasa? –repitió, preocupado.

Ella le entregó la carta esperando que no notara que estaba temblando.

–Es para ti.

Mientras él abría el sobre y sacaba la carta, ella se le adelantó porque sabía que si no le contaba todo antes de que él leyera su carta de dimisión no lo haría nunca.

–Te he mentido. Llevo fingiendo todo el tiempo. Me llamo Lily Zaccaro y soy dueña de Modas Zaccaro, en Nueva York. Vine a Los Ángeles y comencé a trabajar para ti porque alguien me había robado mis últimos diseños y los había utilizado para crear vuestra colección California. Probablemente debiera haber manejado este asunto de otro modo. Lo siento —se apresuró a añadir antes de hacer una pausa para respirar.

—Sé que me odiarás por lo que he hecho, pero quiero que sepas que no he hecho nada que pueda perjudicarte a ti o a la empresa. He investigado únicamente para averiguar quién había tenido acceso a mis diseños que también hubiera intervenido en la colección California. No vine a espiarte ni a robar secretos de la empresa, ni nada parecido, te lo juro.

Parpadeó varias veces para evitar que las lágrimas se le derramaran y tragó saliva para deshacer el nudo que la emoción le había formado en la garganta.

La expresión de Nigel, que unos segundos antes era relajada y placentera, se había vuelto fría y dura al sentirse decepcionado y traicionado. Miró la carta que tenía en la mano como si no entendiera lo que estaba sucediendo. Ella no supo si no había oído lo que le había dicho o si lo había oído y no soportaba mirarla.

Permaneció inmóvil, temerosa de moverse, de respirar. Se limitó a esperar y a prepararse para la reacción de Nigel, por desagradable que fuese.

Él alzó la cabeza y la miró fijamente a los ojos. Lo que ella vio le atravesó el corazón como un puñal: dolor, confusión y traición.

–Te marchas –afirmó con voz monótona–. No eres quien decías ser y, como ya tienes lo que buscabas, te vas.

Ella no supo qué era peor: haber tenido que explicarle lo que había hecho u oírle resumirlo tan sucintamente.

Solo pudo asentir, llena de remordimientos.

–Sí.

Se produjo un doloroso silencio.

Nigel contrajo las mandíbulas. Dirigió la vista hacia un punto alejado de la habitación y se negó a volver a mirarla.

Pasó un minuto y después otro mientras ella se devanaba los sesos buscando algo que decir. Pero ¿qué más había que decir? Le había confesado quién era y por qué había fingido ser su secretaria. Cualquier cosa que añadiera para llenar el silencio solo empeoraría las cosas.

Por eso se mordió la lengua y se dispuso a escuchar los merecidos reproches de Nigel.

En lugar de eso, él se puso de pie, se sentó en su silla tras el escritorio y puso las manos en él.

–Vete –dijo por fin.

Lily se humedeció los labios, tragó saliva y deseó que el corazón le dejara de latir tan deprisa. Abrió la boca para hablar, aunque no sabía lo que iba a decir, pero él se lo impidió.

La taladró con la mirada y dijo con voz helada:

–Acepto tu dimisión. Ahora, vete.

No era lo que ella se esperaba. Creyó que se enfadaría y gritaría, que se sentiría herido y que le lanzaría horribles acusaciones. Aquella respuesta tranquila y resignada era mucho peor: desgarradora y definitiva.

Ella asintió con la cabeza y apretó los dientes para no emitir ni un solo sonido, sobre todo porque estaba a punto de sollozar.

Se levantó y se dirigió a la puerta. Extendió una mano temblorosa y agarró el picaporte antes de volver la cabeza y decir:

—Lo siento, Nigel.

Sin esperar a que le respondiera, salió del despacho y fue hacia los ascensores a toda velocidad con las esperanza de subirse en uno antes de derrumbarse.

Un mes después

Lily se hallaba detrás del mostrador de la tienda de Modas Zaccaro mirando los maniquíes de porcelana que llevaban sus diseños; los bolsos de Juliet y los zapatos de Zoe; y a los clientes que daban vueltas por la tienda.

Dirigió la atención a le entrada de la tienda. Tal vez fuera hora de volver a cambiar el escaparate. Lo había hecho doce veces en las cuatro semanas anteriores, cuando normalmente lo hacía una vez al mes.

Sus hermanas pensaban que estaba mal de la cabeza. Zoe se lo había dicho unos días antes, cuando la alarma antiincendios había vuelto a saltar porque

Lily había dejado algo cocinándose y se había olvidado de apagarlo.

Deseaba poder atribuirlo a la pasión creativa, que la distraía y la llevaba al borde de la psicosis. Daría lo que fuera por tener ideas nuevas sobre diseños y la necesidad de ponerlas en papel, porque de ese modo estaría despierta toda la noche trabajando.

Pero no era así. Desde que había vuelto de Los Ángeles solo había dibujado garabatos sin sentido que nada tenían que ver con la moda y había sido incapaz de ponerse a coser.

Su corazón estaba en otra parte: se le había quedado en Los Ángeles, con el presidente británico de una empresa que probablemente desearía no haberla conocido.

Sintió una opresión en le pecho al pensar en Nigel y en la expresión de su rostro cuando le había dicho que se marchara, que ya no era bienvenida en su despacho ni en su empresa ni en su vida.

No lo había dicho en voz alta, pero ella lo había oído con claridad.

En aquel asunto solo una persona había resultado herida, y agradecía que no hubieran sido más.

Al volver a Nueva York les contó todo a sus hermanas: que se había dado cuenta de que le habían copiado los diseños y que había elaborado un plan para atrapar al ladrón; y la desgraciada aventura que había tenido con Nigel. Y le había dicho a Zoe que la ladrona era su amiga Bella.

Como esperaba, Zoe se quedó destrozada, pero

también se puso furiosa, y se sentía culpable por haber metido a Bella en su casa y en el estudio.

Pero Lily y Juliet no se lo echaron en cara, como tampoco sus hermanas reprocharon a Lily que se hubiera marchado a Los Ángeles en secreto y sin decirles nada de lo que tramaba.

Tras una larga y agotadora conversación que duró buena parte de la noche, las tres acordaron entregar la información y las pruebas que Lily había obtenido a Reid McCormack para que las investigara.

Si Reid consideraba que las acusaciones eran fundadas, y las tres sabían que acusaciones como aquellas sobre licencias creativas eran difíciles de probar, seguirían adelante, aunque eso supusiera llevar a juicio a Bella Landry.

A pesar de lo afectada que se estaba, denunciar a Bella era algo que Lily detestaría tener que hacer.

De todos modos, las heridas de su corazón cicatrizarían, y el sentimiento de culpa que experimentaba por haber traicionado y mentido al hombre al que quería acabaría por desaparecer. Era lo que esperaba.

Sin embargo, sin el amor, el apoyo y el perdón de su familia no sería capaz de salir adelante, sobre todo del de sus hermanas, que eran también sus mejores amigas.

—¡Lily!

Lily se sobresaltó al escuchar su nombre en voz alta en el oído. Se volvió y vio que Zoe estaba a su lado y parecía muy enfadada. Con el ceño fruncido y los brazos en jarras, negó con la cabeza.

–Te juro que estos días estás hecha una inútil.

Después lanzó un suspiro y suavizó el tono de voz. Inclinó la cabeza hacia su hermana y le dijo:

–Hay alguien que quiere hablar contigo.

Lily miró hacia donde lo hacía Zoe. El corazón se le detuvo al ver a Nigel al fondo de la sala. Examinaba las estanterías donde se exhibían los mejores y más caros zapatos que Zoe había diseñado.

Al volver a verlo, Lily contuvo el aliento. Se olvidó de tomar aire hasta que el pecho comenzó a arderle y la cabeza a darle vueltas.

–¿A qué esperas? –susurró su hermana.

Lily negó con la cabeza al tiempo que trataba de llevar saliva a su reseca garganta. Era incapaz de moverse. Se había quedado de piedra.

Zoe lanzó una exclamación de disgusto y le puso la mano en la espalda a su hermana para obligarla a salir de detrás del mostrador. A continuación la empujó ligeramente en la dirección adecuada.

–Ve –le ordenó en voz baja, y añadió–: Y esta vez no metas la pata.

Nigel vio por el rabillo del ojo que Lily se dirigía hacia él. Tuvo ganas de volverse, salvar la distancia que los separaba y abrazarla con todas sus fuerzas. Pero, en lugar de ello, se quedó donde estaba mientras trataba de controlar su expresión y de evitar que el corazón se le saliera del pecho.

¡Cuánto la había echado de menos! A pesar de lo enfadado que estaba con ella, a pesar de lo dolido que se sentía porque le hubiera mentido y hubiera fingido ser quien no era, echaba de menos verla, acariciarla, oír su risa, ver sus labios curvarse en una sonrisa…

Desde que se había marchado, cada día había deseado que volviera. Después se maldecía por ser tan débil y ridículo, por haberse dejado engañar con tanta facilidad por las artimañas de una mujer.

Y no era la primera vez, ya que parecía que había caído en los mismos errores con Lily que con Caroline.

Y, sin embargo, allí estaba. Había atravesado el país para volver a verla y obtener respuestas a las preguntas que no le había hecho, por estar furioso, antes de que ella se fuera de Ashdown Abbey y volviera a su verdadera vida en Nueva York.

El asunto era si sería capaz de hacérselas y esperar a que le respondiera sin abrazarla.

Cuando ella estaba ya muy cerca, se volvió a mirarla. Verla fue como si hubiera recibido un puñetazo en el estómago. Si no se hubiera quedado sin respiración, el aire le hubiera salido como un soplido.

Cerró los puños tratando de que ella no notara reacción alguna por su parte, aunque, en su interior, una manada de caballos salvajes corría desbocada por sus venas.

Ella se detuvo muy cerca de él.

–Nigel –dijo con voz temblorosa–. Después se pasó la lengua por los labios con nerviosismo–. Quiero decir, señor Stratham.

Su vacilación calmó a Nigel, porque se dio cuenta de que estaba tan insegura como él ante aquella inesperada visita.

–Nigel está bien –respondió–. ¿Podemos hablar en privado?

Lily se volvió a pasar la lengua por los labios y miró a su alrededor.

Él observó que había unos cuantos clientes en la tienda y, detrás del mostrador, una mujer rubia que se parecía mucho a Lily y que lo miraba con curiosidad. Se preguntó si sería su hermana. Cuando sus miradas se encontraron, ella frunció el ceño. Era indudable que era su hermana.

Después de que Lily le hubiera confesado su verdadera identidad y que le había mentido, se había puesto furioso y estaba dispuesto a buscar la forma de hacer que pagara por haberlo engañado. Así que contrato a un detective privado para averiguar todo lo que fuera posible sobre ella.

Era de familia rica, pero había abierto la tienda en la que trabajaba sin ayuda de sus padres.

Tenía dos hermanas, una mayor y otro menor que ella, que eran socias del negocio. Entraron en él después de que Lily acabara sus estudios de diseño, pero parecían tener el mismo talento que ella.

La mayor, Juliet, diseñaba bolsos y otros accesorios; la menor, Zoe, diseñaba zapatos muy atractivos y modernos.

Lily diseñaba toda la topa de Modas Zaccaro, y lo hacía muy bien. Si Nigel hubiera sabido el talento que tenía antes de lo que había pasado, la hubiera contratado, ya que hubiera sido una gran baza para la empresa.

Y se había visto obligado a reconocer algo más, después de la investigación que el detective había llevado a cabo: Lily tenía razón en cuanto a que en Ashdown Abbey habían copiado sus diseños. Seguía sin estar del todo claro cómo había sucedido, pero Nigel había descubierto que había relación entre una de las empleadas de su empresa y una de las hermanas de Lily, así como la evidente semejanza entre la estética de Lily y la de la reciente colección California de Ashdown Abbey, por lo que estaba seguro de que no se trataba de una coincidencia.

Lily hizo un gesto con la cabeza para indicar que la siguiera y se dirigió al fondo de la tienda, donde había una puerta en que ponía: «Solo personal».

Al abrirla, Nigel observó que era en parte almacén y en parte taller. Había máquinas de coser, mesas, maniquíes e instrumentos de trabajo, pero ninguna persona..

Nigel se volvió hacia Lily.

–¿Por qué has venido, Nigel?

Directa al grano. Y había recuperado parte de su seguridad habitual, que era una de las cosas que había admirado en ella desde un principio.

–Creo que tenemos que hablar –afirmó él con franqueza–. Te marchaste tan deprisa que no tuvimos tiempo de hablar de las razones que tenías para estar en Ashdown Abbey.

Lily fue a decir algo, pero él alzó la mano para detenerla.

–Sé que es culpa mía porque te dije que te marcharas. Estaba tan sorprendido y enfadado por tu confesión que no quise conocer toda la historia. Pero he tenido tiempo de calmarme y reflexionar, y tengo una serie de preguntas a las que solo tú puedes responder.

Ella tardó unos segundos en asentir.

–Muy bien. Siento mucho lo que hice… mentirte. Te diré lo que quieras saber.

Así de sencillo. De repente, él no supo qué decir. Llevaba semanas dando vueltas a las muchas preguntas que quería hacerle y, cuando la tenía delante, dispuesta a decirle lo que deseara, lo único que de verdad quería era acercarse a ella, abrazarla estrechamente y besarla hasta que el mundo despareciera.

El silencio era casi ensordecedor. Ella lo miraba, esperando.

Él resopló al tiempo que se decía que debía hacer aquello para lo que había venido de tan lejos.

Pero, de nuevo, solo se le ocurrió un pensamiento. No fue el deseo de besarla, que seguía allí, sino la pregunta que más deseaba hacerle.

–El tiempo que estuvimos juntos en Florida –dijo con voz tensa de la emoción– y cuando volvimos a Los Ángeles… ¿significó algo para ti o formaba parte de tu estrategia?

Ella tardó varios segundos en responder. A Nigel, el corazón le latía con tanta fuerza que tuvo miedo de que ella lo oyera.

Por fin, ella entreabrió los labios. Tenía los ojos empañados y la voz quebrada al decir:

—Lo significó todo.

Nigel sintió un inmenso alivio… y muchas otras cosas.

—¡Oh, Nigel! —suspiró ella al tiempo que corría hacia él y lo agarraba de los brazos—. Siento mucho todo lo ocurrido. Solo trataba de averiguar lo que había pasado con mis diseños. Sabía que me los habían robado, pero no cómo ni quién lo había hecho. También sabía que me tacharían de loca si comenzaba a lanzar acusaciones sin tener pruebas. Solo quería curiosear un poco para ver qué podía descubrir. No era mi intención mentirte y mucho menos hacerte daño, te lo juro.

Negó con la cabeza y apartó la mirada durante unos segundos. Al volver a mirarlo, las lágrimas le corrían por las mejillas. Nigel tragó saliva para contener la emoción que le crecía en el pecho.

—Lo que ocurrió entre nosotros —prosiguió ella— no formaba parte del plan, pero no lo lamento. Mis sentimientos hacia ti fueron totalmente inesperados e hicieron que todo me resultara más difícil. Pero eran verdaderos.

Le soltó los brazos y dio un paso atrás. Se sentía mejor después de haberle dicho la verdad.

Tal vez él no sintiera lo mismo, pero no quería que creyera que se había acostado con él como un medio para conseguir sus fines, que lo había seducido para utilizarlo.

Se había quitado un peso de la conciencia al decirle la verdad, pero lamentaba haber tenido a Nigel tan poco tiempo y haberlo perdido por su estupidez.

Respiró hondo esperando su reacción. ¿Se reiría de ella? ¿Fruncíría el ceño al ver que otra de sus secretarias se había enamorado de él?

A Lily no le sorprendería que todas lo hubieran hecho. Ella solo había trabajado unas semanas para él y estaba perdidamente enamorada.

Pero él no se burló ni frunció el ceño, sino que la siguió mirando a los ojos.

—Lo siento —se disculpó ella—. Supongo que he dicho más de lo que querías oír y que tienes más preguntas.

Él continuó mirándola sin decir nada durante unos segundos.

—Debo reconocer que me has decepcionado —dijo al fin.

A Lily se le cayó el alma a los pies. Le había abierto el corazón, había estado a punto de lanzarse a sus brazos y rogarle que la quisiera. Y él estaba decepcionado.

—¿Te he dicho que has sido la mejor secretaria que he tenido? Y resulta que eres diseñadora de moda. ¿Sabes lo que eso significa? Que tendré que volver a hacer entrevistas para encontrar una nueva secretaria.

Lanzó un suspiro y prosiguió.

—Supongo que es lo mejor, ya que los rumores se disparan cuando un jefe comienza a salir con sus secretaria. No estará tan mal considerado si somos rivales en el mundo del diseño.

Lily se había perdido. Lo que decía Nigel no tenía sentido.

–No te preocupes. No voy a contarle a nadie lo que ha habido entre nosotros.

–Pues alguien se lo imaginará cuando nos vea juntos.

Lily frunció el ceño, presa de confusión, que aumentó cuando él le sonrió con paciencia y amabilidad.

–Cuando entré tenía muchas preguntas, más de las que te imaginas, pero solo una me importaba. Y ya la has contestado.

Le acarició la mejilla. Ella sintió una oleada de placer ante aquel breve contacto. Él siguió hablando mientras la continuaba acariciando.

–Que conste que el tiempo que hemos pasado juntos también ha significado algo para mí. Ha sido la primera vez que he tenido una relación con una empleada de la empresa o con una de mis secretarias. Pero contigo… –negó con la cabeza al tiempo que sonreía–. No he podido resistirme.

Lily sintió que una risa incontenible se formaba en su interior y que tenía que darle salida.

La sonrisa de Nigel se hizo más ancha. Se inclinó y la besó. Ella lo abrazó durante varios minutos sin poderse creer que estuviera allí besándola, que tal vez tuvieran una oportunidad.

Nigel alzó la cabeza y dejó de besarla, pero sin soltarla.

–Me parece que me he enamorado de ti. Y me gustaría que empezáramos de nuevo, sin secretos ni mentiras ni motivos ocultos. Y sin falsas identidades, a pesar de lo adorable que estabas con esas gafas de bibliotecaria. ¿Estás dispuesta?

–¿Dispuesta? –repitió ella sin dar crédito a que estuviera enamorado de ella y a que le concediera una segunda oportunidad después de haberlo engañado.

Si era cierto que estaba enamorado de ella, Lily estaba dispuesta a hacer lo que fuera para que la relación funcionara.

–No será fácil –dijo él con gravedad–. Trabajamos en extremos opuestos del país, pero, por suerte, dispongo del jet de la empresa, que puedo usar a mi antojo. Supongo que también se requerirán muchas cenas románticas a la luz de las velas y, probablemente, un montón de gestos románticos por mi parte: flores, joyas y fines de semana en lugares exóticos. Y se supone que tú tendrás que mostrar tu asombro a cada minuto ante cada uno de dichos gestos, hasta que te haya ganado para mi causa. ¿Crees que podrás con todo eso?

Lily se echó a reír.

–Lo intentaré.

–He pensado que podríamos juntar esfuerzos para averiguar cómo tus diseños acabaron en Ashdown Abbey. Ya he suspendido de empleo y sueldo a Bella Landry, pero no puedo despedirla sin pruebas. Niega la acusación, desde luego, pero estamos investigando. Y te aseguro que llegaremos al fondo del asunto.

–Gracias –murmuró conmovida por su interés.

–Me vendría bien que me ayudaras, ya que eres quien mejor conoce los diseños que fueron robados y cómo se emplearon en nuestra colección. Pero, te prevengo que eso implicará que estemos muchas horas los dos solos, probablemente hasta la madrugada, por lo que nos vencerá y desearemos acostarnos un rato.

Dicho esto, Nigel sonrió. Y ella volvió a reír.

–Lo tendré en cuenta.

–También he pensado que tal vez quisieras venir a Inglaterra conmigo. Mi padre lleva meses quejándose de que me he ablandado y dejo que los americanos me digan cómo he de dirigir la empresa. Me gustaría que te conociera para que vea hasta qué punto estoy dispuesto a adoptar las costumbres americanas –sonrió con picardía–. Creo que le caerás muy bien. Y cuando sepa lo que has hecho para proteger tu empresa, estoy seguro de que te considerará una buena influencia.

Se detuvo unos segundos antes de continuar.

–¿Qué te parece? ¿Estás dispuesta a averiguar si somos tan compatible fuera de la oficina como cuando éramos jefe y secretaria? Y si sobrevives a una visita a mis padres, tal vez hablemos de la posibilidad de que nuestra relación sea más… permanente.

Diez minutos antes, Lily creía que la odiaba y que nunca sería feliz sin él.

Estaba tan contenta que se sentía dispuesta a acceder a casi todo, incluso a conocer a sus padres, lo cual le producía terror.

–De acuerdo. Además, te debo una.

Él la abrazó con más fuerza.

–Así es. Pero solo si me quieres tanto como yo a ti.

–Te quiero, Nigel, de verdad –afirmó ella emocionada–. Me resulta increíble que estés aquí diciéndome que sientes lo mismo. Así que te digo que sí.

Sí a todo, siempre que estuvieran juntos.

–Estupendo –afirmó él con la voz ronca de emoción. Carraspeó y prosiguió–: Aunque debes saber que no me opongo a que me vuelvas a utilizar, preferiblemente cuando estemos solos y desnudos.

–¿En serio? –preguntó ella mientras se imaginaba mil deliciosas travesuras.

–Pues creo que mi piso está vacío. Zoe está trabajando aquí y Juliet se ha tomado el día libre para salir con su novio. Estaremos completamente solos. Y desnudos, si quieres.

Los ojos de él brillaron con malicia.

–Espero que eso signifique que quieres volver a utilizarme, lenta y largamente.

–Creo que eso se puede solucionar –afirmó ella en voz baja. Se puso de puntillas y apretó los labios contra su mandíbula, cerca de la oreja–. Y luego puedes hacer tú lo mismo conmigo.

El la abrazó por la cintura, la levantó y se dirigió a la puerta sin dejar de besarla.

–La clave de una buena relación es el compromiso –murmuró–. Y compartir las cosas. Y sacrificarse por el otro.

–Y estar desnudos el mayor tiempo posible.

Él sonrió y la volvió a besar apasionadamente.

–Esa es mi parte preferida.

DESEO
HEIDI BETTS

SIN DEJAR DE AMAR

Al encontrarse de nuevo con su exesposa, el millonario Marcus Keller no solo descubrió que se seguía sintiendo profundamente atraído por ella: también que era padre. Vanessa estaba embarazada cuando se divorciaron, tuvo al niño y lo mantuvo en secreto. Era una traición que no le podía perdonar.

De ninguna manera iba a alejarse de su hijo y heredero. Pondría todo su empeño en ser educado con aquella encantadora panadera, que era una mujer dura de roer. Sin embargo, ¿habría solo negocios entre ellos o Marcus cedería a su secreto deseo de hacer suya a Vanessa de nuevo… de una vez por todas?

N.º 552

DESEO Y TRAICIÓN

Al descubrir que la competencia le había robado sus creaciones, la diseñadora Lily Zaccaro se juró que atraparía al ladrón. Se marcharía a Los Ángeles y, con otra identidad, se emplearía como secretaria de Nigel Stratham, el sexy presidente de la compañía rival.

A medida que las largas jornadas laborales se convertían en noches apasionadas, Lily trataba de centrarse en su misión secreta. Esperaba que Nigel fuera inocente, porque estaba atrapada en la ardiente relación que mantenían. Pero, frente a tanto engaño, su amor pronto estaría en la cuerda floja.

CAROLE MORTIMER

La dama dijo sí

Lady Diana Copeland fue a Londres para decirle a lord Faulkner, el tutor que le habían asignado, lo que pensaba exactamente sobre sus intolerables pretensiones matrimoniales. Sin embargo, el encuentro no resultó como creía: ese hombre impresionante con aquel brillo altivo en los ojos no podía ser el tutor viejo, necio y presuntuoso que estaba esperando... Diana tomó una bocanada de aire para intentar no caer en las redes de la mirada embriagadora de lord Faulkner... ¡o para no claudicar completamente y convertirse en su esposa!

Nobleza oculta

Lady Elizabeth se había escapado de su casa para evitar un matrimonio que no deseaba y no tuvo problemas en desem-

peñar el papel de simple señorita de compañía de la dama que la acogió. El problema surgió cuando tuvo que cuidar a Nathaniel, el sobrino de su benefactora, que además de ser el hombre más increíblemente apuesto que había visto en su vida estaba siempre tentándola con su cuerpo de Adonis y sus batallas dialécticas.

No. 83

¡YA EN TU PUNTO DE VENTA!

JAZMÍN.

COLLEEN FAULKNER
MARIDO PERFECTO

Tenía todo lo que una chica podía desear... excepto un marido. De modo que Elise Montgomery recurrió a la guía Cómo buscar marido para encontrar uno. Pero, según el manual, su hombre elegido, un sexy granjero llamado Zane Keaton, era, definitivamente, el hombre equivocado. Sin embargo, después de compartir con él unos cuantos besos estremecedores, Elise se preguntó si, después de todo, sería un buen candidato.

JESSICA HART
LOS MEJORES AMIGOS

Josh y Bella llevaban años siendo amigos, pero de pronto Bella había empezado a ver a "su Josh" de un modo muy diferente. ¡Se estaba enamorando de él! Ya estaba bastante confundida cuando Josh complicó aún más la situación pidiéndole que fingiera ser su prometida para cerrar un importante negocio. Pero la tensión empezó a ser inaguantable. Sobre todo desde que Josh comenzó a preguntarse si su amiga estaba fingiendo realmente.

N.º 579

PATRICIA THAYER
LA MEJOR OFERTA

Jared Trager siempre había sido la oveja negra, y ahora había ido a Texas a investigar... no a que le echaran el guante. Pero la guapísima Dana Shayne y su valiente hijo Evan necesitaban que los ayudara a salvar su rancho... y él los necesitaba a ellos más de lo que estaba dispuesto a admitir.

JULIA™

ALLISON LEIGH
BODA INESPERADA

Tara Browning no se lo podía creer.
Con la misma rapidez con la que se
había descubierto disfrutando de un
inesperado y delicioso fin de semana
con Axel Clay, éste había desaparecido de su lado sin despedirse siquiera.
¿Habría sido un sueño? Pero el bebé
que estaba esperando parecía bastante real.

N.º 474

Varios meses después, Alex se presentó en la puerta de su casa diciéndole que iba a ser su guardaespaldas
mientras su hermano testificaba en
un juicio contra un peligroso criminal.
Estando tan cerca de él, ¿sería capaz
de mantener Tara su secreto? Y más aún, ¿sería capaz de
mantener las manos alejadas de aquel hombre autoritario que
había vuelto a ponerse a su alcance?

MARIE FERRARELLA
DESEOS IRRESISTIBLES

Kelsey Marlowe estaba intentando con todas sus fuerzas resistirse a los encantos del agente Morgan Donnelly, aunque
el atractivo policía había acudido galantemente a ayudar a su
madre. Pero cuando su familia insistió en conocer al hombre
que había salvado a su querida matriarca, ella se sintió invadida
por unas irresistibles ganas de besarlo…
Involucrarse con el clan Marlowe no era lo que Morgan tenía
en mente. No le gustaba relacionarse con nadie, aunque no
podía evitar desear relacionarse con Kelsey de una manera
muy íntima…

¡YA EN TU PUNTO DE VENTA!

Novias del desierto
Teresa Southwick

Atrapar a un jeque

Cuando Penelope Doyle aceptó un empleo en El Zafir y conoció a su nuevo jefe, Rafiq Hassan, un verdadero príncipe con enorme magnetismo, quiso volver a creer en el amor. Obviamente, todo un jeque no se molestaría siquiera en mirar a una chica como ella, por muy inteligente que fuera. Pero entonces la besó...

Besar a un jeque

Crystal Rawlins estaba desesperada por conseguir un trabajo, por eso habría hecho cualquier cosa con tal de convertirse en la niñera de los hijos del jeque Fariq Hassan. Y no pensó que una mentirijilla sobre su apariencia tuviera la menor importancia... Pero entonces conoció a su jefe, un hombre alto, moreno e impresionante.

Casarse con un jeque

En cuanto Kamal Hassan la tuvo entre sus brazos, Ali Matlock le entregó su corazón. Aunque el jeque era el soltero más codiciado del mundo, Ali quería algo más que la apasionada aventura que le ofrecía.

Kamal debía casarse y dar un heredero a su país. Y desde aquel mágico beso, supo que Ali era todo lo que deseaba en una mujer... y en una esposa.

Tiffany

Susan Mallery

Dulces palabras de amor

Isabel Beebe estaba convencida de que tenía mala suerte en el terreno amoroso. Ford Hendrix, su amor de adolescencia, había ignorado sus cartas. Su marido la había dejado…, por un hombre. De modo que Isabel había vuelto a Fool's Gold para regentar la tienda de su familia hasta que sus padres la vendieran. Después se marcharía…, pero volvió Ford, tan sexy y encantador como siempre, y ella se sintió de nuevo como una chica de catorce años.

Ver a Isabel fue para Ford como un gancho directo a la mandíbula. Años atrás, cuando se había enrolado en el ejército impulsado por un desengaño amoroso, las dulces cartas de Isabel habían impedido que se volviera loco. Ahora no podía apartar los ojos… ni los labios de ella. Y tenía de pronto una razón para quedarse en Fool's Gold, si pudiera convencer a Isabel de que hiciera lo mismo.

El seductor seducido

Jack Hanson no deseaba que nada lo alejara de su bufete de abogados, pero la muerte de su padre lo obligaba a volver a casa. Por eso contrató a su vieja amiga de la universidad, Samantha Edwards. Ella era una excelente trabajadora…, y entre ellos había una evidente atracción. Samantha había sufrido mucho con el amor…, aunque quizá fuera la mujer perfecta para enseñarle a vivir.